MW01623386

Narrativa/121

STONER

John Williams

Traducción de Antonio Díez Fernández

Baile del Sol Ediciones | Apdo. Correos, 133 | 38280 Tegueste, Tenerife - Islas Canarias | info@bailedelsol.org www.bailedelsol.org

Este libro está dedicado a mis amigos y antiguos colegas del Departamento de Inglés de la Universidad de Misuri. Ellos reconocerán de inmediato que esto es una obra de ficción —que ningún personaje retratado en ella está basado en ninguna persona viva o muerta y que ningún acontecimiento tiene su equivalente en la realidad que conocimos en la Universidad de Misuri—. También se darán cuenta de que me he tomado ciertas libertades, tanto físicas como históricas, referidas a la Universidad de Misuri, para que, de hecho, sea un lugar de ficción también.

1

William Stoner entró como estudiante en la Universidad de Misuri en el año 1910, a la edad de diecinueve años. Ocho años más tarde, en pleno auge de la Primera Guerra Mundial, recibió el título de Doctorado en Filosofía y aceptó una plaza de profesor en la misma universidad, donde enseñó hasta su muerte en 1956. Nunca ascendió más allá del grado de profesor asistente y unos pocos estudiantes le recordaban vagamente después de haber ido a sus clases. Cuando murió, sus colegas donaron en su memoria un manuscrito medieval a la biblioteca de la universidad. Este manuscrito aún puede encontrarse en la Colección de Libros Raros, portando la siguiente inscripción: «Donado a la biblioteca de la Universidad de Misuri, en memoria de William Stoner, Departamento de Inglés. Por sus colegas».

Un estudiante cualquiera al que le viniera a la cabeza su nombre podría preguntarse tal vez quién fue William Stoner, pero rara vez llevará su curiosidad más allá de la pregunta casual. Los colegas de Stoner, que no le tenían particular estima cuando estaba vivo, ahora raramente hablaban de él; para los más viejos, su nombre era un recordatorio del final que nos espera a todos, y para los más jóvenes es meramente un sonido que no evoca ninguna sensación del pasado ni ninguna identidad con la que ellos pudieran asociarse ni a sí mismos ni a sus carreras.

Nació en 1891 en una pequeña granja en Misuri central cerca del pueblo de Booneville, a unas cuarenta millas de Columbia, la sede de la universidad. A pesar de que sus padres eran jóvenes cuando nació —su padre tenía veinticinco, su madre apenas veinte— lo que Stoner pensaba de ellos, incluso cuando era un niño, es que eran viejos. A los treinta su padre aparentaba cincuenta;

encorvado por el trabajo, miraba sin esperanza hacia la árida parcela de terreno que sostenía a la familia de año en año. Su madre contemplaba su vida con paciencia, como si fuera un momento largo que tuviera que aguantar. Sus ojos eran pálidos y borrosos y las pequeñas arrugas alrededor de ellos estaban realzadas por un fino pelo canoso y desgastado que le cubría la cabeza y que recogía en un moño por detrás.

Desde la época más temprana que podía recordar, William Stoner tuvo obligaciones. A los seis años ordeñaba las vacas flacas, remojaba los cerdos en la pocilga cercana a unos pocos metros de la casa y recogía los huevecillos de un puñado de gallinas esmirriadas. Incluso cuando empezó a acudir a la escuela rural a trece kilómetros de la granja, sus días, desde antes del amanecer hasta después del ocaso, estaban llenos de trabajos de diverso tipo. A los diecisiete sus hombros habían empezado ya a encorvarse bajo el peso de sus ocupaciones.

Era una casa solitaria ligada a un inevitable trabajo duro en la que él era hijo único. Por las noches los tres se sentaban en la pequeña cocina iluminados por una única lámpara de queroseno, a mirar la llama amarilla: a menudo durante la hora aproximada entre la cena y el momento de acostarse, el único sonido que se oía era el cansado movimiento de un cuerpo sobre una silla rígida y el suave crujir de la madera, cediendo un poco por la edad de la casa.

La casa había sido construida en una ubicación vulgar y los maderos sin pintar se combaban en torno al porche y a las puertas. Con los años había tomado los colores de la tierra seca —gris y marrón, a rayas blancas—. En un lado de la casa había una sala alargada, pobremente amueblada, con sillas sencillas y unas pocas mesas labradas, y una cocina, donde la familia pasaba la mayor parte del poco tiempo que estaban juntos. Al otro lado había dos dormitorios, cada uno amueblado con un somier de hierro esmaltado en blanco, una única silla sencilla, una mesa con una lámpara y una jofaina sobre ella. Los suelos eran de tablones sin pintar, distribuidos desigualmente, que crujían de viejos, barridos continuamente de arriba a abajo por la madre de Stoner.

En la escuela asistía a las clases, que le resultaban menos agotadoras que las tareas de la granja. Cuando terminó la secundaria en la primavera de 1910 esperaba hacerse cargo de más trabajos en los campos; se daba cuenta de que su padre era más lento y se mostraba más cansado con el paso de los años.

Pero una tarde a finales de primavera, después de que los dos hubieran pasado el día entero cosechando maíz, su padre le habló en la cocina, tras recoger los platos de la cena.

«Un representante del condado vino la semana pasada.»

William alzó la vista del mantel de cuadros rojos y blancos extendido sobre la mesa. No habló.

«Dice que tienen una nueva facultad en la Universidad de Columbia. La llaman Facultad de Agricultura. Dice que piensa que deberías ir. Serían cuatro años.»

«Cuatro años», dijo William. «¿Cuesta dinero?».

«Podríamos conseguirte habitación y manutención», dijo su padre. «Tu madre tiene un primo que tiene sitio en las afueras de Columbia. Habrá libros y cosas. Yo te podría enviar dos o tres dólares al mes».

William extendió sobre el mantel las manos, que a la luz de la lámpara tenían un reflejo apagado. Nunca había estado más allá de Booneville, a quince millas. Tragó saliva para tranquilizar la voz.

«¿Piensa que podrán apañarse aquí solos?», preguntó.

«Tu madre y yo nos apañaremos. Plantaré en la parte superior veinte de trigo; eso reducirá el trabajo manual.»

William miró a su madre. «¿Mamá?», preguntó.

Ella dijo en un tono neutro: «Haz lo que diga tu padre».

«¿De verdad quieren que me vaya?», preguntó, como si casi esperara una negativa. «¿De verdad quieren que me vaya?».

Su padre se levantó de la silla. Miró sus dedos gruesos, callosos, los surcos en los que la tierra había penetrado tan profundamente que no se podían lavar. Entrelazó los dedos y los levantó de la mesa como si estuviera rezando.

«Nunca tuve una educación de la que presumir», dijo mirándose las manos. «Empecé a trabajar en una granja cuando acabé sexto. Nunca me preocupó la educación cuando era joven. Pero ahora no sé. Parece que cada año la tierra se seca más y es más difícil de trabajar; no es tan rica como cuando era niño. El representante del condado dice que tienen nuevas ideas, formas de hacer las cosas que se enseñan en la universidad. Tal vez tenga razón. A veces cuando estoy trabajando en el campo me pongo a pensar». Hizo una pausa. Los dedos se enroscaron sobre sí mismos, y las manos agarradas cayeron sobre la mesa. «Se me ha ocurrido...». Se miraba las manos con el ceño fruncido y movía la cabeza. «Que vayas a la universidad en otoño. Tu madre y yo nos apañaremos».

Era el discurso más largo que le había escuchado nunca a su padre. Aquel otoño fue a Columbia y se inscribió en el primer curso de la universidad en la Facultad de Agricultura.

Llegó a Columbia con un traje nuevo de paño negro, del catálogo de Sears & Roebuck, pagado con los ahorros de su madre, un abrigo usado que había pertenecido a su padre, un par de pantalones de sarga que una vez al mes llevaba en la iglesia metodista de Booneville, dos camisas blancas, dos mudas de ropa de trabajo y veinticinco dólares en metálico, que su padre había pedido prestados a un vecino a cuenta del trigo del otoño. Comenzó a caminar desde Booneville, donde a primera hora de la mañana su padre y su madre le habían llevado en el carro de bueyes de la granja.

Era un día cálido de otoño y el camino de Booneville a Columbia se mostraba polvoriento; anduvo cerca de una hora antes de que un carro de mercancías se detuviera a su lado y el conductor le preguntara si quería que le llevara. Asintió y montó en el asiento. Sus pantalones de sarga estaban rojos de polvo hasta las rodillas y en su rostro, sucio y bronceado por el sol, el viento y el polvo del camino se había mezclado con su sudor. Durante el largo recorrido estuvo cepillándose los pantalones con torpes ademanes y deslizándose los dedos por su cabello liso y rojizo, que se alborotaba sobre la cabeza.

Llegaron a Columbia al final de la tarde. El conductor dejó a Stoner a las afueras de la ciudad y le señaló un grupo de edificios a la sombra de altos álamos. «Aquélla es tu universidad», dijo. «Allá es donde vas a ir a clase».

Stoner se quedó inmóvil durante algunos minutos cuando el conductor se marchó, observando el complejo de edificios. Nunca había visto algo tan imponente. Los edificios de ladrillo rojo se alzaban sobre un campo verde y despejado, quebrado por muros de piedra y pequeñas extensiones ajardinadas. Más allá de su sobrecogimiento, tenía una repentina sensación de seguridad y serenidad que nunca había sentido. A pesar de que era tarde, caminó muchos minutos por los alrededores del campus, solo mirando, como si no tuviera derecho a entrar.

Casi había oscurecido cuando le preguntó a un transeúnte por Ashland Gravel, la carretera que le conduciría a la granja regentada por Jim Foote, el primo de su madre para quien debería trabajar; y ya había oscurecido cuando llegó a la casa blanca de madera de dos plantas donde iba a vivir. No había visto a los Foote antes y se sentía extraño llegando tan tarde.

Le saludaron con un gesto, examinándole detenidamente. Tras un momento, durante el cual Stoner se quedó vacilante en la puerta, Jim Foote le condujo hacia una pequeña y oscura sala abarrotada de muebles y adornos sobre mesas de apagado brillo. No se sentó.

«¿Cenaste?», preguntó Foote.

«No, señor», contestó Stoner.

La señora Foote señaló con el dedo índice y se alejó. Stoner la siguió a través de diversas habitaciones hasta la cocina, donde le conminó a sentarse a la mesa. Puso una jarra de leche y varios trozos de pan de maíz frío ante él. Sorbió la leche, pero su boca, seca por los nervios, era incapaz de tomar el pan.

Foote entró en la sala y se puso junto a su esposa. Era un hombre pequeño, de no más de metro sesenta, de rostro delgado y nariz afilada. Su esposa era unos diez centímetros más alta, y robusta; unas gafas sin montura escondían sus ojos, y sus labios finos estaban apretados. Ambos observaban ávidamente cómo sorbía la leche.

«Da de comer y de beber al ganado, lava a los cerdos por la mañana», dijo Foote velozmente.

Stoner le miró inexpresivamente. «¿Qué?».

«Eso es lo que harás por las mañanas», dijo Foote, «antes de irte a estudiar. Luego, por la noche aliméntalos y lávalos otra vez, recoge los huevos y ordeña las vacas. Corta leña cuando encuentres tiempo. Los fines de semana me ayudarás con lo que esté haciendo».

«Sí, señor», dijo Stoner.

Foote le estudió durante un momento. «Universidad», dijo y meneó la cabeza.

Así que, por nueve meses de alojamiento y comida, alimentó y limpió ganado, lavó cerdos, recogió huevos, ordeñó vacas y cortó leña. También aró y abonó campos, cavó alcorques —en invierno atravesando varios centímetros de tierra helada— y batió mantequilla para la señora Foote, que le observaba meneando la cabeza con aprobación mientras la batidora de madera chapoteaba de aquí para allá entre la leche.

Le alojaron en una planta superior que alguna vez había sido un almacén; sus únicos muebles eran un somier de hierro negro de bastidores caídos que sujetaban un delgado colchón de plumas, una mesa rota que sostenía una lámpara de queroseno, una sencilla silla coja y una caja grande que utilizaba como escritorio. Durante el invierno el único calor que obtenía era el que se filtraba a través del suelo proveniente de las habitaciones inferiores; se arropaba con edredones y mantas hechas jirones que le habían dado y se echaba el aliento en las manos para así poder pasar las páginas de los libros sin arrancarlas.

Hacía su trabajo en la universidad igual que lo hacía en la granja —rigurosamente, a conciencia, sin placer ni angustia—. Al final del primer año sus calificaciones promediaban algo menos del notable. Estaba contento de que no fueran más bajas y no le preocupaba que no fueran más altas. Era consciente de que había aprendido cosas que no sabía antes, pero eso solo significaba para él que el segundo año lo tenía que hacer tan bien como lo había hecho el primero.

El verano posterior a su primer curso de universidad volvió a la granja de su padre y le ayudó con la cosecha. Una vez su padre le preguntó si le gustaba estudiar y él contestó que estaba bien. Su padre asintió y no mencionó más el asunto.

No fue hasta el regreso de su segundo año cuando William Stoner supo para qué había ido a la universidad.

En el segundo curso era ya una figura familiar en el campus. Cada temporada vestía con el mismo traje de paño negro, camisa blanca y corbata de lazo. Las muñecas le sobresalían de las mangas de la chaqueta y llevaba los pantalones montados sobre las piernas, como si fuese un uniforme que hubiera pertenecido alguna vez a otra persona.

Las horas de trabajo se incrementaban al mismo tiempo que la creciente indolencia de sus patronos y pasaba las largas tardes en su habitación haciendo los deberes metódicamente. Había empezado el trayecto que le llevaría a ser licenciado en Ciencias por la Facultad de Agricultura y durante el primer semestre de su segundo año cursó ciencias básicas, una asignatura de la escuela de Agricultura en química de suelos y otra asignatura, bastante informal, requerida para todos los estudiantes universitarios: un semestre de estudio de literatura inglesa.

Tras las primeras semanas encontró pocas dificultades con las asignaturas de ciencias. Había tanto trabajo que hacer, tantas cosas que recordar. La asignatura de química de suelos atrajo bastante su interés. No se le había ocurrido que los terrones parduscos en los que había trabajado toda su vida fuesen otra cosa que lo que parecían ser y, vagamente, empezó a ver que su creciente conocimiento sobre ellos podría ser útil cuando regresara a la granja de su padre. Pero el estudio obligatorio de literatura inglesa le preocupaba y le inquietaba más que ninguna otra cosa.

El profesor era un hombre de mediana edad, cincuenta y pocos, se llamaba Archer Sloane y acudía a su tarea de enseñar con aparente desdén y apatía, como si percibiera que entre su conocimiento y lo que podía decir hubiera un abismo tan profundo que no merecía la pena hacer ningún esfuerzo para cruzarlo. Era temido y aborrecido por la mayoría de sus alumnos y él respondía con una sonrisa distante e irónica. Era un hombre de estatura media, de rostro largo, con arrugas profundas, pulcramente afeitado, que repetía el gesto impaciente de pasarse los dedos por su mata de pelo gris y rizado. Su voz era plana y seca y salía a través de unos labios apenas móviles, sin expresión ni entonación, pero sus largos dedos delgados se movían con gracia y persuasión, como si les dieran a las palabras la forma que su voz no conseguía darles.

Lejos de clase, cumpliendo con sus quehaceres en la granja o parpadeando bajo la tenue lámpara mientras estudiaba en su ático sin ventanas, Stoner, en ocasiones, era consciente de que la imagen de aquel hombre se había instalado en su memoria. Tenía dificultades para evocar el rostro de cualquier otro de sus profesores o para recordar algo específico sobre cualquier otra de sus clases, pero siempre, en el umbral de su conciencia, aguardaba la figura de Archer Sloane, su voz seca y sus palabras despectivamente bruscas sobre algún pasaje de *Beowulf* o algún pareado de Chaucer.

Sentía que no podría sobrellevar el estudio como lo hacía en sus otras asignaturas. A pesar de que recordaba a los autores y sus obras, sus fechas y sus influencias, casi suspende el primer examen; lo hizo poco mejor en el segundo. Leía y releía su apuntes de literatura con tanta frecuencia que su trabajo en otras asignaturas empezó a resentirse y, con todo, las palabras que leía eran solo palabras en páginas y no podía ver la utilidad de lo que hacía.

Meditaba las palabras que Archer Sloane decía en clase, como si más allá de su significado plano y árido pudiera descubrir una pista que le llevara donde se suponía que iba. Se inclinaba sobre el escritorio ocupando una silla demasiado pequeña para sentirse a gusto, aferrándose a los bordes del apoyabrazos tan fuertemente que los nudillos se le quedaban blancos en comparación con su piel morena y dura, fruncía el ceño atentamente y se mordía el labio inferior. Pero mientras Stoner y sus compañeros redoblaban desesperadamente su atención, el desprecio de Archer Sloane se hacía más intenso. Y una vez que aquel desprecio estalló en ira, esta fue dirigida únicamente contra William Stoner.

La clase había leído dos obras de Shakespeare y estaba acabando la semana con un estudio de sus sonetos. Los alumnos se encontraban incómodos y confusos, un poco asustados por la tensión que crecía entre ellos y la encorvada figura que los observaba desde detrás del atril. Sloane les había leído en voz alta el soneto setenta y tres; sus ojos vagaban por la sala y sus labios se comprimían en una sonrisa sin humor.

«¿Qué quiere decir el soneto?», preguntó abruptamente e hizo una pausa. Sus ojos registraron la sala con impotencia severa y poco menos que satisfecha. «¿Señor Wilbur?». No hubo respuesta. «¿Señor Schmidt?». Alguien tosió. Sloane dirigió sus brillantes ojos oscuros hacia Stoner. «Señor Stoner, ¿qué quiere decir el soneto?».

Stoner tragó y trató de abrir la boca.

«Es un soneto, señor Stoner», dijo Sloane con sequedad, «una composición poética de catorce versos, que sigue ciertas pautas que estoy seguro habrá usted memorizado. Está escrito en lengua inglesa, la cual, según creo, llevará usted varios años hablando. Su autor es William Shakespeare, un poeta que está muerto, pero que a pesar de ello ocupa una posición de cierta importancia en las mentes de algunos». Miró a Stoner durante un momento más y entonces se le pusieron los ojos en blanco, mientras los fijaba ciegamente en algún lugar más allá de la clase. Sin mirar el libro recitó el poema de nuevo y su voz se hizo más profunda y suave, como si las palabras, sonidos y ritmos se hubieran convertido por un instante en él mismo:

«En aquella época del año puedes contemplar en mí,
cuando las hojas amarillas, ninguna ya o algunas, cuelgan
de esas ramas que se agitan frente al frío,
desnudos coros ruinosos en los que tarde cantaban dulces pájaros.
En mí ves el ocaso de aquel día
después de que la puesta de sol se funda en poniente;
por la negra noche arrebatada,
la otra cara de la Muerte, que condena al descanso.
En mí ves el resplandor de aquel fuego,
el que sobre las cenizas de su juventud yace,
como el lecho de muerte en que ha de expirar,
consumido por aquello que le alimentaba.
Esto percibes, lo que hace tu amor más fuerte,
amar bien aquello que debes abandonar pronto.»

En aquel momento de silencio alguien se aclaró la garganta. Sloane repitió los versos, su voz se hizo plana, volvía a ser su voz.

«Esto percibes, lo que hace tu amor más fuerte,
amar bien aquello que debes abandonar pronto.»

Los ojos de Sloane regresaron a William Stoner y dijo secamente: «El señor Shakespeare le habla a través de trescientos años señor Stoner, ¿le escucha?».

William Stoner se dio cuenta de que por unos instantes había estado conteniendo el aliento. Lo expulsó suavemente, observando cómo la ropa se movía sobre su cuerpo mientras el aliento le salía de los pulmones. Desvió la vista de Sloane hacia otro punto de la sala. La luz penetraba por las ventanas y se posaba sobre los rostros de sus compañeros de manera que la iluminación parecía venir de dentro de ellos mismos para salir hacia la oscuridad; un alumno pestañeó y una sombra delgada cayó sobre una mejilla cuya parte inferior había recogido la luz del sol. Stoner advirtió que sus dedos se estaban soltando de su firme agarre al escritorio. Se fijó en sus manos, maravillándose de lo morenas que estaban, de la intrincada manera en que las uñas se adaptaban al romo final de los dedos. Pensó que podía sentir la sangre fluir invisible a través de sus diminutas venas y arterias, pulsando delicada y precariamente desde las yemas de los dedos a través de su cuerpo.

Sloane volvió a hablar: «¿Qué le comunica, señor Stoner? ¿Qué quiere decir el soneto?».

Los ojos de Stoner se elevaron lentamente y sin convicción. «Quiere decir...», dijo, y con un pequeño movimiento elevó las manos en el aire. Sentía su mirada ausente mientras buscaba la figura de Archer Sloane. «Quiere decir...», dijo de nuevo, y no pudo terminar lo que había empezado.

Sloane le miró con curiosidad. Después movió la cabeza bruscamente y dijo: «La clase ha terminado». Sin mirar a nadie se dio media vuelta y salió del aula.

William Stoner era apenas consciente de los alumnos que a su alrededor se levantaban de sus asientos gruñendo y refunfuñando y salían renqueando de clase. Durante algunos minutos, después de que se hubieran ido, permaneció sentado sin moverse, absorto en el suelo de estrechos tablones que habían ido perdiendo barniz a causa de las incesantes pisadas de estudiantes que nunca vería ni conocería. Deslizó su propio pie por el suelo, escuchando el seco chirrido de la madera en sus suelas y sintiendo la aspereza a través del cuero. Después, él también se levantó y salió despacio de la clase.

El leve frescor de los últimos días de otoño penetraba a través de su ropa. Miró a su alrededor, a las desnudas ramas nudosas que se rizaban y retorcían frente al cielo despejado. Topaban con él estudiantes corriendo hacia sus clases; oía el murmullo de sus voces y el sonido de sus tacones sobre los caminos empedrados, y veía sus rostros encendidos por el frío, inclinados frente a la suave brisa. Les miraba con curiosidad, como si no les hubiera visto antes y se sentía muy distante y, a la vez, muy cerca de ellos. Retuvo el sentimiento mientras se apresuraba hacia su siguiente clase, y lo retuvo durante la lección de su profesor de química de suelos, contra el zumbido que dictaba cosas para ser escritas en cuadernos y recordadas mediante un arduo proceso que en esos momentos ni siquiera le resultaba familiar.

En el segundo semestre de aquel curso William Stoner abandonó las asignaturas de ciencias e interrumpió sus estudios en la Facultad de Agricultura. Asistió a cursos de introducción a la filosofía y a la historia antigua y a dos asignaturas de literatura inglesa. En verano regresó de nuevo a la granja de sus padres, ayudó con la cosecha y no mencionó su trabajo en la universidad.

Años después recordaría sus dos últimos cursos de estudio como si se tratase un tiempo irreal que perteneciera a otra persona, un tiempo que hubiese transcurrido no al paso normal al que estaba acostumbrado sino a trompicones. Un instante se yuxtaponía a otro, o bien se aislaba de él, y tenía la sensación de que había sido extirpado del tiempo y lo observaba pasar por delante como una gran maqueta girada desigualmente.

Tomó conciencia de sí mismo como nunca antes. A veces se miraba en el espejo, la cara alargada con mechones de cabello castaño, y se palpaba los pómulos afilados. Veía entonces las delgadas muñecas que le asomaban unos centímetros por las mangas de su chaqueta y se preguntaba si parecería tan ridículo ante los otros como lo parecía ante sí mismo.

No tenía planes de futuro y no hablaba con nadie de esta incertidumbre. Continuaba trabajando donde los Foote para pagar su alojamiento y manutención pero ya no trabajaba tantas horas como durante los dos primeros años de universidad. Durante tres horas cada tarde y medio día los fines de semana permitía que Jim y Serena Foote le utilizaran a su antojo; el resto del tiempo lo reivindicaba como propio.

Parte de ese tiempo lo pasaba en su pequeño ático sobre la casa de los Foote. Pero tan a menudo como podía, cuando acababa las clases y terminaba el trabajo para los Foote, regresaba a la universidad. A veces, por las tardes, merodeaba por la gran plaza abierta, entre parejas que paseaban juntas y charlaban en voz queda. Aunque no conociera a ninguna ni les hablara, sentía un lazo que le unía a ellas. A veces se plantaba en medio de la plaza, mirando hacia las cinco enormes columnas de enfrente del edificio Jesse Hall que se elevaban hacia la noche lejos del fresco césped, se había enterado de que aquellas columnas eran restos del edificio principal de la universidad original, destruido hacía muchos años por el fuego. Plata grisácea a la luz de la Luna, desnuda y pura, las columnas parecían representar el estilo de vida que había adoptado, igual que un templo representa un dios.

En la biblioteca de la universidad se demoraba por los pasillos, entre los miles de libros, inhalando el olor rancio del cuero, la tela y las páginas secas como si fuese un incienso exótico. A veces se paraba, tomaba un volumen del estante y lo sostenía durante un momento entre sus grandes manos que le hormigueaban al contacto especial con el lomo y las manejables páginas. Luego hojeaba el libro, leyendo párrafos aquí y allá, pasando las páginas delicadamente con sus rígidos dedos, como si su torpeza pudiera arrancar y destruir lo que había supuesto tanto esfuerzo descubrir.

No tenía amigos, y por primera vez en su vida era consciente de su soledad. A veces, en su ático, por las noches, levantaba la vista del libro que estuviera leyendo y miraba la oscuridad de las esquinas de su cuarto, donde la lámpara parpadeaba contra las sombras. Si observaba larga e intensamente la oscuridad se convertía en una luz que adquiría la forma insustancial de lo que había estado leyendo. Y se sentía fuera del tiempo, como se había sentido aquel día en clase cuando Archer Sloane le había hablado. El pasado se aparecía desde la oscuridad en la que permanecía y los muertos volvían a la vida ante él, así el pasado y los muertos fluían hacia el presente entre los vivos, de manera que, por un instante, tenía una visión de densidad en la que se compactaba y de la que no podía huir, de la que tampoco sentía ningún deseo de escapar. Tristán e Isolda la Justa, desfilaban ante él; Paolo y Francesca giraban en la ardiente oscuridad; Helena y el deslumbrante Paris, con la amargura en sus rostros por las consecuencias de sus actos, surgían de la penumbra. Y estaba con ellos de un modo en el que nunca podía estar con sus compañeros que iban de clase en clase, con quienes compartía techo en una gran universidad en Columbia, Misuri, y que caminaban despreocupados al viento del medio oeste.

En un año aprendió griego y latín lo suficientemente bien como para leer textos sencillos. A veces se le enrojecían los ojos y le ardían por la tensión y la falta de sueño. De vez en cuando pensaba en él mismo y en cómo era unos años antes, y se quedaba atónito por el recuerdo de aquella extraña figura, parda y pasiva como la tierra de la que él había emergido. Pensaba en sus padres y le resultaban casi tan extraños como el chico que habían criado. Sentía por ellos una mezcla de piedad y amor distante.

Casi a la mitad de su cuarto año en la universidad, Archer Sloane le paró un día después de la clase y le pidió que acudiera a su despacho para charlar.

Era invierno y una niebla baja y húmeda flotaba en el campus. Incluso a media mañana las finas ramas de los cornejos brillaban por la escarcha y las parras negras que trepaban por las grandes columnas de enfrente del Jesse Hall aparecían moteadas de cristales iridiscentes que parpadeaban en la espesura. El abrigo de Stoner estaba tan raído y gastado que había decidido no ponérselo para ver a Sloane, a pesar del tiempo gélido. Tiritaba mientras se apresuraba por el camino y ascendía por los anchos escalones de piedra que le conducían al Jesse Hall.

En contraste con el frío, el calor dentro del edificio era intenso. La espesura de fuera se escurría a través de las ventanas y puertas de cristal de cada lado del recibidor, de manera que las baldosas amarillas resplandecían brillantes como la luz y las grandes columnas de madera de roble y las paredes lisas también brillaban en la oscuridad. Resonaban pasos arrastrados por el suelo y el murmullo de voces se ahogaba en la inmensidad de la sala, figuras borrosas se movían lentamente, mezclándose y separándose y el aire opresivo fundía el olor de las paredes barnizadas con el húmedo aroma de los tejidos de lana. Stoner ascendió por las escaleras de mármol pulido hacia el despacho de Archer Sloane en la segunda planta. Llamó a la puerta cerrada, oyó una voz y entró.

El despacho era largo y estrecho, iluminado por una sola ventana al fondo. Estantes llenos de libros ascendían hasta el alto techo. Cerca de la ventana se encajaba un escritorio y ante él, medio girado y orientado ligeramente hacia la luz, se sentaba Archer Sloane.

«Señor Stoner», dijo Sloane secamente, medio levantándose e indicando una silla forrada de cuero frente a él. Stoner se sentó.

«He estado mirando su expediente». Sloane hizo una pausa y levantó una carpeta del escritorio, observándola con distante ironía. «Espero que no le moleste mi curiosidad».

Stoner se humedeció los labios y cambió de postura en la silla. Intentó juntar sus grandes manos para que fueran invisibles. «No, señor», dijo con voz ronca.

Sloane asintió. «Bien. Me he fijado en que usted empezó sus estudios aquí como estudiante de agricultura y que en algún momento durante el segundo año se cambió a la carrera de literatura. ¿Es correcto?».

«Sí, señor», dijo Stoner.

Sloane se reclinó sobre la silla y levantó la vista hacia el cuadrado de luz que provenía de la alta ventana. Tamborileó con las yemas de los dedos unidas y se giró hacia el joven sentado rígido frente a él.

«El propósito oficial de esta entrevista es informarle de que deberá realizar un cambio formal de plan de estudios, declarando su intención de abandonar su carrera inicial y certificar la elección de la nueva. Es una cuestión de cinco minutos más o menos en la ventanilla de registro. Se hace usted cargo, ¿verdad?»

«Sí, señor», dijo Stoner.

«Pero como habrá adivinado esta no es la razón por la que le he pedido que se acercara por aquí. ¿Le importa que le pregunte un poco acerca de sus planes de futuro?»

«No, señor», dijo Stoner. Se miró las manos, que estaban retorcidas y crispadas.

Sloane tocó la carpeta de papeles que había dejado sobre el escritorio. «Veo que era usted algo mayor que la mayoría de estudiantes cuando comenzó sus estudios universitarios. Casi veinte años, ¿cierto?».

«Sí, señor», dijo Stoner.

«¿Y en aquel momento su plan era graduarse en la Facultad de Agricultura?»

«Sí, señor.»

Sloane se reclinó en la silla y observó el alto y oscuro techo. Preguntó abruptamente: «¿Y cuáles son sus planes ahora?».

Stoner calló. Esto era algo en lo que no había pensado y sobre lo que no quería pensar. Finalmente dijo, con un dejo de resentimiento: «No lo sé, no lo he pensado mucho».

Sloane dijo: «¿Anhela que llegue el día en el que emerja usted de las paredes de estos claustros hacia lo que algunos llaman el mundo?».

Stoner sonrió abochornado. «No, señor».

Sloane dio unos golpecitos sobre los papeles de su escritorio. «Su expediente me ha informado de que proviene usted de una comunidad granjera. ¿He de entender que sus padres son granjeros?».

Stoner asintió.

«¿Y pretende regresar a la granja una vez se haya licenciado aquí?»

«No, señor», dijo Stoner, y la determinación de su voz le sorprendió. Pensó con cierto asombro en la decisión que había tomado de repente.

Sloane asintió. «Imagino que un aplicado alumno de literatura comprende que sus habilidades no son precisamente las más apropiadas para domeñar la tierra».

«No volveré», dijo Stoner como si Sloane no hubiese hablado. «No sé lo que haré exactamente». Se miraba las manos mientras decía: «No me hago a la idea de que acabaré tan pronto, de que dejaré la universidad a final de curso».

Sloane dijo con indiferencia: «No hay, por supuesto, ninguna obligación absoluta de que se marche. ¿He de entender que no es económicamente independiente?».

Stoner sacudió la cabeza.

«Tiene usted unas notas excelentes. Excepto por su...», arqueó las cejas y sonrió, «excepto por su asignatura de segundo de literatura inglesa, tiene sobresalientes en todas sus asignaturas de inglés, nada por debajo del notable en lo demás. Si pudiera mantenerse un año más o menos después de la graduación, podría, estoy seguro, terminar con éxito su trabajo de licenciatura en artes, tras lo cual podría tal vez dar clase mientras trabaja en su doctorado. Si es que esto le interesa».

Stoner se echó hacia atrás. «¿Qué quiere decir?», le preguntó y escuchó algo parecido al miedo en su voz.

Sloane se inclinó hacia delante, acercando su cara; Stoner veía las líneas de su largo y delgado rostro suavizadas, y oía la voz seca y burlona volverse amable y desprotegida.

«¿Pero no lo sabe, señor Stoner?», preguntó Sloane. «¿Aún no se comprende a sí mismo? Usted va a ser profesor».

De repente Sloane parecía muy distante y los muros del despacho se alejaron. Stoner se sentía suspendido en el aire y oyó su voz preguntar: «¿Está seguro?».

«Estoy seguro», dijo Sloane suavemente.

«¿Cómo lo sabe? ¿Cómo puede estar seguro?»

«Es amor, señor Stoner», dijo Sloane jovial. «Usted está enamorado. Así de sencillo».

Era así de sencillo. Se daba cuenta de que asentía a Sloane y dijo algo inconsecuente. Luego salió del despacho. Tenía un hormigueo en los labios y sentía las yemas de los dedos entumecidas, caminaba como si estuviera dormido, aunque era plenamente consciente de lo que le rodeaba. Se rozó con las paredes pulidas de madera del pasillo y pensó que podía sentir la calidez y la edad de la madera. Descendió lentamente las escaleras maravillándose del frío mármol veteado que parecía resbalar bajo sus pies. En las clases las voces de los alumnos se percibían distintas e individuales entre el apagado rumor y sus rostros eran cercanos, extraños y familiares. Salió del Jesse Hall a la luz de la mañana, la oscuridad no parecía ya oprimir el campus. Apuntó con la mirada afuera y hacia el cielo, hacia una posibilidad para la que no tenía nombre.

En la primera semana de junio del año 1914, William Stoner, junto a otros sesenta chicos y unas pocas chicas, recibió su licenciatura en artes por la Universidad de Misuri.

Para asistir a la ceremonia, sus padres —sobre una calesa prestada arrastrada por su mula parda— habían partido el día anterior, conduciendo de noche cuarenta y tantas millas desde la granja, para llegar donde los Foote poco después del alba, agarrotados por el insomne viaje. Stoner bajó al porche a recibirlos. Ellos se quedaron juntos bajo la fresca luz de la mañana y esperaron a que se acercara.

Stoner dio la mano a su padre en un único gesto rápido de afecto, sin mirarle.

«¿Qué tal?», dijo su padre.

Su madre asintió. «Tu padre y yo venimos a ver tu graduación».

Permaneció un momento callado. Luego dijo: «Lo mejor es que entréis a desayunar algo».

Estaban solos en la cocina. Desde que Stoner había llegado a la granja los Foote se habían habituado a levantarse tarde. Pero ni entonces ni después de que sus padres terminasen el desayuno se atrevió a contarles su cambio de planes, su decisión de no volver a la granja. Una o dos veces había empezado a hablar; luego había reparado en los rostros bronceados que surgían desnudos de sus ropas nuevas y pensaba en el largo viaje que habían hecho y en los años que habían aguardado su regreso. Permaneció inmóvil junto a ellos hasta que se bebieron el último sorbo de café, hasta que los Foote se levantaron y entraron en la cocina. A continuación les dijo que tenía que ir más temprano a la universidad y que ya les vería más tarde, en la graduación.

Caminaba por el campus con la toga negra y el birrete que había alquilado. Le resultaba pesado y molesto, pero no encontraba ningún lugar donde dejarlo. Pensaba en lo que les diría a sus padres, por primera vez se daba cuenta de lo irreversible de su decisión y casi deseaba poder cancelarla. Percibía su limitación para la meta que tan imprudentemente había elegido y sentía cierta atracción hacia el mundo que había abandonado. Se lamentaba por su propia pérdida y por la de sus padres e incluso, dolorosamente, sentía que se alejaba de ellos.

Este sentimiento de pérdida le acompañó durante la graduación, cuando pronunciaron su nombre y caminó por el estrado para recibir el título de manos de un hombre sin rostro tras una cuidada barba gris. No podía creerse su propia presencia y el pergamino enrollado que llevaba en la mano no significaba nada. Solo podía pensar en su madre y en su padre, sentados tensos e inquietos entre el numeroso público.

Cuando terminó la ceremonia regresó con ellos a casa de los Foote, donde pasarían la noche para, al amanecer del día siguiente, emprender el viaje de vuelta.

Se sentaron hasta tarde en la sala. Jim y Serena Foote se quedaron un rato con ellos. De vez en cuando Jim y la madre de Stoner intercambiaban el nombre de algún familiar y después permanecían en silencio. Su padre se sentó en una silla, con las piernas abiertas, un poco inclinado hacia delante, apretándose las rótulas con sus anchas manos. Por fin los Foote se miraron, bostezaron y comentaron lo tarde que era. Se fueron a su dormitorio y se quedaron los tres solos.

Hubo otro silencio. Sus padres, que miraban de frente hacia las sombras de sus propios cuerpos, de vez en cuando observaban a su hijo de soslayo, como si no quisieran molestarle en su nuevo estado.

Tras varios minutos, William Stoner se inclinó hacia delante y habló, con una voz más alta y fuerte de lo que habría pretendido. «Tenía que habérselo contado antes. Tenía que habérselo contado el verano pasado, o esta mañana».

Los rostros de sus padres permanecían apagados e inexpresivos a la luz de la lámpara.

«Lo que intento decir es que no vuelvo con ustedes a la granja».

Nadie se movió. Su padre dijo: «Si tienes cosas que terminar aquí nosotros nos vamos por la mañana y tú puedes venir a casa en unos días».

Stoner se frotó la cara con la palma abierta. «Eso... no es lo que quiero decir. Intento decirles que no volveré a la granja nunca».

Las manos de su padre se tensaron aún más sobre sus rótulas y se reclinó en la silla. Dijo: «¿Te has metido en algún problema?».

Stoner sonrió. «No es nada de eso. Voy a asistir a clases otro año, tal vez dos o tres».

Su padre meneó la cabeza. «He visto que has terminado esta tarde. Y el representante del condado dijo que las clases de granjero duraban cuatro años».

Stoner trató de explicar a su padre sus intenciones, intentó trasladarle sus sentimientos y propósitos. Escuchaba sus palabras como si salieran de la boca de otro y observaba el rostro de su padre, que recibía aquellas palabras como si una roca recibiera repetidos puñetazos. Cuando hubo terminado se sentó con las manos enlazadas entre las rodillas y la cabeza arqueada. Escuchó el silencio de la habitación.

Por fin su padre se removió en la silla. Stoner levantó la vista. Se enfrentó a los rostros de sus padres. Casi rompió a llorar.

«No sé», dijo su padre. Su voz sonaba ronca y cansada. «No me imaginaba que esto iba a tomar este rumbo. Pensaba que hacía lo mejor para ti enviándote aquí. Tu madre y yo hemos hecho siempre todo lo que hemos podido por ti».

«Lo sé», dijo Stoner. No pudo mirarlos más. «¿Estarán bien? Podría volver un tiempo este verano y ayudar. Podría...».

«Si piensas que debes quedarte aquí y estudiar esos libros, entonces eso es lo que debes hacer. Tu madre y yo podemos apañarnos».

Su madre estaba frente a él, pero no le veía. Sus ojos estaban cerrados, comprimidos. Respiraba afanosamente, con la cara vuelta, como dolida, y apretaba los puños cerrados contra sus mejillas. Stoner se percató con asombro de que estaba sollozando, profundamente y en silencio, con la pena y la extrañeza de quien rara vez llora. La observó unos instantes más. A continuación se puso pesadamente en pie y salió de la habitación. Siguió el camino por las estrechas escaleras que conducían a su ático, permaneció tumbado durante largo tiempo, observando con los ojos abiertos la oscuridad sobre él.

2

Dos semanas después de que Stoner recibiera su licenciatura en Artes, el archiduque Francisco Fernando fue asesinado en Sarajevo por un nacionalista serbio y antes del otoño la guerra se extendió por toda Europa. Era un tema de continuo interés entre los alumnos más veteranos, los cuales se preguntaban por el papel que finalmente tendrían los Estados Unidos y sentían una placentera desazón acerca de sus propios futuros.

Pero ante William Stoner el futuro se mostraba brillante, cierto e inalterable. Lo veía, no como un flujo de eventos, cambio y potencialidad, sino como un territorio que se extendía ante él a la espera de ser explorado. Lo comparaba con la gran biblioteca de la universidad, a la que podían adosarse nuevas galerías, añadirse libros nuevos y retirarse los viejos, sin que su genuina naturaleza se alterase nunca en lo esencial. Veía su futuro en la institución con la que se había comprometido y a la que tan imperfectamente había comprendido. No se concebía a sí mismo cambiando en ese futuro, pero veía el futuro mismo como el instrumento de ese cambio más que como su objeto.

Casi al final de aquel verano, justo antes del comienzo del semestre de otoño, visitó a sus padres. Su intención era ayudar en la cosecha de verano, pero se encontró con que su padre había contratado a un ayudante negro que trabajaba con una intensidad tranquila, feroz, llevando a cabo él solo en un día casi tanta labor como la que desarrollaban William y su padre juntos en el mismo espacio de tiempo. Sus padres se alegraron de verle y no parecían arrepentidos de su decisión. Pero a él no se le ocurría nada que decirles. Se había percatado de que sus padres y él habían comenzado a sentirse como extraños y se dio cuenta de que su amor por ellos se intensificaba con la pérdida. Regresó a Columbia una semana antes de lo que tenía previsto.

Empezó a irritarle el tiempo que tenía que invertir trabajando en la granja de los Foote. Habiendo accedido tarde a los estudios, sentía ahora urgencia por estudiar. A veces, inmerso en sus libros, le venía a la cabeza la conciencia de todo lo que no sabía, de todo lo que no había leído y la serenidad con la que trabajaba se hacía trizas cuando caía en la cuenta del poco tiempo que tenía en la vida para leer tantas cosas, para aprender todo lo que tenía que saber.

Acabó su curso de doctorado en Artes en la primavera de 1915 y empleó el verano en completar su tesis, un estudio prosódico de uno de los *Cuentos de Canterbury* de Chaucer. Antes de que terminara el verano los Foote le dijeron que ya no le necesitarían más en la granja.

Esperaba su despido y en cierta manera lo agradecía pero, por un instante, después de que se produjese, sintió una punzada de pánico. Era como si se hubiese cortado el último lazo entre el viejo mundo y él. Permaneció las últimas tres semanas de verano en la granja de su padre, dando los últimos retoques a su tesis. Por entonces Archer Sloane había conseguido que impartiera dos clases de inglés inicial para alumnos nuevos, mientras empezaba a trabajar en su doctorado. Por ello recibiría cuatrocientos dólares al año. Se llevó sus pertenencias del pequeño ático de la casa de los Foote que había ocupado durante cinco años y se instaló en una habitación aún más pequeña cerca de la universidad.

A pesar de que solo iba a enseñar fundamentos de gramática y composición a un grupo poco selecto de alumnos, aguardaba la tarea con entusiasmo, apreciando profundamente lo que representaba. Programó el curso la semana antes del comienzo del semestre de otoño, valorando las posibilidades que había mientras luchaba con los materiales y temas correspondientes pero sentía la lógica de la gramática y pensaba que percibía cómo le salía de adentro, calando el lenguaje y respaldando el pensamiento humano. En los simples ejercicios de composición que preparó para sus alumnos advertía las potencialidades de la prosa y su belleza y ansiaba animar a sus alumnos en la medida de su entusiasmo.

Pero en la primera clase que tuvo, después de las rutinas iniciales de inscripciones y planes de estudios, cuando empezó a hablar sobre su asignatura a los alumnos, se dio cuenta de que su deslumbramiento se le había quedado escondido dentro. A veces, cuando les hablaba, era como si estuviera fuera de sí mismo y observase a un extraño hablar a un grupo reunido contra su voluntad, escuchaba su propia voz desmotivada recitando los materiales que había preparado y nada de su entusiasmo aparecía durante la charla.

Se encontraba libre y realizado en las clases en las que él era el alumno. En ellas era capaz de recapturar el sentido de descubrimiento que tuvo aquel primer día en el que Archer Sloane le había hablado en clase y él se había convertido, por un instante, en alguien diferente al que había sido. Mientras su mente se entretenía con su asignatura, mientras lidiaba contra el poder de la literatura que había estudiado e intentaba entender su naturaleza, era consciente del cambio constante en su interior y, mientras era consciente de ello, salía de sí mismo y entraba en el mundo que le contenía, de manera que sabía que el poema de Milton que había leído o el ensayo de Bacon o el drama de Ben Jonson cambiaban el mundo del que eran sujetos, y lo cambiaban por su dependencia de él. Casi no hablaba en clase y sus notas rara vez le satisfacían. Como sus clases para los jóvenes alumnos, que no reflejaban sus profundos conocimientos.

Empezó a tratar con familiaridad a algunos de sus compañeros estudiantes que también daban clases para el departamento. Entre ellos hubo dos con los que entabló amistad, David Masters y Gordon Finch.

Masters era un joven algo oscuro de lengua afilada y ojos amables. Como Stoner, acababa de empezar su curso de doctorado a pesar de ser un año o así más joven que él. En la facultad y entre los estudiantes graduados tenía fama de arrogante e impertinente, y se había extendido la idea de que tendría problemas para titularse. Stoner pensaba que era el hombre más brillante que había conocido y se refería a él sin envidia ni resentimiento.

Gordon Finch era grande y rubio y, ya con veintitrés años estaba empezando a engordar. Había estudiado un curso universitario en un instituto comercial de San Luis y en la universidad había tocado varios palos en estudios avanzados en los departamentos de economía, historia e ingeniería. Había comenzado a trabajar en su licenciatura sobre literatura gracias a que había sido capaz, en el último minuto, de obtener un pequeño trabajo dando clases para el departamento de inglés. Enseguida demostró ser el estudiante menos brillante del departamento. Pero era popular entre los alumnos nuevos y se llevaba bien con los miembros veteranos de la facultad así como con los funcionarios de la administración.

Los tres —Stoner, Masters y Finch— adoptaron la costumbre de quedar los viernes por la tarde en un pequeño bar del centro de Columbia para tomar grandes jarras de cerveza y charlar hasta altas horas de la noche. Aunque aquellas noches eran su único solaz social, Stoner a veces se preguntaba qué clase de relación mantenían. A pesar de que se llevaban bien no eran amigos íntimos, no se hacían confidencias y rara vez se veían fuera de sus encuentros semanales.

Ninguno cuestionaba nunca aquella amistad. Stoner sabía que a Gordon Finch no se le habría ocurrido, pero sospechaba que sí a David Masters. Una vez, bastante tarde, mientras estaban sentados en una mesa en la parte de atrás del oscuro bar, Stoner y Masters hablaron de sus clases y estudios con el extraño tono burlón de los muy serios. Masters, sosteniendo en alto un huevo duro como si fuera una bola de cristal, dijo: «¿Han considerado ustedes, caballeros, alguna vez la cuestión de la verdadera naturaleza de la universidad? ¿Señor Stoner? ¿Señor Finch?».

Sonriendo, ambos negaron con la cabeza.

«Apuesto a que no. Stoner, aquí, imagino, lo ve como si fuera un gran depósito, como una biblioteca o un almacén, donde los hombres vienen por voluntad y eligen lo que les completa, donde todos trabajan juntos como abejas en un vulgar panal. La Verdad, el Bien, la Belleza. Están justo al doblar la esquina, en el pasillo de al lado, están en el próximo libro, en el que no se ha leído, o en el siguiente estante, el que no se ha consultado. Pero los encontrarás algún día. Y cuando lo hagas... cuando lo hagas...». Miró al huevo un instante más, luego mordió un buen trozo y se giró hacia Stoner, moviendo la mandíbula y con los ojos oscuros centelleando.

Stoner sonrió incómodo y Finch se rió en voz alta y palmeó sobre la mesa. «Te ha pillado, Bill. Te ha pillado bien».

Masters masticó un rato más, tragó, y volvió la vista hacia Finch. «Y usted, Finch. ¿Cuál es su idea?». Levantó la mano. «Usted alegará que no ha pensado en ello. Pero sí lo ha hecho. Detrás de esa fachada fanfarrona y campechana maquina una mente simple. Para usted, la institución es un instrumento del bien —para el mundo en su globalidad, por supuesto, y solo de pasada para usted también—. Usted la ve como una especie de melaza sulfatada que administra cada otoño para ayudar a pasar el invierno a esos cabroncetes, y usted es el viejo médico amable que bondadosamente les da palmaditas en las cabezas y se embolsa sus dineros».

Finch se rió otra vez y meneó la cabeza. «Te lo juro, Dave, cuando te pones...».

Masters se metió el resto del huevo en la boca, masticó satisfecho y bebió un trago largo de cerveza. «Pero ambos estáis equivocados», dijo. «Es un sanatorio o, ¿cómo lo llaman ahora?, una casa de reposo, para los enfermos, los ancianos, los infelices y los incompetentes en general. Mirad, nosotros tres... *somos* la universidad. Un extraño no sabría que tenemos tanto en común, pero *nosotros* sí lo sabemos, ¿a que sí? Lo sabemos bien».

Finch se reía. «¿De qué vas, Dave?».

Interesado ahora en lo que estaba diciendo, Masters se inclinó atento sobre la mesa. «Empecemos por ti, Finch. Siendo todo lo amable que puedo, diría que tú eres el incompetente. Como ya sabrás, la verdad es que no eres muy listo... a pesar de que esto no tenga que ver con el asunto».

«Vaya», dijo Finch todavía riéndose.

«Pero sí eres lo suficientemente listo —y solo lo suficiente— como para darte cuenta de lo que te ocurrirá en el mundo. Estás destinado al fracaso, y lo sabes. A pesar de que eres capaz de ser un hijo de puta, no eres lo bastante malvado para serlo de manera consistente. A pesar de que no eres precisamente el hombre más honesto que he conocido, tampoco es que seas un portento de deshonestidad. Por un lado tienes capacidad de trabajo pero eres tan vago que no puedes trabajar tanto como al mundo le gustaría. Por otro lado no eres tan vago como para imprimir en el mundo sello alguno de tu importancia. Y no tienes suerte —la verdad es que no—. No tienes aura y tienes una expresión turbada. En este mundo siempre estarás a punto de lograr el éxito pero serás destruido por tu fracaso. Así que has sido seleccionado, elegido; la providencia, cuyo sentido del humor siempre me ha divertido, te ha arrebatado de las fauces del mundo y te ha situado en este espacio seguro, entre tus hermanos».

Aún sonriente y con malévola ironía, se giró hacia Stoner. «Tú tampoco te escapas amigo. Para nada. ¿Quién eres tú? ¿Un sencillo hombre de campo, como te finges? Oh, no. Tú también estás entre los enfermos, tú eres el soñador, el loco en el mundo de los locos, nuestro Don Quijote del Medio Oeste sin su Sancho, retozando bajo el cielo azul. Eres lo bastante listo —más listo al menos que nuestro mutuo amigo—. Pero tienes el mal, la vieja enfermedad. Crees que hay algo *aquí*, algo que encontrar. Bueno, en el mundo lo aprenderías rápido. Tú también estás destinado al fracaso; no es que te vayas a enfrentar al mundo, dejarías que te masticara y que te escupiera y te quedarías ahí pensando qué salió mal. Porque siempre esperaste que el mundo fuera algo que no es, algo que no deseó ser. El gorgojo en el algodón, el gusano en el frijol, el insecto barredor en el maíz. No podrías mirarles a la cara y no podrías enfrentarte a ellos porque eres demasiado débil y eres demasiado fuerte. Y no tienes a donde ir en el mundo».

«¿Y qué hay de ti?», preguntó Finch. «¿Qué pasa contigo?».

«Oh», dijo Masters, reclinándose hacia atrás, «soy uno de vosotros. Peor, de hecho. Soy demasiado listo para el mundo y no mantengo la boca cerrada al respecto, es una enfermedad para la que no hay cura. Así que debo ser encerrado donde pueda ser irresponsable sin peligro, donde no haga ningún daño». Se inclinó hacia delante de nuevo y les sonrió. «Somos todos como el pobre Tom y tenemos frío».

«Rey Lear», dijo Stoner serio.

«Acto tercero, escena cuarta», dijo Masters. «Y así la providencia, la sociedad, o la suerte, como quieras llamarlo, ha creado esta cabaña para nosotros, para que podamos refugiarnos de la tormenta. Es para gente como nosotros por lo que existe la universidad, para los desposeídos del mundo; no para los estudiantes, ni para la altruista búsqueda de conocimiento, ni por ninguno de los motivos que se aducen por ahí. Nosotros distribuimos el raciocinio y permitimos el acceso a él a algunas personas comunes, a aquéllos que encajarán mejor en el mundo. Pero se trata solo de un barniz protector. Al igual que la Iglesia en la Edad Media, a la que le importaban un bledo los seglares e incluso Dios, también nosotros sobrevivimos gracias a nuestros engaños».

Finch movió la cabeza con admiración. «Nos haces quedar mal, Dave».

«Tal vez», dijo Masters. «Pero incluso siendo tan malos como somos, somos mejores que los que hay fuera, en el lodo, los pobres cabrones del mundo. No hacemos daño, decimos lo que queremos y nos pagan por ello y eso es un triunfo de la virtud natural, o casi, qué cojones».

Masters se reclinó hacia atrás, indiferente, ajeno a lo que había dicho.

Gordon Finch se aclaró la garganta. «Bien, vale», dijo con seriedad. «Puede que lleves razón en algo de lo que dices, Dave, pero creo que te has pasado, de verdad que sí».

Stoner y Masters se sonrieron mutuamente y no hablaron más del tema aquella noche. Pero durante años, en ocasiones, Stoner recordaba lo que Masters había dicho y pensaba que no le había proporcionado una visión de la universidad con la que se hubiera comprometido, pero revelaba algo acerca de su relación con aquellos dos hombres y le daba una idea sobre la amargura corrosiva y salvaje de la juventud.

El 7 de mayo de 1915, un submarino alemán hundió el transatlántico británico *Lusitania* con ciento catorce pasajeros estadounidenses a bordo. Al final de 1916 la guerra submarina alemana no tenía restricciones y las relaciones entre los Estados Unidos y Alemania empeoraban constantemente. En febrero de 1917 el presidente Wilson rompió relaciones diplomáticas. El 6 de abril el Congreso declaró el estado de guerra entre Alemania y los Estados Unidos.

Con dicha declaración miles de jóvenes de toda la nación, como liberados por el cese de la tensa incertidumbre, asediaron los centros de reclutamiento que se habían instalado apresuradamente unas semanas antes. De hecho, cientos de jóvenes no habían sido capaces de esperar la intervención estadounidense y ya en 1915 se habían alistado como soldados en las Fuerzas Reales Canadienses o como conductores de ambulancia en alguno de los ejércitos europeos aliados. Algún estudiante veterano de la universidad así lo había hecho y pese a que William Stoner no sabía nada de esto, escuchaba sus legendarios nombres con mayor frecuencia a medida que las semanas y los meses acercaban el momento que todos sabían que acabaría por llegar.

La guerra se declaró un viernes y, aunque las clases permanecieron programadas para la semana siguiente, algunos alumnos y profesores pusieron excusas para no asistir. Se reunían en los pasillos y se hacían pequeños grupos que murmuraban en voz baja. En ocasiones la tensa calma estallaba casi en violencia; dos veces hubo manifestaciones generales antialemanas en las que los alumnos gritaban sin mucho sentido y agitaban banderas de Estados Unidos. En una ocasión se produjo una breve manifestación contra uno de los profesores, un profesor anciano con barba, de filología germánica, que había nacido en Munich y que de joven había asistido a la Universidad de Berlín. Pero cuando el profesor se encontró con el pequeño grupo sedicioso de estudiantes enfadados pestañeó perplejo y, resistiendo desde su pequeñez, y agitando las manos, los disolvió en hosca confusión.

Durante aquellos primeros días tras la declaración de guerra, Stoner también experimentó confusión, pero de índole radicalmente distinta a la que atenazaba a la mayoría del campus. Aunque había hablado sobre la guerra en Europa con los estudiantes mayores y con los profesores, nunca había terminado de creer en ella, y ahora que se cernía sobre él, sobre todos, descubrió dentro de sí una gran dosis de indiferencia. Se sentía agraviado por la interrupción que la guerra había causado en la universidad, pero no hallaba dentro de él ningún sentimiento de arraigado patriotismo, como tampoco conseguía odiar a los alemanes.

Pero los alemanes estaban allí para ser odiados. Una vez se encontró con Gordon Finch hablando a un grupo de antiguos miembros de la facultad. El rostro de Finch se contraía mientras hablaba de los «hunos» como si estuviera escupiendo en el suelo. Más tarde, cuando se acercó a Stoner en el despacho grande que compartían con media docena de profesores noveles, el humor de Finch había cambiado; febrilmente jovial, le dio a Stoner una palmadita en la espalda.

«No podemos dejar que se salgan con la suya, Bill», dijo con vehemencia. Una película de sudor aceitoso resplandecía en su rostro redondo y su fino cabello rubio salía en lacios mechones de su calavera. «No señor. Voy a alistarme. Ya he hablado con el viejo Sloane sobre ello y me ha dicho que adelante. Me voy mañana a San Luis a apuntarme». Por un instante consiguió dar a sus facciones una apariencia de gravedad. «Todos tenemos que poner de nuestra parte». Luego hizo una mueca y volvió a palmear a Stoner en el hombro. «Lo mejor que podrías hacer es venir conmigo».

«¿Yo?», dijo Stoner, y repitió otra vez, incrédulo: «¿Yo?».

Finch se rió. «Claro. Todo el mundo está alistándose. Acabo de hablar con Dave... se viene conmigo».

Stoner meneó la cabeza como si estuviera aturdido. «¿Dave Masters?».

«Claro. El bueno de Dave a veces dice cosas raras, pero cuando llega la hora de la verdad es como todo el mundo, él hará su parte. Igual que tú harás la tuya, Bill». Finch le dio un puñetazo en el hombro. «Igual que tú harás la tuya».

Stoner se calló por un momento. «No había pensado en ello», dijo. «Todo parece haber pasado tan rápido. Tendré que hablar con Sloane. Ya te contaré».

«Claro», dijo Finch. «Tú harás tu parte». Su voz rebosaba sentimiento. «Estamos juntos en esto ahora, Bill; estamos todos juntos en esto».

Stoner dejó a Finch, pero no fue a ver a Archer Sloane. En vez de eso echó un vistazo por el campus y preguntó por David Masters. Le encontró en uno de los gabinetes de estudio de la biblioteca, solo, fumando en pipa y contemplando un estante de libros.

Stoner se sentó frente a él, en la mesa del gabinete. Cuando le preguntó por su decisión de alistarse en el ejército Masters le dijo: «Claro. ¿Por qué no?».

Y cuando Stoner le preguntó por qué, Masters dijo: «Me conoces bastante bien, Bill. Me importan un carajo los alemanes. Llegado el punto también me importan un carajo los estadounidenses, me parece». Volcó las cenizas de la pipa en el suelo y las barrió con el pie. «Supongo que hago esto porque no importa si lo hago o no. Y puede ser divertido pasear por el mundo una vez más antes de regresar a los claustros y a la lenta extinción que nos aguarda a todos».

A pesar de no entenderlo, Stoner asintió, aceptando lo que Masters le había dicho. Le anunció: «Gordon quiere que me aliste contigo».

Masters sonrió. «Gordon siente el impacto inicial de una virtud que nunca antes se le había permitido sentir y naturalmente quiere hacer partícipe al resto del mundo para poder así seguir creyendo. Claro. ¿Por qué no? Alístate con nosotros. Puede que te haga bien ver cómo es el mundo». Hizo una pausa y miró a Stoner intensamente. «Pero si lo haces, por los clavos de Cristo, no lo hagas por Dios, ni por la patria, ni por la vieja y querida universidad. Hazlo por ti mismo».

Stoner aguardó algunos momentos. Luego dijo: «Hablaré con Sloane y ya te contaré».

No sabía qué esperar de lo que Archer Sloane pudiera responderle; pese a ello se sorprendió cuando se plantó en su estrecho despacho atestado de libros y le comunicó la que aún no era su decisión.

Sloane, que siempre había mantenido hacia él una actitud de indiferencia y cortesía irónica, montó en cólera. Su largo rostro delgado se puso rojo y las arrugas a ambos lados de la boca se acentuaron por el enojo. Se medio levantó de la silla inclinándose hacia Stoner, con los puños cerrados. Después se sentó de nuevo y deliberadamente abrió las manos y las posó sobre la mesa. Le temblaban los dedos pero su voz era firme y áspera.

«Le ruego me disculpe por mi repentino arrebato. Pero durante los últimos días he perdido a casi un tercio de los miembros del departamento y no veo manera de sustituirlos. No es con usted con quien estoy irritado, sino...», dio la espalda a Stoner y miró hacia la gran ventana del fondo de su despacho. La luz le golpeaba en la cara de pleno, marcando sus líneas de expresión y oscureciendo sus ojeras de manera que, por un instante, parecía viejo y cansado. «Nací en 1860, justo antes de la Guerra de Rebelión. No la recuerdo, por supuesto; era demasiado joven. No recuerdo tampoco a mi padre. Le mataron el primer año de la guerra, en la Batalla de Shiloh». Miró fugazmente a Stoner. «Pero pude ver lo que sucedió. Una guerra no solo mata a unos cuantos miles o a unos cuantos cientos de miles de jóvenes. Mata algo en la gente que no puede recuperarse nunca. Y si alguien pasa por suficientes guerras, pronto todo lo que queda es el bruto, la criatura que nosotros —usted y yo, y otros como nosotros— han sacado del fango». Hizo una pausa larga y a continuación dijo sonriendo débilmente: «A un universitario no debería pedírsele que destruya lo que ha consagrado su vida a construir».

Stoner se aclaró la garganta y dijo tímidamente: «Todo parece haber sucedido muy rápido. Por algún motivo no me había percatado, hasta que hablé con Finch y Masters. Todavía no me parece muy real».

«No lo es, por supuesto», dijo Sloane. Entonces se movió inquieto, alejándose de Stoner. «No voy a decirle lo que debe hacer. Solo le diré esto: es su decisión. Habrá reclutamiento, pero usted puede ser excluido, si lo desea. ¿No tiene miedo de ir, verdad?».

«No, señor», dijo Stoner. «No lo creo».

«Entonces tome una decisión, y tendrá que tomarla usted solo. Y no es necesario recordarle que si decide alistarse a su regreso recuperará su puesto actual. Si decide no alistarse puede quedarse aquí, pero por supuesto no disfrutará de ninguna ventaja especial. Es posible incluso que padezca algún inconveniente, tanto ahora como en el futuro.»

«Comprendo», dijo Stoner.

Hubo un largo silencio, y Stoner decidió al fin que Sloane había terminado con él. Pero justo cuando se levantaba para abandonar el despacho Sloane habló otra vez.

Con voz pausada dijo: «Debe recordar lo que es, lo que ha elegido ser y el significado de lo que hace. Hay guerras, derrotas y victorias de la raza humana que no son militares. Recuerde eso mientras decide qué hacer».

Durante dos días Stoner no fue a sus clases y no habló con nadie que conociera. Permaneció en su pequeña habitación, sopesando su decisión. Sus libros y la quietud de su cuarto le rodeaban, solo a ratos era consciente del mundo exterior, del lejano murmullo producido por los gritos de los estudiantes, del súbito traqueteo de un carro sobre las calles empedradas y del sordo ronroneo de algún automóvil de la docena de ellos que habría en la ciudad. No era dado a la introspección y halló que la tarea de averiguar sus motivos era complicada y un poco desagradable. Sentía que tenía poco que ofrecerse a sí mismo y que dentro de sí no había mucho que encontrar.

Cuando al final tomó una decisión, le parecía que había sabido todo el tiempo cuál sería. Se encontró con Masters y Finch el viernes y les dijo que no se alistaría con ellos para combatir contra los alemanes.

Gordon Finch, aún dominado por su acceso de virtud, se estiró y dejó que una expresión de avergonzada lástima se asentara en sus facciones. «Nos has decepcionado, Bill», dijo con voz apagada. «Has decepcionado a todos».

«Tranquilo», dijo Masters. Escrutaba a Stoner. «Pensé que quizás decidieras no ir. Siempre fuiste austero para contigo. No importa, por supuesto. Pero ¿qué fue lo que te hizo decidir?».

Stoner no habló durante un rato. Pensó en los últimos dos días, en la batalla silenciosa que parecía no tener fin ni sentido, pensó en la vida en la universidad durante los últimos siete años, pensó en los años anteriores, los años lejanos con sus padres en la granja y en la rigidez de la que él, milagrosamente, había renacido.

«No sé», dijo al fin. «Todo, me parece. No sabría decir».

«Va a ser duro quedarse aquí», dijo Masters.

«Lo sé», dijo Stoner.

«Pero ¿crees que merece la pena?»

Stoner asintió.

Masters hizo una mueca y dijo con su vieja ironía: «Tienes el gesto austero y hambriento, seguro. Estás condenado».

La avergonzada lástima de Finch se había transformado en vacilante desdén. «Te arrepentirás de esto, Bill», dijo ásperamente, y su voz titubeaba entre la amenaza y la compasión.

Stoner asintió. «Puede», dijo.

Se despidió y se dio media vuelta. Al día siguiente iban a San Luis a alistarse y Stoner tenía que preparar clases para la semana siguiente.

No sentía culpa por su decisión y cuando el reclutamiento fue general solicitó un aplazamiento sin ningún sentimiento especial de remordimiento, aunque era consciente de las miradas de sus colegas más ancianos y de lo poco que faltaba para que el habitual comportamiento de sus alumnos con él derivase en falta de respeto. Incluso sospechaba que Archer Sloane, que en principio había expresado una cálida aprobación a su decisión de continuar en la universidad, se volvía más frío y distante según pasaban los meses de la guerra en curso.

Concluyó los estudios de su doctorado en la primavera de 1918 y obtuvo el título en junio de aquel año. Un mes antes de recibir el título recibió una carta de Gordon Finch, que tras pasar por una academia de entrenamiento de oficiales había sido destinado a un campo de entrenamiento en las afueras de la ciudad de Nueva York. La carta le informaba de que habían permitido a Finch, en su tiempo libre, asistir a la Universidad de Columbia, donde también él había conseguido completar los estudios para doctorarse, lo cual sucedería en verano en la facultad de educación local.

También le contó que Dave Masters había sido enviado a Francia y que, casi exactamente al mes de su alistamiento, había caído en Château-Thierry, junto con las primeras tropas estadounidenses que habían entrado en combate.

3

Una semana antes del inicio, cuando Stoner iba a recibir su doctorado, Archer Sloane le ofreció una plaza de profesor a tiempo completo en la universidad. Sloane le explicó que la política de la universidad no era emplear a sus propios alumnos pero que, debido a la carencia de profesores universitarios titulados y con experiencia a causa de la guerra, había conseguido persuadir a la administración para hacer una excepción.

Con cierta desgana, Stoner había escrito algunas cartas solicitando empleo a universidades y facultades de la zona, declarando someramente sus calificaciones. Al no recibir respuesta de ninguna de ellas, se sintió curiosamente aliviado. Alcanzaba a entender su alivio: en la Universidad de Columbia había conocido el tipo de seguridad y calor que habría necesitado sentir en casa de niño y no habría sido capaz, o no habría tenido la habilidad suficiente para encontrarlos en otro sitio. Aceptó la oferta de Sloane con gratitud.

Cuando se dispuso a hacerlo se percató de que Sloane había envejecido notablemente durante el año de guerra. A sus cincuenta y muchos parecía diez años mayor, su cabello, que había sido rizado con revueltos mechones metálicos, era ahora blanco y caía lacio y sin vida por su cara huesuda. Sus ojos negros se habían apagado, como ocultos tras varias capas de humedad, su rostro largo y con arrugas, que alguna vez pareció de cuero fino, presentaba ahora la fragilidad de un papel viejo y seco, y su voz llana e irónica había empezado a temblar. Mirándole, Stoner pensó: va a morir —en un año, o dos, o diez, morirá—. Le pellizcó un sentimiento prematuro de pérdida y se dio media vuelta.

Aquel verano de 1918 sus pensamientos volvían a menudo al tema de la muerte. La de Masters le había impactado más de lo que hubiese deseado admitir y la primera lista de bajas estadounidenses en Europa había empezado a publicarse. Cuando había pensado en la muerte con anterioridad no había sido ni como un acto literario ni como el desgaste lento y calmoso del tiempo sobre la carne imperfecta. No había pensado en ella como una explosión de violencia en un campo de batalla, ni como un chorro de sangre brotando de una garganta rota. Se cuestionaba la diferencia entre los tipos de muerte y lo que significaba aquella diferencia, y se percató de que dentro le crecía algo de aquel amargor que había atisbado alguna vez en el corazón de su amigo David Masters.

El tema de su disertación fue «La influencia de la tradición clásica en la lírica medieval». Empleó la mayor parte del verano en releer a los poetas latinos clásicos y medievales y especialmente poemas sobre la muerte. Se preguntó una vez más por la manera sencilla y elegante en que los líricos romanos aceptaban el hecho de la muerte, como si la nada a la que se enfrentaban fuese un tributo a la riqueza de los días disfrutados y se maravillaba por la amargura, el terror, el apenas disimulado odio que detectó en algunos de los últimos poetas cristianos de tradición latina cuando se enfrentaban a una muerte que prometía, algo vagamente, una vida eterna rica y en éxtasis, como si muerte y promesa fuesen una burla que agriaba los días de los vivos. Cuando pensaba en Masters lo hacía como en un Catulo o un Juvenal más elegante y lírico, un exiliado en su propio país, y su muerte se le antojaba otro exilio, más extraño y duradero que los que había conocido antes.

Al inaugurarse el semestre de otoño en 1918 era evidente para todos que la guerra en Europa no podría durar mucho más. La última y desesperada contraofensiva alemana había sido detenida cerca de París y el mariscal Foch había ordenado un contraataque general aliado que había hecho retroceder rápidamente a los alemanes hasta su posición original. Los británicos avanzaron hacia el norte y los estadounidenses atravesaron Argonne, con un coste que fue ampliamente ignorado en medio del júbilo general. Los periódicos predecían el colapso de los alemanes para antes de Navidad.

Así que el semestre empezó con un clima de tensa cordialidad y bienestar. Los alumnos y profesores se sonreían unos a otros y se saludaban enérgicamente en los pasillos; la facultad y la administración ignoraron algunos brotes de exaltación, así como pequeños actos violentos por parte de los alumnos. Un estudiante sin identificar, que inmediatamente se convirtió en una especie de héroe local popular, trepó a una de las inmensas columnas del Jesse Hall y colgó de su parte superior un muñeco de paja parecido al Kaiser.

La única persona de la universidad aparentemente ajeno a la euforia general era Archer Sloane. Desde el día en que Estados Unidos entró en la guerra empezó a encerrarse en sí mismo y su retraimiento se hizo más notorio a medida que la guerra se aproximaba a su fin. No hablaba con sus colegas a no ser sobre asuntos del departamento y se rumoreaba que sus clases se habían vuelto tan excéntricas que sus alumnos asistían a ellas con temor. Leía sus notas mecánica y monótonamente, sin mirarlos nunca a los ojos. Con frecuencia su voz se desvanecía en cuanto empezaba a leer sus apuntes y podía haber uno, dos, y a veces hasta cinco minutos de silencio, durante los cuales ni se movía ni respondía a las tímidas preguntas de la clase.

William Stoner vio el último vestigio del hombre brillante e irónico que había conocido de estudiante cuando Archer Sloane le dio sus tareas docentes para el curso. Sloane asignó a Stoner dos cursos de composición de primero y un curso superior de literatura inglesa medieval y entonces dijo, con un destello de su viejo sarcasmo: «Al igual que muchos de nuestros colegas y no pocos de nuestros alumnos estará usted encantado de saber que voy a renunciar a muchas de mis clases. Entre ellas hay una que ha sido siempre mi favorita, la literatura inglesa de segundo. ¿Recuerda tal vez el curso?».

Stoner asintió, sonriendo.

«Sí», continuó Sloane, «prefiero que la imparta usted. Le pido por tanto que me sustituya en ella. No es que sea un regalo, pero pensé que le divertiría comenzar su carrera formal como profesor donde comenzó de alumno». Sloane le miró por un instante; sus ojos brillaban con la expresividad que tenían antes de la guerra. Luego, el velo de indiferencia se asentó sobre ellos y le alejó de Stoner. Se puso a barajar algunos papeles de su escritorio.

Fue así como Stoner empezó por donde había comenzado, un hombre alto, delgado y encorvado en la misma clase en la que se sentase siendo un muchacho alto, delgado y encorvado a escuchar las palabras que le habían llevado hasta donde estaba. Nunca entró en aquella clase sin echar un vistazo al lugar que había ocupado y siempre se asombraba un poco de no verse sentado allí.

El 11 de noviembre de aquel año, dos meses después del inicio del semestre, se firmó el armisticio. La noticia llegó un día lectivo e inmediatamente se suspendieron las clases. Los alumnos deambulaban sin rumbo por el campus y surgieron pequeños desfiles que se agrupaban, se dispersaban y se agrupaban de nuevo, atravesando pasillos, clases y oficinas. Contra su voluntad, Stoner se vio arrastrado por uno de los que entraban en el Jesse Hall, a través de pasillos, escaleras y más pasillos. Empujado por pequeños grupos de alumnos y profesores, pasó por la puerta abierta del despacho de Archer Sloane, y lo vislumbró sentado en la silla de su escritorio, con la cara descubierta y crispada, sollozando amargamente, con las lágrimas cayéndole por sus profundos surcos carnosos.

Durante un conmocionado instante, Stoner se dejó arrastrar por la masa. Luego escapó y fue a su habitación cerca del campus. Sentado en la oscuridad de su cuarto escuchó fuera los gritos de alegría y júbilo y pensó en Archer Sloane, que lloraba por la derrota que solo él veía, o creía que veía y supo que Sloane era un hombre deshecho que nunca volvería a ser el que había sido.

A finales de noviembre muchos de aquellos que se habían ido a la guerra empezaron a retornar a Columbia y el campus de la universidad se vio salpicado del verde aceituna de los uniformes. Entre quienes regresaban de largos permisos estaba Gordon Finch. Había cogido peso durante el año y medio que estuvo alejado de la universidad y el rostro ancho y abierto que fuese de amable condescendencia tenía ahora una expresión de gravedad afable pero siniestra. Portaba galones de capitán y a menudo hablaba con afecto paternalista de «mis hombres». Mantenía una amistad distante con William Stoner y ponía ahora exagerado empeño en comportarse deferentemente con los miembros veteranos del departamento. Era demasiado tarde para asignarle ninguna clase del semestre de otoño, así que durante el resto del curso le dieron lo que se entendía sería una sinecura como auxiliar administrativo del vicerrector de artes y ciencias. Tuvo el suficiente tacto como para percatarse de la ambigüedad de su nuevo cargo y la suficiente habilidad para apreciar sus posibilidades. La relación con sus colegas era provisional y cortésmente evasiva.

El vicerrector de artes y ciencias, Josiah Claremont, era un hombre pequeño con barba, de avanzada edad, con algunos años más de los prescritos para la jubilación obligatoria. Había estado en la universidad desde su traslado, a principios de los setenta del siglo anterior, desde una facultad corriente a una universidad plena, habiendo sido su padre uno de sus primeros rectores. Estaba tan afianzado y era tan parte misma de la historia de la universidad que nadie tenía el valor de insistirle en su jubilación, a pesar de la creciente incompetencia con la que llevaba su oficina. Prácticamente había perdido la memoria, a veces se perdía por los pasillos del Jesse Hall, donde estaba su despacho, y tenía que ser guiado como un niño hasta su mesa.

Josiah Claremont, viudo desde hacia años, vivía solo, con tres criados de color casi tan viejos como él, en una de esas casas grandes de antes de la Guerra Civil que habían sido tan comunes en Columbia pero que estaban desapareciendo en favor del pequeño granjero independiente y del constructor inmobiliario. La arquitectura del lugar era agradable pero irreconocible y, aunque «sureña» en su aspecto general y su carácter, no poseía nada de la rigidez neoclásica de las casas de Virginia. La madera estaba pintada de blanco y cenefas verdes enmarcaban las ventanas y las balaustradas de los pequeños balcones que sobresalían aquí y allá desde el piso superior. La parcela se extendía hasta un bosque que rodeaba el lugar y altos álamos, desprovistos de hojas las tardes de diciembre, se alineaban por el camino de entrada y los senderos. Era la casa más grande a la que William Stoner se había acercado, y aquel viernes por la tarde caminaba con cierto recelo hacia la entrada uniéndose a un grupo de la facultad al que no conocía y que esperaba en la puerta principal para entrar.

Gordon Finch, vistiendo aún su uniforme del ejército, abrió la puerta para dejarlos pasar. El grupo penetró en un pequeño vestíbulo cuadrado al final del cual una escalera escarpada de barandas de roble bruñido conducía a la segunda planta. Un pequeño tapiz francés, de azules y dorados tan desvaídos que los motivos eran apenas visibles bajo la débil luz amarillenta de las pequeñas bombillas, colgaba de la pared de la escalera, justo enfrente de los recién llegados. Stoner se quedó observándolo mientras los demás deambulaban por el reducido vestíbulo.

«Dame tu chaqueta, Bill». Aquella voz, junto a su oído, le sobresaltó. Se giró. Finch sonreía y extendía la mano para recoger la chaqueta que Stoner aún no se había quitado.

«No habías estado antes aquí, ¿no?», preguntó Finch casi en un susurro. Stoner negó con la cabeza.

Finch se giró hacia los otros hombres y sin levantar la voz consiguió exclamar: «Caballeros, vayan al salón principal». Señaló una puerta a la derecha del vestíbulo. «Todos están allí dentro».

Volvió a centrar su atención en Stoner. «Es una casa antigua magnífica», dijo, colgando la chaqueta de Stoner en un armario grande bajo la escalera. «Es una de las auténticas atracciones de por aquí».

«Sí», dijo Stoner. «He oído a la gente hablar de ella».

«Y el vicerrector Claremont es un viejecito encantador. Me ha pedido algo así como que cuide de todo esta tarde por él.»

Stoner asintió.

Finch le tomó del brazo y le guió hacia la puerta que había señalado antes. «Más tarde tenemos que reunirnos para tener una charla. Tú entra ahora. Yo voy dentro de un rato. Hay gente que quiero que conozcas».

Stoner empezó a hablar pero Finch se había dado la vuelta para saludar a otro grupo que había llegado a la puerta principal. Stoner suspiró profundamente y abrió la puerta del salón.

Cuando entró en la sala desde el frío vestíbulo el calor le golpeó, como si le forzara a retirarse; el lento murmullo de la gente de dentro, liberado al abrir la puerta, flotó durante un instante antes de que sus oídos se acostumbraran a él.

Había una docena de personas reunidas en la sala aproximadamente, y en un momento Stoner reconoció a nueve de ellas; vio el sobrio negro, gris y marrón de los trajes, el verde aceituna de los uniformes militares, y aquí y allá el delicado rosa o azul de los vestidos de mujer. La gente se movía con lentitud por el calor y él se movía con ellos, consciente de su altura entre las figuras sentadas, saludando con la cabeza a las caras que ahora reconocía.

En el extremo opuesto otra puerta conducía a una salita, adyacente al largo y estrecho comedor. Las abiertas puertas dobles del recibidor revelaban una inmensa mesa de nogal cubierta con un mantel damasquinado repleto de platos blancos y fuentes de plata reluciente. Había algunas personas reunidas alrededor de la mesa, presidida por una joven, alta, delgada y hermosa, con un vestido de muaré azul, que escanciaba té en tazas de porcelana con bordes dorados. Stoner se detuvo en la puerta, atrapado por la visión de la joven. Su rostro de fisonomía larga, delicada, sonreía a quienes la rodeaban y sus esbeltos, casi frágiles dedos, manejaban hábilmente la tetera y las tazas. Mirándola, a Stoner le abrumaba la conciencia de su propio aspecto desgarbado.

Durante unos instantes no se movió de la puerta; escuchaba la voz suave y débil de la chica alzarse sobre el murmullo de los invitados allí reunidos y a los que ella servía. Levantó la cabeza y de repente vio sus ojos, eran pálidos y grandes y parecían brillar con una luz interior. Algo confuso se apartó de la puerta y regresó al salón. Encontró una silla vacía junto a la pared y se sentó allí observando la alfombra bajo sus pies. No miraba hacia el comedor, pero de vez en cuando pensaba que sentía la mirada de la joven rozándole cálidamente la cara.

Los invitados se movían a su alrededor, cambiando de asientos, alterando sus entonaciones según encontraban nuevos compañeros de conversación. Stoner los veía a través de un velo, como si fuera un espectador. Después de un rato Gordon Finch entró en la sala y Stoner se levantó y caminó hacia él. Casi groseramente interrumpió la conversación de Finch con un señor mayor. Llevándole a un aparte pero sin bajar la voz, le preguntó si podía presentarle a la joven escanciadora de té.

Finch le observó un instante, suavizándose el frunce de contrariedad de su frente a medida que se le abrían los ojos de asombro. «¿Que tú, qué?», dijo Finch. Pese a ser más bajo que Stoner daba la impresión de que le miraba desde arriba.

«Quiero que me la presentes», dijo Stoner. Sentía que le ardía la cara. «¿La conoces?».

«Claro», dijo Finch. Un principio de sonrisa le asomó a la boca. «Me parece que es prima del vicerrector, de San Luis, está visitando a una tía». La sonrisa se acentuó. «Viejo Bill. ¿Qué estarás tramando? Claro, te la presentaré. Vamos».

Se llamaba Edith Elaine Bostwick y vivía con sus padres en San Luis, donde la primavera anterior había acabado un curso de dos años en una academia privada para mujeres. Estaría unas semanas visitando a la hermana mayor de su tía en Columbia y en primavera iba a hacer el gran viaje por Europa —un acontecimiento de nuevo posible, ahora que la guerra había terminado—. Su padre, presidente de uno de los bancos más pequeños de San Luis, era un emigrado de Nueva Inglaterra. Había venido al oeste en los setenta y se había casado con la hija mayor de una familia bien de Misuri. Edith había vivido toda su vida en San Luis, unos años antes había ido al Este con sus padres, una temporada a Boston; había estado en la ópera de Nueva York y había visitado los museos. Tenía veinte años, tocaba el piano y tenía unas inclinaciones artísticas que su madre alentaba.

Más tarde, William Stoner no podría recordar cómo se había enterado de esas cosas durante aquella primera tarde en la casa de Josiah Claremont, pues su charla fue confusa y formal, como las figuras del tapiz de la pared de la escalera del vestíbulo. Recordaba haber hablado con ella, que ella le miró, se quedó junto a él y le otorgó el placer de escuchar su voz suave y débil respondiendo a sus preguntas y haciendo a su vez preguntas superficiales.

Los invitados comenzaron a marcharse. Voces que se despedían, puertas que se cerraban y habitaciones que se vaciaban. Stoner permaneció allí después de que muchos invitados se hubiesen ido y cuando vino el carruaje de Edith, él la siguió al vestíbulo y la ayudó con el abrigo. Justo antes de salir al exterior le preguntó si podía llamarla la tarde siguiente.

Como si no le hubiese oído ella abrió la puerta y se quedó inmóvil unos instantes: el aire frío penetraba por la puerta y alcanzó el rostro ardiente de Stoner. Ella se giró, le miró y pestañeó varias veces. Sus ojos pálidos especulaban, casi descarados. Finalmente asintió y dijo: «Sí. Puede llamarme». No sonrió.

Así que la llamó. Caminó por la ciudad en dirección a la casa de la tía de la joven bajo un frío intenso, típico de las noches del medio oeste. No había ninguna nube en el cielo; la media luna brillaba sobre una ligera capa de nieve que había caído a primera hora de la tarde. Las calles estaban desiertas y el silencio sordo era roto por el crujido de la nieve seca bajo sus pies al caminar. Permaneció largo tiempo fuera de la gran casa a la que había llegado, sin moverse. La luz mortecina de las ventanas caía sobre el blanco azulado de la nieve como un manchón amarillo. Stoner creyó ver movimiento dentro, pero no podía estar seguro. Deliberadamente, como comprometiéndose con algo, dio un paso al frente, caminó por el sendero del porche y llamó a la puerta.

La tía de Edith —cuyo nombre, según había sabido Stoner, era Emma Darley, era viuda desde hacia varios años— le recibió en la puerta y le invitó a entrar. Era una mujer baja y rolliza de finos cabellos blancos que flotaban sobre su rostro. Sus ojos oscuros parpadeaban humedecidos y hablaba suavemente y en susurros, como si estuviera contando secretos. Stoner la siguió hasta la sala y se sentó frente a ella, sobre un sofá de nogal grande, con los asientos y el respaldo cubiertos de grueso terciopelo azul. La nieve se le había agarrado a los zapatos; él contemplaba cómo se derretía formando rodales de humedad sobre la tupida alfombra floral bajo sus pies.

«Edith me ha contado que enseña en la universidad, señor Stoner», dijo la señora Darley.

«Sí, señora», dijo y se aclaró la voz.

«Es tan *lindo* poder hablar de nuevo con un joven profesor de allí», dijo la señora Darley vivazmente. «Mi difunto esposo, el señor Darley, perteneció al consejo de administración de la universidad durante varios años... pero supongo que usted ya lo sabía».

«No, señora», dijo Stoner.

«Oh», dijo la señora Darley. «Bueno, solíamos recibir a algunos de los catedráticos más jóvenes para tomar el té por las tardes. Pero eso fue hace algunos años, antes de la guerra. ¿Fue usted a la guerra profesor Stoner?».

«No, señora», dijo Stoner. «Estuve en la universidad».

«Sí», dijo la señora Darley. Asintió con vehemencia. «¿Y qué enseña?».

«Inglés», dijo Stoner. «Y no soy catedrático. Soy solo profesor». Sabía que su voz sonaba áspera, pero no podía controlarla. Trató de sonreír.

«Ah, sí», dijo ella. «Shakespeare... Browning...».

Se hizo un silencio entre los dos. Stoner entrelazó las manos y miró al suelo.

La señora Darley dijo: «Veré si Edith está lista. Con su permiso».

Stoner asintió y se puso de pie cuando ella se marchó. Escuchó intensos susurros en la habitación de atrás. Permaneció de pie algunos minutos más.

De repente Edith apareció bajo el ancho umbral, pálida y seria. Se miraron sin reconocerse. Edith dio un paso hacia atrás y después avanzó, sus labios finos estaban tensos. Se dieron la mano con gravedad y se sentaron juntos en el sofá. No había hablado.

Era incluso más alta de lo que recordaba, y más frágil. Su rostro era alargado y esbelto y mantenía los labios cerrados sobre unos dientes bastante recios. Su piel tenía el tipo de transparencia que muestra un ápice de color y temperatura sin resultar provocativa. Su pelo era entre pelirrojo y castaño claro y lo llevaba recogido en gruesas trenzas. Pero fueron sus ojos los que le atraparon y le cautivaron como lo habían hecho el día anterior. Eran muy grandes y del azul más claro que cupiera imaginar. Cuando los miraba parecía salirse de sí mismo, adentrándose en un misterio que no podía comprender. Pensaba que era la mujer más bella que había visto en su vida y le dijo impulsivamente: «Yo... yo quisiera conocerla». Ella se apartó un poco. Él dijo con precipitación: «Quiero decir... ayer, en la recepción, lo cierto es que no tuvimos ocasión de charlar. Quise hablarle, pero había tanta gente. La gente a veces estorba».

«Fue una recepción muy linda», dijo Edith débilmente. «Pienso que todo el mundo fue muy agradable».

«Oh, sí, por supuesto», dijo Stoner. «Quería decir...». No continuó. Edith callaba.

Él dijo: «Entiendo que usted y su tía viajarán a Europa en breve».

«Sí», dijo ella.

«Europa...». Meneó la cabeza. «Debe de estar usted muy entusiasmada».

Meneó la cabeza con renuencia.

«¿Dónde irán? Quiero decir, ¿a qué sitios?»

«Inglaterra», dijo. «Francia, Italia».

«Y se marcharán... ¿en primavera?»

«En abril», dijo.

«En cinco meses», dijo. «No queda mucho. Espero que en este tiempo podamos...».

«Solo estaré aquí tres semanas», dijo ella con rapidez. «Luego volveré a San Luis por Navidad».

«Eso es poco tiempo», sonrió y torpemente añadió, «entonces tendré que verla tan a menudo como pueda para que así podamos llegar a conocernos».

Ella le miró casi con terror. «No quería decir eso», dijo. «Por favor...».

Stoner guardó silencio unos instantes. «Lo siento, yo... pero sí quisiera llamarla otra vez, tan a menudo como usted me permita. ¿Puedo?».

«Oh», dijo. «Bueno». Tenía los delgados dedos entrelazados sobre su regazo y los nudillos estaban blancos donde la piel se estiraba. Tenía pecas pálidas en el dorso de las manos.

Stoner dijo: «Esto no va bien, ¿verdad? Debe perdonarme. Nunca había conocido a alguien como usted y digo tonterías. Debe perdonarme si la he intimidado».

«Oh, no», dijo. Se giró hacia él y movió los labios en lo que debía ser una sonrisa. «Para nada. Me lo estoy pasando estupendamente. De verdad».

Stoner no supo qué decir. Mencionó algo acerca del tiempo en el exterior y se disculpó por haber dejado huellas de nieve sobre la alfombra. Ella murmuró algo en respuesta. Él habló de las clases que tenía que impartir en la universidad y ella asintió sorprendida. Finalmente permanecieron sentados en silencio. Stoner se puso en pie; se movió lenta y pesadamente, como si estuviera cansado. Edith le miraba de forma inexpresiva.

«Bueno», dijo y se aclaró la voz. «Se hace tarde y yo... Mire. Lo siento. ¿Podría llamarla dentro de unos días? Tal vez...».

Fue como si no le hubiese hablado a ella. Él asintió con la cabeza, dijo «buenas noches» y se dio media vuelta para marcharse.

Edith Bostwick dijo en un tono alto, chillón y sin inflexión: «Cuando era una niña de unos seis años sabía tocar el piano y me gustaba pintar y era muy tímida así que mi madre me envió a la escuela para niñas de la señorita Thorndyke en San Luis. Yo era la más pequeña allí, pero estaba bien porque papá era miembro del consejo de administración y él lo arregló. No me gustó al principio pero al final me encantaba. Eran todas chicas muy amables y adineradas y allí hice amigas de por vida, y...».

Stoner se había dado la vuelta cuando ella empezó a hablar y la miraba con un asombro reprimido en su expresión. Sus ojos estaban fijos sobre ella, su rostro lívido y sus labios se le movían como si, sin comprenderlo, leyera de un libro invisible. Cruzó despacio la habitación y se sentó a su lado. Ella no pareció darse cuenta, su mirada permanecía clavada al frente y continuaba hablando de sí misma, como si él le hubiera pedido que lo hiciera. Quería decirle que parara, para consolarla, para tocarla. Ni se movió ni habló.

Ella continuó hablando y al cabo de un rato Stoner empezó a escuchar lo que decía. Años más tarde se daría cuenta de que en esa hora y media, de aquella tarde de diciembre, durante su primer lapso largo de tiempo juntos, le contó más sobre sí misma que ninguna otra vez. Y cuando hubo terminado, sintió que eran desconocidos de una manera impensable y supo que se había enamorado.

Edith Elaine Bostwick probablemente no era consciente de lo que le dijo a William Stoner aquella tarde, y de haberlo sido, no se habría dado cuenta de su significado. Pero Stoner sabía lo que ella había dicho y nunca lo olvidó. Lo que escuchó fue una especie de confesión y lo que creyó entender fue una petición de ayuda.

A medida que la iba conociendo mejor supo más de su infancia y advirtió que era la típica chica de su época y circunstancias. Había sido educada bajo la premisa de ser protegida de los graves incidentes que la vida pudiera poner en su camino, así como la de que no tenía otra misión que ser elegante y cómplice consumada de dicha protección, dado que pertenecía a una clase social y económica para la cual la protección constituía una obligación sagrada. Fue a colegios privados para chicas en los que aprendió a leer, escribir y aritmética simple. En su tiempo libre se le incitaba a bordar, a tocar el piano, a pintar con acuarelas y a debatir sobre las obras más tiernas de la literatura. También había sido instruida respecto a indumentaria, carruajes, dicción para damas y moralidad.

Su instrucción moral, tanto en los colegios a los que fue como en casa, fue de naturaleza negativa, de intensión represiva y casi estrictamente sexual. De todas formas, la sexualidad era indirecta y no admitida abiertamente, por lo tanto afectaba a cualquier otro aspecto de su formación. Esta se alimentaba mayormente de una fuerza moral prohibicionista y tácita. Aprendió que tendría tareas para con su marido y familia y que debería cumplirlas.

Su infancia fue sumamente ceremoniosa, incluso en los momentos más cotidianos de la vida familiar. Sus padres se trataban con una cortesía distante. Edith nunca les vio intercambiar el calor espontáneo del enfado o del amor. El enfado consistía en días de silencio cortés y el amor en una palabra de cariño cortés. Siendo solo una niña la soledad fue una de las primeras circunstancias de su vida.

Creció con un moderado talento para las artes más exquisitas y sin conocer la necesidad de vivir el día a día. Sus bordados eran delicados e inútiles, pintaba paisajes brumosos con tenues acuarelas aguadas y tocaba el piano con manos sin fuerza pero precisas y, aunque ignorara sus propias necesidades corporales, no la habían dejado sola para cuidar de sí misma ni un solo día de su vida y no se le había ocurrido que pudiese llegar a ser responsable del bienestar de otra persona. Su vida era invariable, como un leve arrullo y era observada por su madre la cual, cuando Edith era una niña, se sentaba horas con ella observándola pintar sus dibujos o tocar el piano como si otra ocupación no fuese concebible para ninguna de las dos.

A la edad de trece años Edith sufrió la transformación sexual habitual. Sufrió así mismo una transformación física más inusual. En el transcurso de pocos meses creció casi treinta centímetros, por lo que su altura era casi la de un hombre adulto. Y la conjunción de su cuerpo desgarbado y la extrañeza de su nuevo estado sexual fue algo de lo que nunca se recuperó totalmente. Aquellos cambios intensificaron su timidez natural —era distante con sus compañeras de clase en el colegio, no tenía a nadie en casa con quien poder hablar y se encerró cada vez más en sí misma.

En aquella privacidad íntima se inmiscuía ahora William Stoner. Y algo insospechado dentro de ella, algún instinto, la llevó a interpelar a Stoner cuando salía por la puerta, haciéndola hablar con vehemencia, desesperadamente, como no había hablado y nunca volvería a hablar.

Durante las siguientes dos semanas la vio casi cada tarde. Fueron a un concierto patrocinado por el nuevo departamento de música de la universidad. Las tardes que no hacía mucho frío daban paseos lentos y solemnes por las calles de Columbia, pero normalmente se sentaban en el salón de la señora Darley. A veces conversaban y Edith tocaba para él mientras él escuchaba y observaba sus manos moverse sin vida sobre las teclas. Tras aquella primera tarde juntos su conversación se volvió curiosamente impersonal. Él era incapaz de sacarla de su recato y cuando veía que sus esfuerzos la intimidaban, dejaba de intentarlo. Aún así había cierta comodidad entre ellos y él imaginaba que se entendían. Una semana antes de que ella tuviera que regresar a San Luis él le declaró su amor y le propuso matrimonio.

A pesar de que no sabía exactamente cómo se tomaría la declaración y la proposición, se quedó sorprendido de su aplomo. Después de que él hablase le lanzó una mirada larga, deliberada y curiosamente descarada, y él recordó la tarde en la que le pidiera permiso para llamarla, cuando le había mirado desde la puerta por la que se colaba un viento frío. Luego bajó la vista y el estupor que ascendió hasta su rostro le pareció casi irreal. Dijo que nunca había pensado en él de esa forma, que nunca lo hubiera imaginado, que no lo sabía.

«Debe de haber sabido que la quería», dijo. «No veo cómo podría haberlo ocultado».

Ella dijo con cierto aire de animación: «No lo sabía. Yo no sé nada de eso».

«Entonces debo decírselo otra vez», dijo él amablemente. «Y debe acostumbrarse a ello. La amo y no me puedo imaginar la vida sin usted».

Ella agitó la cabeza, como confusa. «Mi viaje a Europa», dijo tenuemente. «Tía Emma...».

Sintió que una carcajada le subía por la garganta y le dijo feliz y confiado: «Ah, Europa. Yo la llevaré a Europa. La veremos juntos algún día».

Ella se apartó de él y apoyó la yema de los dedos en la frente. «Debe darme tiempo para pensar. Y debería hablar con mis padres antes de poder siquiera considerarlo...».

Y no se comprometió más allá de eso. Ya no le vería más antes de partir hacia San Luis y desde allí le escribiría tras hablar con sus padres y asumir las cosas en su cabeza. Cuando se marchó aquella tarde él se detuvo a besarla, ella giró la cara y sus labios le rozaron la mejilla. Ella le dio un pellizco en la mano y le condujo fuera de la casa sin volver a mirarle.

Diez días más tarde recibió una carta de ella. Era una nota curiosamente formal que no mencionaba nada de lo que había ocurrido entre ellos. Decía que le gustaría que conociera a sus padres y que todos estaban deseosos de verle cuando viniera a San Luis el siguiente fin de semana, si eso era posible.

Los padres de Edith le recibieron con la fría cordialidad que esperaba e intentaron de inmediato destruir cualquier atisbo de confianza que hubiese podido concebir. El señor Bostwick le hacía preguntas y cuando respondía le contestaba: «S-í-í», de la manera más ambigua y le miraba con curiosidad, como si tuviera la cara manchada o le sangrase la nariz. Ella era alta y delgada como Edith y al principio Stoner se quedó pasmado por un parecido que no se esperaba, pero la cara de la señora Bostwick era fofa y enfermiza, sin ninguna fuerza o delicadeza y dejaba ver las profundas huellas de lo que parecía una insatisfacción crónica.

Horace Bostwick era también alto, pero curiosa e insustancialmente recio, casi corpulento. Un mechón de cabello gris le serpenteaba por la cabeza casi calva y unos pliegues de pellejo se descolgaban de su mandíbula. Cuando hablaba a Stoner miraba directamente por encima de su cabeza como si viera algo detrás de él, y cuando Stoner le respondía tamborileaba con sus gruesos dedos sobre la insignia del centro de su chaleco.

Edith saludó a Stoner como si se tratase de una visita casual y después se perdió por ahí despreocupada, enfrascada en tareas intrascendentes. Sus ojos la seguían pero no lograba que ella le mirase.

Era la casa más grande y elegante en la que Stoner había estado nunca. Las habitaciones eran muy altas y oscuras y estaban repletas de jarrones de todo tamaño y condición, platería de brillo opaco sobre mesas de mármol, cómodas, cajones y mobiliario ricamente tapizado con diseños de lo más delicado. Recorrieron diversas habitaciones hasta una sala grande en la que, murmuró la señora Bostwick, ella y su marido tenían costumbre de sentarse a charlar informalmente con los amigos. Stoner se sentó en una silla tan frágil que temía moverse, sintiendo que se descompondría bajo su peso.

Edith había desaparecido, Stoner la buscaba con la mirada casi frenético. Pero ella no apareció por la sala en el transcurso de casi dos horas, hasta que Stoner y sus padres tuvieron su «charla».

La «charla» había sido indirecta, ambigua y lenta, interrumpida por largos silencios. Horace Bostwick hablaba sobre sí mismo en cortos parlamentos lanzados algunos centímetros por encima de la cabeza de Stoner. Stoner supo que Bostwick era de Boston y que su padre, al final de su vida, había echado a perder su carrera en la banca y el futuro de su hijo en Nueva Inglaterra debido a una serie de inversiones imprudentes que habían llevado al cierre del banco. («Traicionado», Bostwick clamó al cielo, «por falsos amigos».) Por eso el hijo había venido a Misuri poco después de la Guerra Civil, con la intención de trasladarse al oeste, pero sin llegar nunca más allá de Kansas City, donde inició casualmente algunos negocios. Recordando el fracaso de su padre, o la traición, permaneció en su primer empleo en un pequeño banco de San Luis, a sus treinta y tantos, sintiéndose seguro con una vicepresidencia menor. Se casó con una chica de la zona de buena familia. El matrimonio había generado solo una hija, él hubiera querido un chico pero tuvo una chica y aquello constituyó otra decepción que apenas se preocupó de ocultar. Como muchos hombres que consideraban su éxito incompleto, era extraordinariamente vanidoso y estaba consumido por su propia importancia. Cada diez o quince minutos se sacaba un gran reloj de oro del bolsillo del chaleco y se asentía a sí mismo.

La señora Bostwick hablaba con menor frecuencia y menos directamente sobre sí misma, pero Stoner llegó a comprenderla rápidamente. Era una estereotípica mujer sureña. De familia antigua y algo empobrecida, había crecido con la presunción de que las circunstancias de necesidad bajo las que la familia vivía no eran las apropiadas para su rango. Se le había enseñado a procurarse alguna mejora en aquella condición, pero nunca le habían dado instrucciones precisas sobre dicha mejora. Se había casado con Horace Bostwick con aquel desafecto tan habitual en ella que formaba parte de su personalidad, y según pasaban los años la insatisfacción y la amargura crecían de manera tan general y dominante que no había manera de disiparlas. Su voz era alta y aguda y mantenía una nota de desesperanza que otorgaba un valor especial a todo lo que decía.

A última hora de la tarde nadie había mencionado todavía el asunto que les había reunido.

Le dijeron cuánto querían a Edith, cuánto se preocupaban de su felicidad futura, de las ventajas de las que había gozado. Stoner permanecía sentado torturado por la vergüenza, intentando dar las respuestas que juzgaba apropiadas.

«Una niña extraordinaria», dijo la señora Bostwick. «Muy sensible». Las líneas del rostro se le acentuaron al decir con vieja amargura: «Ningún hombre... nadie puede entender completamente la delicadeza de... de...».

«Sí», dijo Horace Bostwick presto. Y empezó a preguntar sobre lo que él llamaba «proyectos» de Stoner. Stoner respondió lo mejor que pudo; nunca había pensado en sus «proyectos» con anterioridad y se sorprendía de lo precarios que sonaban.

Bostwick dijo: «¿Y usted no tiene otros ingresos aparte de su profesión?».

«No, señor», dijo Stoner.

El señor Bostwick movió la cabeza descontento. «Edith ha tenido... privilegios, ya sabe. Una buena casa, sirvientes, los mejores colegios. Me estaba preguntando... y mucho me temo que, con el limitado nivel que sería inevitable con su... ¡ah!, condición... que...», arrastraba la voz.

Stoner sentía que le crecía el malestar, así como cierto enfado. Esperó unos momentos antes de responder, y puso la voz tan plana e inexpresiva como pudo.

«Debo decirle, señor, que nunca había considerado estos temas materiales. La felicidad de Edith es, por supuesto, mi... si usted cree que Edith sería infeliz, entonces debo...». Hizo una pausa, buscando las palabras. Quería contarle al padre de Edith el amor que sentía por su hija, su certeza en la felicidad que compartirían, el tipo de vida que llevarían. Pero no continuó. Observó en el rostro de Horace Bostwick una expresión de preocupación, desánimo, y algo parecido al miedo al haberse quedado en silencio de repente.

«No», dijo Horace Bostwick apresuradamente, y aclaró su expresión. «Me ha malinterpretado. Trataba meramente de presentarle ciertas dificultades que podrían surgir en el futuro. Estoy convencido de que ustedes han hablado sobre estas cosas y estoy seguro de que saben lo que quieren. Respeto su juicio y...».

Y quedó arreglado. Se dijeron algunas palabras más y la señora Bostwick se preguntó en voz alta dónde podría haber estado metida Edith todo el tiempo. Gritó su nombre con su voz alta y aguda y unos instantes después Edith entró en la sala donde todos la aguardaban. No miró a Stoner.

Horace Bostwick le dijo que él y su «muchacho» habían tenido una charla muy agradable y que tenían su bendición. Edith asintió.

«Bueno», dijo su madre, «debemos hacer planes. Una boda primaveral. Junio, tal vez».

«No», dijo Edith.

«¿Qué, cariño?», dijo su madre amablemente.

«Si se ha de hacer», dijo Edith, «quiero que se haga rápido».

«La impaciencia de la juventud», dijo el señor Bostwick y se aclaró la garganta. «Pero tal vez tu madre tenga razón, cariño. Hay planes que hacer, se requiere tiempo».

«No», dijo Edith otra vez y había tal firmeza en su voz que consiguió que todos la miraran. «Debe ser pronto».

Se hizo un silencio. Luego su padre dijo con una voz sorprendentemente templada: «Muy bien, cariño. Como digas. Ustedes, jóvenes, hagan sus planes».

Edith asintió, murmuró algo sobre una tarea pendiente, y se escabulló de la habitación. Stoner no la volvió a ver hasta la hora de la cena, que estuvo presidida en regio silencio por Horace Bostwick. Después de la cena Edith tocó el piano para ellos, pero lo hizo con rigidez y desgana, cometiendo muchos errores. Anunció que se encontraba mal y se fue a su habitación.

En el cuarto de invitados aquella noche, William Stoner no podía dormir. Clavaba la vista en la oscuridad y se preguntaba por la inquietud que había sobrevenido a su vida y por primera vez se cuestionó la cordura de lo que iba a hacer. Pensaba en Edith y sentía cierta desconfianza. Supuso que todos los hombres pasaban por esa incertidumbre que le había embargado de repente y que tenían las mismas dudas.

Tenía que coger un tren para Columbia temprano a la mañana siguiente así que tuvo poco tiempo después del desayuno. Quería tomar un carruaje hasta la estación, pero la señora Bostwick insistió en que uno de los criados le llevaría en el coche de caballos. Edith le iba a escribir en unos días contándole los planes de boda. Dio las gracias a los Bostwick y se despidió de ellos, le acompañaron con Edith hasta la puerta. Casi había llegado a la verja exterior cuando escucharon pasos corriendo tras él. Se giró. Era Edith. Se plantó firme y alta junto a él, su cara estaba pálida y le miraba de frente.

«Intentaré ser una buena esposa para ti, William», dijo. «Lo intentaré».

Cayó en la cuenta de que era la primera vez que alguien había pronunciado su nombre desde su llegada.

4

Por motivos desconocidos, Edith no se quería casar en San Luis, así que la boda tuvo lugar en Columbia, en los salones de Emma Darley, donde habían pasado sus primeras horas juntos. Fue en la primera semana de febrero, justo cuando terminaron las clases en las vacaciones de fin de semestre. Los Bostwick tomaron el tren desde San Luis y los padres de William, que no habían conocido a Edith, se acercaron desde la granja y llegaron el sábado por la tarde, el día antes de la boda.

Stoner quería alojarlos en un hotel, pero ellos preferían quedarse con los Foote, a pesar de que los Foote se habían distanciado y se mostraban fríos desde que William dejara su empleo.

«No sabría qué hacer en un hotel», decía su padre con seriedad. «Y los Foote nos pueden acoger por una noche».

Aquella tarde William alquiló una calesa y condujo a sus padres a la ciudad, a la casa de Emma Darley, para que pudieran conocer a Edith.

En la puerta les recibió la señora Darley, quien echó un vistazo fugaz y abochornado a los padres de William y les pidió que entraran en la sala. Su madre y su padre se sentaron cautelosamente, como si tuvieran miedo de moverse con sus rígidas ropas nuevas.

«No sé en qué puede estar entretenida Edith», murmuró la señora Darley al cabo de un tiempo. «Si me perdonan». Salió de la sala para buscar a su sobrina.

Tras un rato largo Edith bajó; entró en la sala lentamente, con renuencia, como si le diese miedo.

Se levantaron de sus asientos y durante unos momentos los cuatro permanecieron embarazosamente en pie, sin saber qué decir. Entonces Edith se acercó en actitud ceremoniosa y le dio la mano primero a la madre de William y luego al padre.

«Qué tal», dijo su padre con formalidad y le soltó la mano, como si temiese romperla.

Edith le miró, intentó sonreír y retrocedió. «Siéntense», invitó. «Por favor siéntense».

Se sentaron. William dijo algo. Su voz le sonaba forzada.

En silencio, con tranquilidad y admiración, como si estuviera expresando sus pensamientos en voz alta, su madre dijo: «Hijo, qué guapa es, ¿verdad?».

William sonrió ligeramente y dijo en tono afable: «Sí, madre, lo es».

Luego charlaron con mayor facilidad, aunque se lanzaban miradas los unos a los otros y desviaban la vista hacia el fondo de la sala. Edith murmuró que estaba encantada de conocerles, que sentía que no lo hubieran hecho antes.

«Y cuando nos establezcamos...». Hizo una pausa y William se preguntó si iba a continuar. «Cuando nos establezcamos deben venir a visitarnos».

«Gracias, muy amable», dijo su madre.

La conversación continuó, pero se interrumpía con prolongados silencios. Los nervios de Edith iban en aumento, se ponía cada vez más tensa, y en un par de ocasiones no respondió a las preguntas que le hacían. William se puso en pie y su madre, echando una mirada nerviosa a su alrededor, se levantó también. Pero su padre no se movió. Miraba directamente a Edith manteniendo la vista fija sobre ella.

Finalmente dijo: «William ha sido siempre un buen chico. Me alegra que se haya procurado una buena mujer. Un hombre necesita de una mujer que le atienda y le consuele. Sea usted buena con William. Necesita de alguien que sea bueno con él».

La cabeza de Edith retrocedió como en respuesta refleja a un impacto, sus ojos se dilataron y por un momento William pensó que estaba enfadada. Pero no lo estaba. Su padre y Edith se miraron durante un largo rato sin que sus ojos se amilanasen.

«Lo intentaré, señor Stoner», dijo Edith. «Lo intentaré».

Entonces su padre se puso en pie, se inclinó con torpeza y dijo: «Se hace tarde. Será mejor que nos marchemos». Y caminó junto a su esposa, informe, oscura y pequeña a su lado, dejando a Edith y a su hijo juntos.

Edith no le habló. Pero cuando regresó para desearle buenas noches William observó unas lágrimas flotando sobre sus ojos. Se inclinó a besarla y sintió la fragilidad de sus débiles dedos sobre sus brazos.

Los fríos rayos de sol invernal de la tarde de febrero penetraban por las ventanas delanteras de la casa de los Darley y se estrellaban contra las figuras que se movían por la gran sala. Sus padres estaban de pie significativamente solos en la esquina de la habitación; los Bostwick, que habían llegado una hora antes en el tren de la mañana, se encontraban junto a ellos, sin mirarles; Gordon Finch deambulaba con gravidez y ansiedad, como si estuviera a cargo de algo. Había alguna gente, amigos de Edith o de sus padres, a quienes no conocía. Se escuchaba a sí mismo hablando con la gente de su alrededor, sentía una sonrisa en sus labios y escuchaba voces que le llegaban como sofocadas por capas de fina tela.

Gordon Finch estaba a su lado, con la cara sudada y brillante sobre su traje oscuro. Sonreía nerviosamente. «¿Estás listo, Bill?».

Stoner notó que su cabeza asentía.

Finch dijo: «¿Tiene el condenado alguna última petición?».

Stoner sonrió y negó con la cabeza.

Finch le palmeó en el hombro. «Tú solo quédate conmigo, haz lo que te diga, todo está bajo control. Edith bajará en unos momentos».

Stoner se preguntaba si recordaría esto cuando hubiese terminado, todo parecía borroso, como visto a través de una neblina. Se escuchó preguntar a Finch. «El cura... no le he visto. ¿Está aquí?».

Finch rió y moviendo la cabeza dijo algo. Luego un murmullo se extendió por la sala. Edith estaba bajando las escaleras.

Con su vestido blanco era como una fría luz descendiendo sobre la habitación. Stoner empezó a caminar involuntariamente hacia ella y sintió la mano de Finch sobre su brazo, reteniéndole. Edith estaba pálida, pero le dedicó una sonrisa. Al poco estaba a su lado y caminaban juntos. Un extraño con alzacuellos se plantó ante ellos. Era bajo, gordo y tenía un rostro impreciso. Mascullaba algo y miraba hacia un libro blanco que tenía en las manos. William se escuchó respondiendo en los silencios. Notaba a Edith temblar a su lado.

A continuación se produjo un gran silencio, otro murmullo y el sonido de una carcajada. Alguien dijo: «¡Besa a la novia!». Se sintió turbado; Finch le sonreía. Él sonreía hacia Edith, cuyo rostro oscilaba ante él, y la besó. Los labios de ella estaban tan secos como los suyos.

Sentía que le estrechaban la mano; la gente le daba palmadas en la espalda y reía, la sala bullía. Más gente entró por la puerta. Una gran fuente de vidrio tallado con ponche apareció de repente sobre la gran mesa al fondo de la sala. Había un pastel. Alguien unió sus manos y las de Edith, había un cuchillo, comprendió que se suponía que tenía que guiarle la mano para que ella cortase el pastel.

Después le separaron de Edith y la perdió de vista entre la muchedumbre. Hablaba y reía, asintiendo y mirando alrededor de la sala para ver si podía localizar a Edith. Vio a su madre y a su padre de pie en la esquina de la sala de la que no se habían movido. Su madre sonreía y su padre tenía la mano apoyada con torpeza sobre el hombro de ella. Empezó a acercarse a ellos pero no lograba separarse de quienquiera que hablara con él.

Entonces vio a Edith. Estaba con su padre, su madre y su tía. Su padre, con el ceño ligeramente fruncido, inspeccionaba la sala como impaciente y su madre sollozaba, tenía los ojos rojos, resoplaba entre sus gordas mejillas y la boca se le arrugaba hacia abajo como la de una niña. La señora Darley y Edith la abrazaban, la señora Darley hablaba con ella, solícita, como intentando explicarle algo. Pero incluso desde el otro lado de la sala William se daba cuenta de que Edith callaba, su rostro era como una máscara, blanco e inexpresivo. Tras unos instantes sacaron a la señora Bostwick de la sala y William no volvió a ver a Edith de nuevo hasta que la recepción hubo concluido, hasta que Gordon Finch le susurró algo al oído, le acompañó hasta una puerta lateral que se abría hacia un pequeño jardín y le empujó afuera. Edith esperaba allá, arrebujada contra el frío, con el cuello del vestido levantado sobre el rostro de forma que él no podía verla. Gordon Finch se reía y decía palabras que William no podía entender, les arrastró por el camino hasta la calle donde una calesa cubierta les esperaba para llevarles a la estación. Solo cuando estuvieron en el tren que les llevaba a San Luis para su semana de luna de miel, William Stoner se percató de que todo había concluido y de que tenía esposa.

Ambos llegaron al matrimonio inocentes, pero inocentes de manera radicalmente distinta. Los dos eran vírgenes y conscientes de su inexperiencia pero mientras William, criado en una granja, aceptaba con naturalidad los procesos instintivos de la vida, estos eran profundamente misteriosos e inexplicables para Edith. No sabía nada de ellos. Y algo en su interior no deseaba conocerlos.

Y así, como la de tantos otros, su luna de miel fue un fracaso, aunque no lo admitieran, y no se dieran cuenta del significado del fracaso hasta mucho tiempo después.

Llegaron a San Luis el domingo por la noche. En el tren, rodeados de extraños que les miraban con curiosidad y gesto de aprobación, Edith había estado animada y casi alegre. Se reían y se tomaban las manos y hablaban de los días por venir. Una vez en la ciudad y para cuando William hubo encontrado un carruaje que les llevara al hotel, la alegría de Edith se había tornado ligeramente histérica.

La llevó en brazos, riendo, al cruzar la entrada del Hotel Ambassador, una estructura enorme de piedra marrón tallada. El vestíbulo estaba casi desierto, oscuro y pesado como una caverna. Cuando se metieron dentro Edith se calmó abruptamente, meciéndose vacilante a su lado como si caminaran a través de un suelo inmenso hasta la recepción. Cuando llegaron a su habitación ella estaba casi físicamente enferma, temblaba como si tuviera fiebre y tenía los labios azules en contraste con su piel blanca como la tiza. William quiso llamar a un médico, pero ella insistió en que solo estaba cansada, que necesitaba descanso. Hablaron con gravedad sobre las tensiones del día y Edith dio a entender algún escrúpulo que la perturbaba a ratos. Murmuró, pero sin mirarle y sin entonación en la voz, que quería que sus primeras horas juntos fuesen perfectas.

Y William dijo: «Lo son... lo serán. Debes descansar. Nuestro matrimonio empezará mañana».

Y como otros maridos primerizos de quienes había oído hablar y a cuya costa él había bromeado alguna vez, pasó la noche de bodas separado de su esposa, con su cuerpo enjuto ovillado y entumecido y sin poder dormir sobre un pequeño sofá, con los ojos abiertos durante toda la noche.

Se levantó temprano. Su suite, encargada y pagada por los padres de Edith como regalo de bodas, estaba en la décima planta, dominando una vista de la ciudad. Llamó suavemente a Edith y a los pocos minutos salió de la habitación, atándose el cinturón de la bata, bostezando somnolienta, sonriendo un poco. William sentía que su amor por ella le apretaba la garganta, la tomó de la mano y se quedaron ante la ventana del salón, mirando hacia abajo. Automóviles, peatones y carruajes se arrastraban por las estrechas calles a sus pies, les parecía que habían sido llevados lejos del curso de la humanidad y sus actividades. En la distancia, visible más allá de los edificios lineales de piedra y ladrillo rojo, el río Misisipi serpenteaba con sus aguas azul pardo al sol de la mañana; las barcazas y los remolcadores que se desplazaban arriba y abajo por sus firmes márgenes parecían juguetes, a pesar de que sus chimeneas exhalaban grandes cantidades de humo gris hacia el aire invernal. Una sensación de calma le sobrevino. Rodeó a su esposa con el brazo, la sujetó ligeramente y ambos miraron hacia abajo, hacia un mundo que se presentaba lleno de promesas y sosegadas aventuras.

Desayunaron temprano. Edith parecía fresca, completamente recuperada de la indisposición de la noche anterior; estaba casi alegre de nuevo y miraba a William con una intimidad y un calor que él interpretó como de gratitud y amor. No hablaron de la noche pasada. Cada poco Edith miraba su nuevo anillo y se lo ajustaba al dedo.

Se abrigaron frente al frío y anduvieron por las calles de San Luis, que estaban empezando a llenarse de gente. Miraron escaparates, hablaron del futuro y pensaron seriamente en cómo lo rellenarían. William empezó a recuperar la confianza y la fluidez que había descubierto durante sus primeros cortejos a la mujer que se había convertido en su esposa, Edith iba colgada de su brazo y parecía atender a lo que él decía como nunca antes lo había hecho. Tomaron un café a media mañana en una pequeña y cálida cafetería y observaban a la gente que se escabullía del frío. Encontraron un carruaje que les condujo al Museo de Arte. Brazo sobre brazo atravesaron altas salas, atravesaron el rico brillo de la luz reflejada en las pinturas. En la quietud, en la calidez, en el aire de eternidad de las viejas pinturas y estatuas, William Stoner sintió una corriente de afecto hacia la chica alta y delicada que caminaba junto a él y notó cómo le crecía dentro una pasión contenida, cálida y explícitamente sensual, como los colores que emanaban de las paredes que les rodeaban.

Cuando salieron ya era tarde, el cielo se había nublado y una lluvia fina había comenzado a caer, pero William Stoner portaba con él el calor del que había hecho acopio en el museo. Llegaron al hotel poco después de la puesta de sol, Edith entró en la habitación para descansar y William llamó a recepción para encargar una cena ligera y, en una inspiración repentina, bajó al bar y pidió que enfriaran una botella de champán para que se la enviaran en una hora. El camarero asintió con desgana y le dijo que no sería un champán bueno. Para el uno de julio la prohibición sería nacional; ya era ilegal elaborar o destilar licores y no había más de cincuenta botellas de cualquier tipo en las bodegas del hotel. Y le cobraría más de lo que costaba el champán. Stoner sonrió y le dijo que le parecía bien.

Aunque en ocasiones especiales y festivas en casa de sus padres Edith había tomado un poco de vino, nunca antes había probado el champán. Mientras cenaban, en una pequeña mesa dispuesta en el salón, miraba nerviosa la extraña botella en el cubo de hielo. Dos velas blancas en sendos candelabros de metal mate titilaban en la oscuridad. Las velas parpadeaban entre ellos mientras hablaban y la luz atrapaba las curvas de la oscura botella lisa y refulgía sobre el hielo que la rodeaba. Estaban nerviosos y moderadamente alegres.

Él retiró el corcho del champán de manera inexperta, Edith respingó debido al fuerte ruido, la espuma blanca chorreó por el cuello de la botella y le empapó la mano. Se rieron de su torpeza. Bebieron un vaso de aquel líquido y Edith fingió estar achispada. Bebieron otro vaso. William creyó ver que a ella le sobrevenía cierta languidez, la calma inundó su rostro, un ensimismamiento oscureció sus ojos. Se levantó y se colocó detrás de ella, le puso las manos sobre los hombros, maravillándose del grosor y el peso de sus dedos sobre la delicadeza de su carne y de sus huesos. Ella se estremeció al ser tocada, le dirigió las manos cuidadosamente hacia los lados de su estrecho cuello y las dejó peinarle el fino cabello pelirrojo. Su cuello estaba rígido, los nervios le vibraban con intensidad. Le puso las manos sobre los brazos y la alzó con cuidado, ella se levantó de la silla y volvió el rostro hacia él. Sus ojos, dilatados y pálidos, casi transparentes a la luz de las velas, le miraban ausentes. Sentía una cercanía distante hacia ella y piedad por su desamparo; el deseo se le agolpaba en la garganta hasta impedirle hablar. Tiró de ella hacia la habitación, sintiendo una tenaz y efímera resistencia en su cuerpo y, al mismo tiempo, una voluntad que combatía dicha resistencia.

Dejó abierta la puerta de la habitación a oscuras, la vela se agitaba débilmente en la penumbra. Murmuró algo como para hacerla sentir cómoda y segura, pero su voz se ahogaba y él mismo no oía lo que decía. Puso las manos sobre su cuerpo y buscó con torpeza los botones que debía abrir. Ella le empujaba vagamente en la oscuridad, con los ojos cerrados y los labios apretados. Le dio la espalda y con un rápido movimiento se quitó el vestido que cayó arrugado a sus pies. Sus brazos y hombros quedaron desnudos, y se estremecía como si tuviera frío. Dijo con voz monocorde: «Ve a la otra habitación. Estaré lista en un minuto». Él le tocó los brazos y le puso los labios sobre los hombros, pero ella no se giró.

En el salón contempló cómo parpadeaban las velas sobre los restos de la cena, en medio de la cual descansaba la botella de champán, todavía llena hasta más de la mitad. Se sirvió un poco de bebida en un vaso y lo probó. Estaba más caliente y dulce.

Cuando regresó, Edith estaba en la cama con las mantas hasta la barbilla, el rostro boca arriba, los ojos cerrados y el ceño frunciéndole la frente. En silencio, como si estuviera dormida, Stoner se desnudó y se metió en la cama junto a ella. Durante unos momentos permaneció tumbado con su deseo, que se había convertido en algo indefinido y le pertenecía solo a él. Habló con Edith, como para encontrar consuelo para lo que sentía. Ella no respondió. Puso su mano sobre ella y sintió bajo la fina tela de su camisón la carne que tanto tiempo había deseado. Movió la mano por su cuerpo, ella no se alteró, su ceño se frunció más. De nuevo habló, murmurando su nombre, después colocó su cuerpo encima de ella, con toda la delicadeza que le permitía su desmaña. Cuando palpó la suavidad de sus zonas íntimas, ella giró la cabeza bruscamente y levantó un brazo para cubrirse los ojos. No emitió sonido alguno.

A continuación él se tumbó a su lado y le habló con toda la calma de su amor. Sus ojos estaban ya abiertos y le miraban en la sombra, no había expresión en su rostro. De repente se despojó de las mantas y se fue rauda hacia el cuarto de baño. Él vio la luz encenderse y escuchó sus arcadas enérgicas y agónicas. La llamó y cruzó la habitación, la puerta del cuarto de baño estaba cerrada con llave. La llamó de nuevo, ella no respondió. Volvió a la cama y la esperó. Al cabo de un rato de silencio la luz del cuarto de baño se apagó y la puerta se abrió. Edith salió y caminó deprisa hacia la cama.

«Ha sido por el champán», dijo ella. «No debería haber tomado el segundo vaso».

Se arropó con las mantas y le dio la espalda. Al poco, la respiración de su sueño se volvió profunda y acompasada.

5

Regresaron a Columbia dos días antes de lo planeado, inquietos y tensos por su distanciamiento. Fue como si hubiesen entrado juntos en prisión. Edith decía que tenían que regresar a Columbia para que William pudiese preparar sus clases y para comenzar a instalarse en su nuevo apartamento. Stoner estuvo de acuerdo en seguida, y se decía a sí mismo que las cosas mejorarían una vez estuvieran en su propio espacio, entre gente que conocían y en ambientes que les resultaran familiares. Hicieron las maletas aquella tarde y esa misma noche estaban en un tren hacia Columbia.

Durante los días apresurados e imprecisos de antes de su boda Stoner había encontrado un apartamento libre en el segundo piso de un viejo edificio de estilo establo de cinco plantas de la universidad. Era oscuro y sin amueblar, con un pequeño dormitorio, una cocina enana y un salón grande de altas ventanas. Allí había vivido un artista, un profesor de la universidad, que no había sido muy ordenado. Los suelos oscuros de anchos tablones tenían brillantes rastros amarillos, azules y rojos, y las paredes estaban manchadas de pintura y suciedad. Stoner pensaba que el lugar era romántico y cómodo y le pareció un buen sitio para comenzar una nueva vida.

Edith se mudó al apartamento como si se tratase de un enemigo al que había que conquistar. Aunque no estaba acostumbrada al trabajo físico, limó buena parte de la pintura de suelos y paredes, fregando la suciedad que ella imaginaba oculta en todos lados. Le salieron ampollas en las manos y se le fatigó el gesto, dibujando ojeras oscuras bajo sus ojos. Cuando Stoner intentaba ayudarla ella se mostraba reacia, se le tensaban los labios y negaba con la cabeza, él necesitaba tiempo para sus estudios, decía; esto era trabajo *suyo*. Cuando imponía su autoridad sobre ella, se ponía casi hosca, pensando que la estaba humillando. Perplejo e impotente, se retiraba y la observaba mientras Edith continuaba fregando, inexorablemente los destellantes suelos y paredes, cosiendo cortinas y colgándolas sobre las altas ventanas; reparando, pintando y repintando el mobiliario usado que habían empezado a reunir. Aunque inexperta, trabajaba con una ferocidad silenciosa y contumaz, de manera que cuando William regresaba de la universidad por la tarde ella estaba agotada. Se arrastraba a preparar la cena, comía un poco y después, con un murmullo desvaído, se iba a la habitación a dormir como si estuviera narcotizada hasta la mañana siguiente, cuando William ya había salido a dar sus clases.

Al mes él sabía que su matrimonio era un fracaso, al año dejó de esperar que mejorara. Aprendió a callar y no persistió en su amor. Si hablaba con ella o la tocaba con ternura, ella se apartaba de él retrayéndose y se quedaba muda, hierática, y durante días se sumergía en nuevos niveles de agotamiento. Debido a un empeño no pactado que ambos compartían, dormían en la misma cama y a veces de noche, dormida, se acercaba a él sin darse cuenta. Entonces, su determinación y racionalidad se disolvían ante su amor y él se acercaba a ella. Si ella estaba lo suficientemente despierta se tensaba y se ponía rígida, moviendo la cabeza hacia un lado en un gesto familiar y enterrándola en la almohada, soportando la violación. En esas ocasiones Stoner desempeñaba el acto amoroso tan rápido como podía, odiándose por las prisas y arrepentido de su pasión. Con menor frecuencia ella permanecía medio aturdida por el sueño, entonces era pasiva y murmuraba somnolienta, no sabía si protestando o sorprendida. Llegó a ansiar aquellos momentos extraños e impredecibles, ya que en aquella aquiescencia narcótica del sueño cabía engañarse con haber sido correspondido de algún modo.

Y no podía hablar con ella de lo que entendía era su infelicidad. Cuando lo intentaba, ella aceptaba lo que le decía como una reflexión sobre su suficiencia y ella misma, y permanecía tan distante y arisca como cuando le hacía el amor. Él achacaba su distanciamiento a su falta de tacto y se sentía responsable de lo que ella sentía.

Con una crueldad callada que provenía de su desesperación, experimentaba pequeñas maneras de agradarla. Le traía regalos que ella aceptaba indiferente, a veces haciendo intranscendentes comentarios sobre su precio; la llevaba a pasear y de gira al campo arbolado de los alrededores de Columbia, pero ella se cansaba con facilidad y a veces caía enferma. Él le hablaba de su trabajo, como había hecho durante el cortejo, pero su interés era superficial e indulgente.

Por fin, pese a ser consciente de su timidez, insistió tan amablemente como pudo en que empezasen a invitar a gente a casa. Organizaban reuniones de té a las que invitaban a algunos de los jóvenes profesores y asistentes del departamento y dieron alguna cena. Edith no demostraba en absoluto si esto la complacía o no, pero en sus preparativos para los eventos se volvía tan frenética y obsesiva que para la hora en la que llegaban los invitados estaba medio histérica por la tensión y la fatiga, aunque nadie excepto William llegaba a reparar en ello.

Era buena anfitriona. Hablaba con los invitados con una animación y soltura que le hacían parecer otra ante William, y a él le hablaba delante de todos con una intimidad y cariño que siempre le sorprendía. Le llamaba Willy, lo cual le sonaba raro, y a veces posaba una mano suave sobre su hombro.

Pero cuando los invitados se marchaban, la fachada se venía abajo sola y revelaba su hundimiento. Hablaba con rencor de los invitados que se acababan de ir, imaginando oscuros insultos y desprecios, con regateo y desesperación hacía recuento de los que ella pensaba eran imperdonables fallos suyos, se quedaba inmóvil, meditando sobre el desorden que dejaban los invitados sin hacer caso a William y respondiéndole con monosílabos, ausente y en un tono de voz plano y monótono.

Solo en una ocasión la fachada había cedido en presencia de los invitados.

Meses después del matrimonio entre Edith y Stoner, Gordon Finch se había comprometido con una chica a la que había conocido por casualidad cuando estaba destinado en Nueva York y cuyos padres vivían en Columbia. Finch había obtenido una plaza permanente de segundo del vicedecano, entendiéndose de manera tácita que cuando Josiah Claremont muriera, Finch estaría entre los primeros en ser considerado para el cargo de vicedecano de la facultad. Con cierto retraso, y para celebrar tanto el nuevo cargo de Finch como el anuncio de su compromiso, Stoner les invitó a él y a su prometida a cenar.

Llegaron una calurosa tarde de finales de mayo justo antes del ocaso, en un automóvil nuevo, negro y brillante que emitía sucesivas explosiones y que Finch aparcó con maestría en el camino enladrillado frente a la casa de Stoner. Tocó la bocina y saludó alegremente hasta que William y Edith bajaron. Una chica pequeña y morena, de rostro redondo y sonriente, estaba sentada a su lado.

La presentó como Caroline Wingate y los cuatro charlaron durante un rato mientras Finch la ayudaba a bajar del coche.

«Bueno, ¿qué os parece?», preguntó Finch, golpeando el guardabarros delantero del automóvil con el puño cerrado. «Una belleza, ¿a que sí? Es del padre de Caroline. Estoy pensando en agenciarme uno justo como este, para...». Su voz se arrastraba y los ojos se le estrechaban, miraba al auto con curiosidad y frialdad, como si fuera el futuro.

Luego se mostró chistoso y animado otra vez. Fingiendo secretismo se puso el dedo índice sobre los labios, miró furtivamente alrededor y tomó una gran bolsa de papel marrón del asiento delantero del automóvil. «Chitón», susurró. «Recién traída. Cúbreme, colega; a ver si podemos llegar hasta la casa».

La cena fue bien. Finch estaba más afable de lo que Stoner le había visto en años. Stoner pensaba en sí mismo con Finch y Dave Masters, juntos en aquellos lejanos viernes por la tarde después de clase, bebiendo cerveza y charlando. La prometida, Caroline, habló poco, sonreía feliz mientras Finch bromeaba y hacía guiños. A Stoner le dio una punzada de envidia comprobar que Finch estaba genuinamente encariñado de aquella guapa morena y que el silencio de ella provenía de su arrebatado afecto hacia él.

Incluso Edith perdió parte de su apatía y tensión, sonreía con facilidad y su risa era espontánea. Finch se mostraba juguetón y familiar con Edith de una manera, Stoner se percataba, en la que él, su propio marido, nunca podría hacerlo y Edith parecía más feliz de lo que había estado en meses.

Tras la cena Finch sacó la bolsa de papel marrón de la cubitera, donde la había puesto antes a enfriar, y sacó varias botellas de color marrón oscuro. Era cerveza casera que había preparado con gran secreto y ceremonia en el armario de su apartamento de soltero.

«No tengo sitio para la ropa», dijo, «pero un hombre ha de conservar su prioridad de valores».

Con cuidado, con los ojos bizcos, con la luz resplandeciéndole sobre la piel blanca y el cabello rubio claro, como un químico midiendo una sustancia extraña, vertió la cerveza de las botellas en vasos.

«Hay que tener cuidado con estas cosas», dijo. «En el fondo se quedan un montón de sedimentos y si se vierte demasiado rápido se cuelan en el vaso».

Bebieron cada uno un vaso de cerveza, felicitando a Finch por su sabor. Era, de hecho, sorprendentemente buena, seca y ligera, y tenía buen color. Incluso Edith apuró el vaso y se tomó otro.

Se embriagaron un poco, reían aturdidos y eufóricos, se veían unos a otros con ojos nuevos.

Alzando su vaso hacia la luz, Stoner dijo: «Me pregunto qué le hubiera parecido a Dave esta cerveza».

«¿Dave?», preguntó Finch.

«Dave Masters. ¿Te acuerdas de cuando tomábamos cerveza?»

«Dave Masters», dijo Finch. «El bueno de Dave. Qué pena más grande».

«Masters», dijo Edith. Sonreía incoherentemente. «¿No era aquel amigo tuyo que murió en la guerra?».

«Sí», dijo Stoner. «Ese». La antigua pena cayó sobre él, pero sonrió a Edith.

«El bueno de Dave», dijo Finch. «Querida Edith; tu marido, Dave y yo solíamos pasarlo muy bien... mucho antes de que te conociera, por supuesto. El bueno de Dave...».

Sonrieron a la memoria de David Masters.

«¿Era buen amigo tuyo?», preguntó Edith.

Stoner asintió. «Era un buen amigo».

«Château-Thierry». Finch apuró el vaso. «La guerra es un infierno». Meneó la cabeza. «Pero el bueno de Dave. Ahora estará seguramente en algún lugar riéndose de todos nosotros. No sentiría pena de sí mismo. Me pregunto si de verdad vio algo de Francia».

«No lo sé», dijo Stoner. «Murió demasiado rápido cuando llegó».

«Sería un pena si no lo hizo. Siempre pensé que era una de las razones principales por las que se alistó. Por ver Europa.»

«Europa», remarcó Edith.

«Sí», dijo Finch. «El bueno de Dave no quería muchas cosas, pero deseaba ver Europa antes de morir».

«Yo tendría que haber viajado a Europa en una ocasión», dijo Edith. Sonreía y los ojos le brillaban desamparados. «¿Te acuerdas Willy? Iba a ir con mi tía Emma justo antes de casarnos. ¿Te acuerdas?».

«Me acuerdo», dijo Stoner.

Edith se reía desafinadamente y movía la cabeza como desconcertada. «Parece como si hiciera mucho tiempo, pero no. ¿Fue hace cuánto Willy?».

«Edith», dijo Stoner.

«Veamos, íbamos a ir en abril. Y pasó un año. Y ahora estamos en mayo. Sería...». De repente se le llenaron los ojos de lágrimas, a pesar de que continuaba sonriendo con un brillo petrificado. «Ya nunca iré allí, supongo. Tía Emma morirá pronto y yo nunca tendré ocasión de...».

Entonces, con la sonrisa todavía estirándole los labios y con los ojos manando lágrimas, empezó a sollozar. Stoner y Finch se levantaron de la silla.

«Edith», decía Stoner desesperado.

«¡Oh, déjame en paz!». Con un movimiento brusco e insólito se puso en pie delante de ellos, cerró los ojos con fuerza y apretó los puños. «¡Todos! ¡Dejadme en paz!», se dio media vuelta y se precipitó al dormitorio, dando un portazo al entrar.

Durante un rato nadie habló. Escuchaban el sonido apagado del llanto de Edith. Luego Stoner dijo: «Perdonadla. Ha estado cansada y no del todo bien. La tensión...».

«Cosas de mujeres. Supongo que me acostumbraré a esto pronto». Miró a Caroline, se rió otra vez, y elevó la voz. «Bueno, ya no molestaremos a Edith más. Dale las gracias de nuestra parte, dile que la comida ha sido espléndida y que vosotros, amigos, tenéis que venir a visitarnos cuando nos instalemos».

«Gracias Gordon», dijo Stoner. «Se lo diré».

«Y no te *preocupes*», dijo Finch. Dio un puñetazo a Stoner en el hombro. «Estas cosas pasan».

Una vez que Gordon y Caroline se fueron, después de que volviese a escucharse en la noche el rugido y el petardeo del nuevo automóvil gris, William Stoner se quedó plantado en medio del salón escuchando el llanto seco y acompasado de Edith. Era un sonido extrañamente átono y sin emoción, y parecía que no iba a terminar nunca. Quería consolarla, quería calmarla pero no sabía qué decir. Así que se quedó escuchando y después de un rato se dio cuenta de que nunca antes había oído llorar a Edith.

Después de la desastrosa fiesta con Gordon Finch y Caroline Wingate, Edith casi parecía satisfecha, más calmada de lo que había estado en ningún momento de su matrimonio. Pero no quería traer invitados y se mostraba reacia a salir del apartamento. Stoner hacía la mayoría de las compras con listas que Edith preparaba para él con curiosa laboriosidad y escritura infantil en hojitas azules de cuaderno. Parecía más feliz cuando estaba sola; se sentaba durante horas a tejer o a bordar manteles y servilletas, con una sonrisa diminuta dibujada en sus labios. Su tía Emma Darley comenzó a visitarla con mayor frecuencia. Cuando William llegaba de la universidad por las tardes, a menudo se las encontraba a las dos juntas, tomando té y conversando en un tono tan bajo que parecían susurros. Siempre le saludaban educadamente, pero William sabía que le miraban con pesar. La señora Darley apenas se quedaba unos minutos después de que él llegara. Aprendió a mantener una consideración respetuosa y delicada hacia el mundo en el que Edith había comenzado a vivir.

En verano de 1920 pasó una semana con sus padres mientras Edith visitaba a sus familiares en San Luis. No había visto a sus padres desde su boda.

Trabajó en los campos un par de días, ayudando a su padre y al negro que habían contratado, pero sentir los terrones calientes y húmedos bajo sus pies y oler la tierra removida en sus uñas no le evocaba ningún sentimiento de regreso o familiaridad.

Volvió a Columbia y pasó el resto del verano preparándose para una nueva asignatura que iba a impartir el curso siguiente. Pasaba la mayor parte del día en la biblioteca, a veces regresando con Edith al apartamento a última hora de la tarde, atravesando el pesado aire dulzón cargado de miel que flotaba en el aire y entre las delicadas hojas de los cornejos que se mecían y giraban como fantasmas en la oscuridad. Los ojos le ardían por concentrarlos sobre textos turbios, le pesaba la mente con lo que observaba y los dedos le hormigueaban adormecidos conservando la sensación del cuero viejo de las cubiertas y del papel, pero se abría al mundo por el que en ese instante caminaba, encontrando cierto júbilo en él.

Aparecieron algunas caras nuevas en las reuniones de departamento y Archer Sloane continuaba con el lento declinar que Stoner había empezado a notar antes de la guerra. Le temblaban las manos y no era capaz de mantener su atención sobre lo que decía. El departamento continuaba al mismo ritmo que había llevado por tradición y por el mero hecho de existir.

Stoner se puso a dar clase con una intensidad y ferocidad que sobrecogía a algunos de los miembros más recientes del departamento y que causaba algo de preocupación entre los colegas que le habían conocido desde hacía más tiempo. Se le demacró la cara, perdió peso y se le encorvó más la espalda. En el segundo semestre tuvo oportunidad de ampliar su número de clases a cambio de un incremento en el sueldo y aceptó también dar clases en la escuela de verano aquel curso. Tenía la vaga idea de ahorrar dinero para ir al extranjero y así poder enseñar a Edith la Europa a la que ella había renunciado por él.

En el verano de 1921, buscando referencias de un poema latino que había olvidado, echó un vistazo a su tesis por primera vez desde que la entregase para ser evaluada hacía tres años; la leyó por encima y la juzgó correcta. Algo abrumado por su presunción, consideró la posibilidad de reescribirla y darle forma de libro. Aunque tenía que dar clases a tiempo completo otra vez durante el verano, releyó la mayoría de los textos que había utilizado y empezó a ampliar sus investigaciones. A últimos de enero decidió que sería posible publicarla y a principios de primavera estaba plenamente convencido de ser capaz de escribir las primeras páginas de prueba.

Fue en la primavera de aquel mismo año, con calma y casi con indiferencia, cuando Edith le dijo que había decidido que quería un hijo.

La decisión llegó de repente y sin origen aparente, así que cuando hizo el anuncio una mañana durante el desayuno solo unos minutos antes de que William tuviera que marcharse a dar su primera clase, habló con sorpresa, como si hubiese hecho un descubrimiento.

«¿Qué?», dijo William. «¿Qué dijiste?».

«Quiero un bebé», dijo Edith. «Creo que quiero tener un bebé».

Ella mordisqueaba una tostada. Se limpió los labios con la esquina de una servilleta y sonrió con determinación.

«¿No crees que deberíamos tener uno?», preguntó. «Llevamos casados casi tres años».

«Por supuesto», dijo William. Depositó la taza en el platillo con gran cuidado. No la miró. «¿Estás segura? Nunca habíamos hablado sobre esto. No quisiera que tú...».

«Oh, sí», dijo. «Estoy muy segura. Creo que debemos tener un hijo».

William miró su reloj. «Llego tarde. Me gustaría que tuviéramos más tiempo para hablar. Quiero que estés segura».

Ella frunció un poco el ceño. «Te he dicho que estoy segura. ¿No quieres *tú* uno? ¿Por qué me lo sigues preguntando? No quiero hablar más de ello».

«Muy bien», dijo William. Se quedó sentado mirándola durante un momento. «Me tengo que ir». Pero no se movió. Luego puso la mano torpemente sobre sus largos dedos apoyados en el mantel y la mantuvo hasta que ella retiró la mano. Él se levantó de la mesa y la bordeó, casi con timidez, para recoger sus libros y papeles. Como siempre hacía, Edith fue al salón a esperar que se marchara. Él la besó en la mejilla —algo que no había hecho desde hacía mucho tiempo.

En la puerta se giró y dijo: «Estoy... estoy encantado con que quieras un bebé, Edith. Sé que en ciertos aspectos nuestro matrimonio ha sido decepcionante para ti. Espero que esto tenga un efecto positivo para nosotros».

«Sí», dijo Edith. «Llegarás tarde a clase. Lo mejor es que te des prisa».

Cuando se hubo marchado, Edith permaneció durante unos minutos en medio de la habitación, mirando la puerta cerrada, como si intentase recordar algo. Luego anduvo moviéndose inquieta por el piso, caminado de un sitio a otro, revolviéndose dentro de la ropa como si no resistiera sus pliegues y sus roces sobre las carnes. Se desabrochó el tieso tafetán gris de su bata mañanera y lo dejó caer al suelo. Cruzó los brazos sobre el pecho y se abrazó a sí misma, amasándose la carne de la parte superior de los brazos a través de la delgada tela de franela de su camisón. Hizo una nueva pausa en su recorrido y deambuló sin propósito por la pequeña habitación, abriendo la puerta de un armario cerrado, dentro del cual colgaba un espejo de cuerpo entero. Enfocó el espejo hacia la luz y se echó hacia atrás, inspeccionando la delgada y alargada figura con el sencillo camisón azul. Sin apartar los ojos del espejo se desabrochó la parte superior del camisón y tiró de él sacándoselo por la cabeza. Quedó desnuda bajo la luz de la mañana. Hizo una bola con el camisón y lo arrojó al armario. Luego se giró frente al espejo, inspeccionándose el cuerpo como si perteneciera a otra persona. Se pasaba las manos por sus pequeños pechos caídos y las dejaba resbalar a lo largo de sus anchas caderas y sobre su vientre plano.

Se retiró del espejo y se fue hacia la cama, aún deshecha. Retiró las ropas de cama, las dobló con cuidado, y las puso en el armario. Alisó la sábana bajera y se tumbó boca arriba, con las piernas estiradas y los brazos a los lados. Sin pestañear y sin moverse miraba al techo, esperando durante toda la mañana y la larga tarde.

Cuando William Stoner llegó a casa aquella tarde casi había oscurecido, aunque de las ventanas del segundo piso no salía ninguna luz. Con una aprensión incierta, subió las escaleras y encendió la luz del salón. La habitación estaba vacía. Llamó: «¿Edith?».

No hubo respuesta. Llamó otra vez.

Miró en la cocina; los cacharros del desayuno estaban todavía sobre la diminuta mesa. Cruzó raudo el salón y abrió la puerta del dormitorio.

Edith yacía desnuda sobre la cama destapada. Cuando la puerta se abrió y la luz del salón cayó sobre ella, giró su vista hacia él pero no se levantó. Sus ojos se ensancharon y se abrieron, y su boca abierta emitió unos sonidos apagados.

«¡Edith!, dijo y se acercó hacia donde estaba tumbada, arrodillándose junto a ella. «¿Estás bien? ¿Qué te sucede?».

Ella no respondió, pero los sonidos que había estado haciendo se hicieron más fuertes y su cuerpo se movió hacia él. De repente sus manos se le echaron encima como garras y casi sobresaltándole, pero se dirigían hacia su ropa, agarrándola y desgarrándola, atrayéndole hacia la cama, junto a ella. Su boca se abalanzó sobre él, abierta y caliente, sus manos recorrían su cuerpo, tirando de su ropa, buscándole, y durante todo el tiempo sus ojos estaban completamente abiertos y despreocupados, como si perteneciesen a otra persona y no viesen nada.

Era una nueva faceta que estaba conociendo de Edith, ese deseo que era como un hambre intensa que parecía no tener nada que ver con ella misma y que, tan pronto estaba saciada, comenzaba nuevamente a crecer dentro de ella, por lo que ambos vivían en la tensa espera de su presencia.

Aunque los siguientes dos meses fueron la época de mayor pasión que William y Edith Stoner tuvieron nunca, su relación en realidad no cambió. Muy pronto Stoner se dio cuenta de que la fuerza que atraía sus cuerpos tenía poco que ver con el amor. Copulaban con una fiereza que, independientemente de su resolución, los separaba, y copulaban de nuevo, sin energía para saciar esa necesidad.

A veces durante el día, mientras William estaba en la universidad, la urgencia poseía tan fuertemente a Edith que no podía estarse quieta. Salía del apartamento y caminaba con rapidez por las calles, yendo a la deriva de un lugar a otro. Y luego regresaba, corría las cortinas de la habitación, se desnudaba, y esperaba, agazapada en la semioscuridad, a que William regresara a casa. Y cuando este abría la puerta se abalanzaba sobre él, con manos salvajes y exigentes, como si tuvieran vida propia, atrayéndole al dormitorio, sobre la cama que continuaba enmarañada por el uso de la noche o la mañana anterior.

Edith se quedó embarazada en junio e inmediatamente cayó en una enfermedad de la que no se repuso completamente durante todo el tiempo de espera. Casi al momento de quedarse embarazada, incluso antes de confirmarse el hecho por el calendario y por su médico, cesó el apetito por William que la había enardecido durante la mayor parte de esos dos meses. Le dejó claro a su marido que no toleraría que le pusiera la mano encima y empezó a parecerle que incluso su mirada era una especie de violación. El ansia de su pasión se convirtió en un recuerdo y finalmente Stoner acabó viéndolo como si hubiese sido un sueño que nada tenía que ver con ellos.

Así, la cama que había sido escenario de su pasión se convirtió en sostén de su enfermedad. Se quedaba en ella la mayor parte del tiempo, levantándose solo para liberar sus náuseas por la mañana y caminar inestablemente por el salón durante algunos minutos por la tarde. Por las tardes y las noches, tras apresurarse en su trabajo en la universidad, William limpiaba las habitaciones, lavaba los platos y preparaba la cena, le llevaba la comida a Edith en una bandeja. Aunque ella no quería comer con él, parecía disfrutar compartiendo con él una taza de té poco cargado después de cenar. Entonces, durante algunos momentos por la tarde, hablaban con tranquilidad y desinhibición, como viejos amigos o enemigos agotados. Edith caía dormida al poco y William volvía a la cocina, terminaba las labores del hogar y luego disponía una mesa delante del sofá del salón en la que corregía ejercicios o preparaba lecciones. Después, pasada la medianoche, se cubría con una manta que tenía pulcramente doblada detrás del sofá y con toda la extensión de su cuerpo enrollada en el mismo, dormía a ratos hasta la mañana.

El bebé, una niña, nació tras tres días de parto en marzo, en 1923. La llamaron Grace por una tía de Edith que había muerto hacía muchos años.

Desde que nació Grace fue una niña preciosa, de rasgos marcados y una ligera pelusa de cabello dorado. A los pocos días los primeros enrojecimientos de su piel se volvieron de un rosa dorado y radiante. Casi nunca lloraba y parecía consciente de lo que la rodeaba. William se enamoró al instante de ella, el afecto que no podía demostrar hacia Edith lo podía demostrar hacia su hija y hallaba un placer cuidando de ella que no había imaginado.

Durante casi un año tras el nacimiento de Grace, Edith permaneció en parte atada a la cama. Se temió que se pudiera quedar inválida, a pesar de que el médico no pudo encontrar ningún mal específico. William contrató a una mujer para que viniera por las mañanas a cuidar de Edith y dispuso sus clases para volver a casa a primera hora de la tarde.

Así, durante más de un año, William se ocupó de la casa y cuidó de dos personas desvalidas. Se levantaba antes del amanecer, corregía ejercicios y preparaba clases; antes de ir a la universidad daba de comer a Grace, preparaba el desayuno para Edith y para él y se procuraba algo para comer que se llevaba a clase en un maletín. Después de clase regresaba al apartamento, barría, quitaba el polvo y limpiaba.

Y era casi más una madre que un padre para su hija. Le cambiaba los pañales y los lavaba, elegía su ropa y la zurcía cuando estaba rota, le daba de comer, la bañaba y la acunaba en sus brazos cuando se agitaba. De vez en cuando Edith pedía quejosamente a su bebé, William se lo acercaba y Edith, quieta en la cama, la sostenía durante algunos momentos, en silencio e incómoda, como si el bebé perteneciera a una persona extraña. Luego se cansaba y con un suspiro entregaba el bebé a William. En respuesta a alguna emoción oscura, lloraba un poco, se tocaba los ojos y se apartaba de él.

De esta manera durante el primer año de su vida, Grace Stoner solo conoció el contacto de su padre, y su voz, y su amor.

6

A principios de verano de 1924, un viernes por la tarde, varios estudiantes vieron a Archer Sloane entrar en su despacho. Un conserje que recorría los despachos vaciando papeleras le encontró al lunes siguiente, poco después del amanecer. Sloane estaba sentado, rígidamente desplomado sobre la silla delante de su escritorio, con la cabeza ladeada en un raro escorzo, con los ojos abiertos y petrificados en una expresión terrible. El conserje le habló y después salió gritando por los pasillos vacíos. Hubo algún retraso en la retirada del cuerpo del despacho y unos pocos estudiantes de primer año se congregaron en los pasillos cuando se llevaron a la curiosa figura encorvada y acartonada en una camilla escaleras abajo hasta la ambulancia que esperaba. Más tarde se dictaminó que Sloane había muerto en algún momento de la noche del viernes o el sábado por la mañana, debido a causas obviamente naturales pero nunca determinadas con precisión, y que había permanecido todo el fin de semana sentado en su escritorio mirando al infinito frente a sí. El forense apuntó un fallo cardiaco como la causa de la muerte, pero William Stoner siempre presintió que en un momento de enfado y desesperanza Sloane había deseado que su corazón se detuviera, como en un último gesto callado de amor y desprecio hacia un mundo que le había traicionado tan profundamente que no podía soportar continuar en él.

Stoner fue uno de los porteadores del féretro en el funeral. Durante la misa no consiguió prestar atención a las palabras del cura, pues sabía que estaban vacías. Recordaba a Sloane como la primera vez que le había visto en clase, recordaba las primeras conversaciones que habían mantenido y pensaba en el lento declinar de ese hombre que había sido un amigo distante. Más tarde, cuando la misa hubo terminado, cuando agarraba el asa del ataúd gris y ayudaba a sacarlo del coche fúnebre, lo que portaba parecía tan ligero que no podía creer que hubiese algo dentro de la estrecha caja.

Sloane no tenía familia; solo sus colegas y unas pocas personas de la ciudad se congregaron alrededor del angosto hoyo y escucharon con admiración, congoja y respeto lo que iba diciendo el cura. Y porque no tenía familia ni seres queridos para llorar su muerte, fue Stoner quien lloró cuando bajaban el ataúd, como si el llanto atenuara la soledad de aquel último descenso. No sabía si lloraba por él, por la parte de su historia y juventud que se sepultaba en la tierra, o si lo hacía por la pobre figura delgada que una vez contuvo el hombre al que había querido.

Gordon Finch le llevó a casa y durante la mayor parte del trayecto no hablaron. Al rato, cuando se acercaban al centro, Gordon preguntó por Edith, William dijo algo y se interesó por Caroline. Gordon respondió, y se hizo un gran silencio. Justo antes de aparcar junto al apartamento de William, Gordon Finch habló de nuevo.

«No sé. Durante todo el funeral estuve pensando en Dave Masters. En Dave muriendo en Francia y en el viejo Sloane sentado en su escritorio, muerto durante dos días, como si compartieran el mismo tipo de muerte. Nunca conocí a Sloane muy bien, pero supongo que era un buen hombre, al menos oí que lo era. Y ahora tenemos que contar con otra persona y encontrar un nuevo jefe de departamento. Es como si todo pasara y continuara hacia adelante. Hace que uno se haga preguntas.»

«Sí», respondió William y no dijo nada más. Pero durante un momento se sintió cercano a Gordon Finch y cuando salió del automóvil y vio a Gordon marcharse, tuvo la lúcida certeza de que otra parte de sí mismo, de su pasado, se alejaba de él lenta, casi imperceptiblemente, hacia la oscuridad.

Además de sus funciones como segundo del vicedecano, Gordon Finch fue nombrado director interino del departamento de inglés, siendo su tarea más acuciante la de encontrar un sustituto para Archer Sloane.

Llegó julio antes de que se resolviera el tema. Entonces Finch convocó a los miembros del departamento que habían permanecido en Columbia durante el verano y anunció al sustituto. Era, dijo Finch al pequeño grupo, un especialista en el siglo diecinueve, Hollins N. Lomax, que había recibido recientemente su doctorado de la Universidad de Harvard pero que aún así había impartido clases durante varios años en una pequeña facultad de humanidades en las afueras de Nueva York. Poseía referencias de peso, ya había empezado a publicar y había sido contratado con la categoría de profesor asistente. No había, enfatizó Finch, planes presentes para la jefatura de departamento. Finch seguiría como jefe interino por lo menos un año más.

Durante el resto del verano Lomax fue una figura misteriosa y objeto de especulación para los miembros permanentes de la facultad. Los artículos que había publicado en la prensa fueron rescatados, leídos y compartidos entre el asentimiento juicioso de todos. Lomax no hizo acto de presencia durante la semana de recepción de nuevos alumnos, ni estuvo en la reunión general de la facultad el viernes anterior al lunes de inscripción. Y durante esta última los miembros del departamento, sentados en fila tras las mesas alargadas, ayudando fatigosamente a los estudiantes a elegir asignaturas y echándoles una mano con la engorrosa rutina de rellenar solicitudes, miraban alrededor buscando subrepticiamente alguna cara nueva. Pero Lomax no hizo acto de presencia.

No se le vio hasta la reunión de departamento del martes por la tarde, una vez cerrada la inscripción. Para entonces, aturdidos por la monotonía de los últimos dos días y, pese a todo, con la tensión del comienzo de curso, el departamento de inglés casi se había olvidado de Lomax. Todos se repantingaban en los sillones de la gran sala de lectura del ala este del Jesse Hall y miraban con desdén, aunque también impacientes, al atril desde el que Gordon Finch los observaba con infinita benevolencia. Un leve murmullo de voces llenaba la sala, las sillas arañaban el suelo, de vez en cuando alguien se reía forzadamente, con aspereza. Gordon Finch levantó la mano derecha, mostrando la palma a su público, el murmullo se calmó un poco.

Se apaciguó lo suficiente como para que todos los que estaban en la sala oyeran la puerta trasera rechinar al abrirse y unas pisadas lentas y peculiares sobre el desnudo suelo de madera. Se giraron y cesó el rumor de conversaciones. Alguien susurró: «es Lomax», y el sonido cruzó nítido y audible la sala.

Había atravesado la puerta, la había cerrado y había avanzado unos pasos desde el umbral. Era un hombre de apenas metro y medio de altura y su cuerpo estaba grotescamente deformado. Un pequeño bulto le salía desde el hombro derecho hasta el cuello y su brazo izquierdo colgaba laxo en su costado. La parte superior de su cuerpo era voluminosa y encorvada, por lo que parecía que estaba siempre buscando equilibrio, sus piernas eran delgadas y caminaba cojeando de la derecha. Durante algunos instantes mantuvo la cabeza rubia inclinada hacia abajo, como inspeccionando sus lustrosos zapatos negros y la marcada raya de sus pantalones también negros. Luego la levantó y lanzó su brazo derecho hacia adelante, mostrando los almidonados puños blancos de la camisa con lazos dorados. Tenía un cigarrillo entre los dedos, largos y pálidos. Dio una calada profunda, inhaló y espiró el humo formando una fina nube. Después pudieron verle la cara.

Era el rostro de un ídolo de masas. Larga, fina y versátil, su cara era pese a todo de rasgos duros. La frente era alta y estrecha, con venas gruesas, y su cabello espeso y ondulado, del color del trigo maduro, peinado hacia atrás con un copete algo teatral. Tiró el cigarrillo al suelo, lo aplastó con la suela y habló.

«Soy Lomax». Hizo una pausa, su voz, rica y profunda, articulaba las palabras con precisión, con una resonancia dramática. «Espero no haber interrumpido su reunión».

La reunión prosiguió, pero nadie prestaba mucha atención a lo que Gordon Finch decía. Lomax se sentó solo al final de la sala, fumando y mirando al alto techo, aparentemente desentendido de las cabezas que de vez en cuando se giraban para mirarle. Cuando concluyó la reunión se quedó en su silla y dejó que sus colegas se acercaran a él, se presentaran y dijeran lo que tuviesen que decir. Saludó a todos brevemente, con una cortesía que era extrañamente burlona.

Durante las siguientes semanas se hizo evidente que Lomax no trataba de integrarse en la rutina social, cultural y académica de Columbia, Misuri. Aunque era irónicamente afable con sus colegas, ni aceptaba ni repartía invitaciones sociales de ningún tipo; ni siquiera asistió a la inauguración anual en la casa del decano Claremont a pesar de que el acto era tan tradicional que la asistencia era prácticamente obligatoria. No se le veía en ninguno de los conciertos ni conferencias de la universidad. Se decía que sus clases eran animadas y que su comportamiento en el aula era excéntrico. Era un profesor popular, los alumnos se arremolinaban en torno a su mesa durante sus horas libres y le seguían por los pasillos. Se sabía que a veces invitaba a grupos de alumnos a su casa, donde les entretenía con conversaciones y grabaciones de cuartetos de cuerda.

William Stoner deseaba conocerle mejor, pero no sabía cómo hacerlo. Le habló cuando tuvo una excusa y le invitó a cenar. Cuando Lomax le respondió como hacía con todos —irónicamente educado e impersonal— y rechazó la invitación a cenar, a Stoner no se le ocurrió qué otra cosa hacer.

Pasó algún tiempo antes de que Stoner descubriera el motivo de su atracción hacia Lomax. En la arrogancia de Lomax, en su labia y en su amargura jovial, Stoner veía, distorsionada pero reconocible, la imagen de su amigo David Masters. Deseaba tratarle como había tratado a Dave; pero no podía, incluso después de haber admitido este deseo para sí mismo. La torpeza de su juventud no le había abandonado pero la vehemencia y la honestidad que hubiese hecho posible la amistad, sí. Sabía que su deseo era imposible y saberlo le entristecía.

Por las tardes, una vez que había limpiado el apartamento, lavado los platos de la cena y acostado a Grace en la cuna colocada en una esquina del salón, trabajaba en la corrección de su libro. A finales de curso estaba terminado y aunque no estaba contento del todo con él, lo mandó a una editorial. Para su sorpresa fue aceptado y su publicación programada para el otoño de 1925. Con el respaldo del libro sin publicar ascendió a profesor asistente y se le aseguró un puesto fijo.

La garantía del ascenso llegó unas semanas después de que su libro fuese aceptado, y entonces Edith anunció que ella y la niña pasarían una semana en San Luis visitando a sus padres.

Regresó a Columbia en menos de una semana, molesta y cansada, pero silenciosamente triunfante. Había acortado su visita porque el agotamiento de ocuparse de un bebé había sido demasiado para la madre y el viaje la había fatigado tanto que no era capaz de cuidar de Grace ella sola. Pero había conseguido algo. Sacó de su bolso un fajo de documentos y le dio un papelito a William.

Era un cheque por seis mil dólares a nombre del señor y la señora Stoner y firmado con la letra remarcada e ilegible de Horace Boswick. «¿Qué es esto?», preguntó Stoner.

Ella le entregó el resto de papeles. «Es un préstamo», dijo. «Todo lo que tienes que hacer es firmar aquí. Yo ya lo he hecho».

«¡Pero seis mil dólares! ¿Para qué?»

«Para una casa», dijo Edith. «Una casa *de verdad,* de nuestra propiedad».

William Stoner miró de nuevo los papeles, les echó un vistazo rápido y dijo: «Edith, no podemos. Perdona, pero... mira, solo ganaré mil seiscientos el año que viene. Los pagos por esto serán más de sesenta dólares al mes... lo que es casi la mitad de mi salario. Y habrá impuestos y seguros y... no veo cómo podremos afrontarlo. Me habría gustado que me lo hubieras consultado».

Ella puso cara de congoja; se alejó de él. «Quería darte una sorpresa. Hago tan poco. Y *podía* conseguir esto».

Él le aseguró que estaba agradecido, pero Edith no se consolaba.

«Pensaba en ti y en la niña», dijo ella. «Tú podrías estudiar y Grace tendría un patio en el que jugar».

«Lo sé», dijo William. «Tal vez dentro de unos años».

«Dentro de unos años», repitió Edith. Se hizo un silencio. Luego dijo con desgana: «no puedo vivir así. No más. En un apartamento. No importa dónde esté, puedo oírte, y oír a la niña, y el olor. Yo ¡no puedo-soportar-el olor! Día tras día, el olor de los pañales, y... no puedo soportarlo, y no puedo escapar de ello. ¿No te das cuenta? ¿No te das cuenta?».

Al final aceptaron el dinero. Stoner decidió que podría renunciar, para dar clase, a los veranos en los que se había propuesto estudiar y escribir, al menos durante algunos años.

Edith se tomó como cosa suya buscar la casa. Entre finales de primavera y principios de verano buscaba sin descanso. Tan pronto como William volvía a casa de sus clases ella salía y a veces no regresaba hasta el anochecer. A veces iba andando y a veces en coche con Caroline Finch, de quien, dicho de paso, se había hecho amiga. A últimos de junio descubrió la casa que buscaba, firmó una opción de compra y acordó tomar posesión hacia mediados de agosto.

Era una casa antigua de dos plantas a tan solo unas manzanas del campus, sus anteriores dueños la habían dejado deteriorarse, la pintura verde se estaba desconchando de los tableros y el jardín parecía marrón y estaba infestado de malas hierbas. Pero el patio era grande y la casa espaciosa; tenía una grandeza destartalada que Edith podía imaginarse restaurada.

Tomó prestados otros quinientos dólares de su padre para los muebles y en el intervalo entre el verano y el comienzo del semestre de otoño, William repintó la casa. Edith la quería en blanco por lo que tuvo que darle tres manos, de manera que el verde oscuro no trasluciera. De repente, la primera semana de septiembre, Edith decidió que quería celebrar una fiesta —de inauguración, la llamaba—. Lo anunció con cierto énfasis, como si fuese un nuevo principio.

Invitaron a todos los miembros del departamento que habían regresado de las vacaciones así como a algunos conocidos de Edith de la ciudad. Hollis Lomax sorprendió a todos aceptando la invitación, la primera que aceptaba desde su llegada a Columbia hacía un año. Stoner dio con un contrabandista de licores y le compró varias botellas de ginebra; Gordon Finch prometió llevar algo de cerveza; y la tía de Edith, Emma, contribuyó con dos botellas de jerez para aquéllos que no bebían licores fuertes. Edith no era partidaria de servir ningún licor, era técnicamente ilegal hacerlo. Pero Caroline Finch le insinuó que nadie de la universidad creería que era algo de verdad impropio y, de esta manera, la convenció.

El otoño llegó pronto aquel año. Una nevada ligera cayó el diez de septiembre, el día antes de la inscripción y durante la noche una intensa helada se agarró a la tierra. Al final de la semana, cuando se celebraba la fiesta, el frío había remitido por lo que solo quedaba algo de fresco en el aire, aunque los árboles habían perdido las hojas, la hierba se empezaba a oscurecer y había una desnudez general que presagiaba un invierno duro. Por el frío exterior, por los desnudos álamos y los olmos pelados que había en su jardín, por el calor y por el número de utensilios para la fiesta inminente, a William Stoner le recordaba a otro día, de hacía casi siete años, cuando había ido a casa de Josiah Claremont y había visto a Edith por primera vez. Parecía lejano, mucho tiempo atrás, no podía calcular los cambios que los años habían provocado.

Durante casi toda la semana antes de la fiesta, Edith se perdió en preparativos frenéticos, contrató una chica negra durante la semana para que la ayudara con ellos y a servir. Ambas fregaban suelos y paredes, enceraban la madera, quitaban el polvo y limpiaban los muebles, cambiándolos de sitio una y otra vez... por lo que para la noche de la fiesta Edith se encontraba en un estado próximo al agotamiento. Tenía ojeras profundas y su voz estaba al borde mismo de la histeria. A las seis en punto —los invitados se suponía llegarían a las siete— contó los vasos una vez más y descubrió que no tenía suficientes para todos los invitados que esperaba. Se puso a llorar, corrió escaleras arriba, sollozando que no le preocupaba lo que pasara porque no iba a volver a bajar. Stoner intentó tranquilizarla, pero ella no le respondía. Le dijo que no se preocupara, que él conseguiría vasos. Explicó a la doncella que volvería enseguida y salió a toda prisa de la casa. Durante casi una hora anduvo buscando una tienda todavía abierta en la que poder comprar vasos. Para cuando encontró una, hubo elegido los vasos y regresado a la casa era bastante más tarde de las siete y los primeros invitados ya habían llegado. Edith estaba en el salón entre ellos, sonriendo y charlando como si nada temiera ni le preocupara; saludó a William con naturalidad y le dijo que llevara el paquete a la cocina.

La fiesta fue como tantas otras. Las conversaciones empezaban de manera esporádica, arrancaban súbitamente pero se volvían a desinflar y se perdían inconexas en otras conversaciones, las risas eran agudas y nerviosas y estallaban por toda la habitación como pequeños explosivos en barrena de manera continua y desordenada. Los participantes de la fiesta deambulaban de un lugar a otro, como si tranquilamente estuvieran ocupando posiciones estratégicas cambiantes. Algunos de ellos, como espías, deambulaban por la casa, conducidos bien por Edith bien por William, y comentaban la superioridad de las casas antiguas sobre las nuevas, esas estructuras frágiles que se levantaban aquí y allá en los alrededores de la ciudad.

Hacia las diez, la mayoría de los invitados se había servido de los platos apilados con jamón cocido en lonchas y pavo, albaricoques borrachos y una guarnición variable de tomatitos, tallos de apio, aceitunas, pepinillos, rábanos crujientes y racimos de coliflor cruda, algunos estaban ebrios y no comían. Hacia las once la mayoría de los invitados se había marchado. Entre los que aún quedaban estaban Gordon y Caroline Finch, algunos miembros del departamento a los que Stoner conocía desde hacía años y Hollis Lomax. Lomax estaba bastante ebrio, aunque no de una manera alarmante, caminaba con cuidado, como si llevara un peso o lo hiciera sobre terreno accidentado, y su rostro delgado y pálido brillaba a través de una película de sudor. El licor le soltaba la lengua y, aunque hablaba con precisión, su voz había perdido el toque irónico, mostrándose inofensivo.

Habló sobre su infancia solitaria en Ohio, donde su padre había sido un hombre con bastante éxito en pequeños negocios. Contó, como si hablara de otra persona, del aislamiento al que le había sometido su deformidad, de esa lástima inicial que no tenía origen y que podía detectar, frente a la que no había defensa que oponer. Y cuando habló de los largos días y tardes que pasaba solo en su habitación, leyendo para escapar de las limitaciones que su cuerpo contrahecho le imponía y encontrando gradualmente un sentido de libertad que crecía con mayor intensidad según iba comprendiendo la naturaleza de aquella libertad, cuando contó esto, William Stoner se sintió vinculado a él de una manera que no hubiera sospechado; sabía que Lomax había pasado por una especie de conversión, una epifanía de conocimiento a través de las palabras que no podía ser explicada verbalmente, como a Stoner le había sucedido una vez, en la clase de Archer Sloane. Lomax había llegado a ello antes, y solo, por lo que el conocimiento era casi más una parte de él mismo de lo que lo era para Stoner pero, en resumidas cuentas, lo más importante era que ambos hombres eran semejantes, aunque a ninguno de ellos le gustaría admitírselo al otro, ni siquiera a sí mismo.

Hablaron casi hasta las cuatro de la mañana y, aunque bebieron más, la charla se fue calmando hasta que por fin los dos se quedaron en silencio. Se sentaron cerca uno del otro entre los restos de la fiesta, como si estuviesen en una isla, arrejuntándose en busca de calor y seguridad. Al cabo de un rato Gordon y Caroline Finch se levantaron y se ofrecieron a llevar a Lomax a su casa. Lomax estrechó la mano de Stoner, le preguntó por su libro y le deseó éxito, se acercó a Edith, sentada tiesa en una silla sencilla, le tomó la mano y le dio las gracias por la fiesta. Luego, como respondiendo a un moderado impulso, se inclinó un poco y sus labios se besaron. A Edith se le fue la mano hacia el pelo y así se quedaron algunos instantes, mientras el resto les miraba. Fue el beso más casto que Stoner había visto y parecía perfectamente natural.

Stoner despidió a sus invitados en la puerta y se quedó un rato observándoles descender las escaleras y alejarse de la luz del porche. El aire gélido le rodeaba y se le adhería, respiraba profundamente y el frío intenso le revigorizaba. Cerró la puerta sin ganas y se giró; el salón estaba vacío, Edith ya había subido. Apagó las luces y cruzó la desordenada sala hasta las escaleras. La casa ya empezaba a parecer familiar, se agarró a la barandilla sin verla y se dejó guiar hacia arriba. Cuando llegó al final de la escalera pudo ver el pasillo iluminado por la luz que salía a través de la puerta entreabierta de la habitación. Los tablones crujían al caminar por el pasillo y entrar en la habitación.

La ropa de Edith estaba desperdigada por el suelo al lado de la cama, cuyas sábanas habían sido retiradas con descuido; ella yacía desnuda y brillaba bajo la luz sobre la sábana blanca y lisa. Su cuerpo parecía relajado y lascivo en su despreocupada desnudez y relucía como oro blanco. William se acercó a la cama. Ella estaba casi dormida, pero mediante un efecto óptico su boca entreabierta parecía entonar las palabras mudas de la pasión y el amor. Se quedó mirándola durante largo rato. Sentía piedad distante, amistad desganada y respeto familiar, y sentía también una pena cansada, porque sabía que ya *nunca más* el hecho de verla le traería la agonía del deseo que una vez había conocido y sabía que nunca se emocionaría por tenerla cerca como antes le había sucedido. La tristeza disminuyó y la arropó con gentileza, apagó la luz y se metió en la cama junto a ella.

A la mañana siguiente Edith estaba enferma y cansada y se pasó el día en la habitación. William limpió la casa y atendió a la niña. El lunes vio a Lomax y le habló con una calidez alentada en la noche de la fiesta; Lomax le respondió con una ironía que tenía algo de frío resentimiento y no habló de la fiesta aquel día ni después. Era como si hubiese descubierto una enemistad que le separara de Stoner y no lo pudiera remediar.

Como William se temía, la casa pronto demostró ser una carga económica casi destructiva. A pesar de que administraba su salario con cuidado, a final de mes se encontraba siempre sin fondos y cada mes se reducían de manera constante los cada vez más escasos ahorros obtenidos con sus clases en verano. Durante el primer año de propiedad de la casa falló en dos pagos al padre de Edith y recibió una carta glacial y moralizante sobre cómo planificar su economía.

Pese a ello, empezó a disfrutar de ser propietario y conoció un bienestar que no había imaginado. Su estudio estaba en la planta baja, junto al salón, y tenía una alta ventana orientada al norte. Durante el día la habitación estaba ligeramente iluminada y los paneles de madera refulgían con la riqueza de lo antiguo. Encontró en el sótano algunos tablones que, a pesar de los estragos de la suciedad y la humedad, encajaban con el revestimiento de la habitación. Restauró aquellos tablones y construyó estanterías para estar así rodeado de sus libros. En una tienda de muebles usados encontró alguna sillas desvencijadas, un sofá y un viejo escritorio por el que pagó pocos dólares y que pasó muchas semanas restaurando.

A medida que trabajaba en la habitación y según comenzaba esta poco a poco a tomar forma, se dio cuenta de que durante muchos años, de modo inconsciente, había guardado una imagen en algún lugar dentro de sí, como una culpa secreta, una imagen que, aún siendo de un lugar, era en realidad de sí mismo. Era a sí mismo a quien estaba tratando de definir mientras trabajaba en su estudio. Mientras lijaba los viejos tableros para su librería y veía desaparecer la superficie rugosa, descascarillarse los sedimentos grises para descubrir la madera pura y, finalmente, la rica pureza de las vetas y la textura; mientras restauraba el mobiliario y lo distribuía por la habitación, era él mismo el que iba poco a poco tomando forma, él mismo quien estaba siendo sometido a una especie de orden. Era a sí mismo a quién estaba haciendo posible.

Así, pese a las presiones regularmente recurrentes de las deudas y la necesidad, los siguientes años fueron felices y vivía casi como había soñado que viviría cuando era un joven estudiante de primer año de universidad y al principio de su matrimonio. Edith participaba de una parte de su vida tan importante como había esperado inicialmente; de hecho, parecía que habían entrado en una larga tregua que suponía una especie de punto muerto. Pasaban la mayor parte de sus vidas separados, Edith en la casa, que permanecía en un estado impecable, sin apenas recibir visitas. Cuando no estaba barriendo o quitando el polvo o limpiando o encerando, se metía en la habitación y parecía satisfecha con quedarse allí. Nunca entraba al estudio de William. Era como si no existiera para ella.

William aún se ocupaba de la mayoría de los cuidados de su hija. Por las tardes, cuando regresaba a casa de la universidad, recogía a Grace en la habitación de arriba, que había convertido en cuarto infantil, y la dejaba jugar en el estudio mientras él trabajaba. Ella jugaba tranquila y feliz sobre el suelo, complacida de estar sola. De vez en cuando William le hablaba y ella se paraba para mirarle con deleite solemne y pausado.

A veces pedía a sus alumnos que se pasaran por casa para entrevistas y charlas. Les preparaba té en un pequeño hornillo que guardaba junto a su escritorio y sentía un extraño afecto por ellos mientras se sentaban cohibidos en las sillas, haciendo comentarios sobre su biblioteca y felicitándole por la belleza de su hija. Él se disculpaba por la ausencia de su esposa y les explicaba su enfermedad, hasta que al final se daba cuenta de que repetir las disculpas ponía de manifiesto su ausencia más que la explicaba. Optó por callar esperando que su silencio fuese menos comprometedor que sus explicaciones.

Excepto por la ausencia de Edith, su vida era lo que él quería que fuese. Estudiaba y escribía cuando no preparaba clases, o corregía ejercicios, o leía tesis. Esperaba el momento de ganarse cierta reputación tanto de investigador como de profesor. Sus expectativas para su primer libro eran cautas y modestas, y fueron aceptadas. Un crítico lo había tildado de «prosaico» y otro lo había calificado de «investigación competente». Al principio estaba muy orgulloso del libro, lo había sostenido en sus manos, acariciando su sencilla cubierta y pasando sus páginas. Parecía delicado y vivo, como un bebé. Lo había releído ya publicado, ligeramente sorprendido de que no fuese ni mejor ni peor de lo que había pensado que sería. Al cabo de un tiempo se cansó de mirarlo, pero nunca pensó en él ni en su autoría sin un sentimiento de asombro e incredulidad sobre su propio arrojo y la responsabilidad que había asumido.

7

Una tarde de primavera de 1927, William Stoner llegó tarde a casa. El aroma de las flores nacientes flotaba mezclado en el cálido aire húmedo, los grillos cantaban en las sombras, a lo lejos un automóvil levantaba polvo y lo mandaba con estrépito al silencio, organizando un alboroto. Caminaba tranquilo víctima de la somnolencia de la nueva estación, perplejo por los pequeños brotes verdes que crecían a la sombra de arbustos y árboles.

Cuando entró en casa, Edith estaba en el otro extremo del salón, sosteniendo el receptor del teléfono junto a su oído y mirándole.

«Llegas tarde», dijo.

«Sí», dijo él afablemente. «Teníamos exámenes orales de doctorado».

Ella le pasó el teléfono. «Es para ti, una conferencia. Alguien ha estado tratando de ponerse en contacto contigo toda la tarde. Le dije que estabas en la universidad, pero han estado llamando cada hora».

William tomó el teléfono y habló al auricular. Nadie respondió. «Hola», dijo otra vez.

Una fina y extraña voz masculina le respondió.

«¿Hablo con Bill Stoner?»

«Sí, ¿quién es?»

«No me conoce. Estaba de paso y su madre me pidió que le llamara. Lo he estado intentando toda la tarde».

«Sí», dijo Stoner. La mano que sujetaba el teléfono le temblaba. «¿Qué sucede?»

«Es su padre», dijo la voz. «Realmente no sé cómo empezar».

La voz seca, lacónica y asustada, prosiguió, y William Stoner la escuchaba sin emoción, como si no existiera más allá del teléfono que sostenía en la mano. Lo que escuchó concernía a su padre. Había estado —dijo la voz— sintiéndose mal durante casi una semana; y como su ayudante no podía arar y sembrar solo, él se había ocupado de la siembra de madrugada pese a tener fiebre alta. Su ayudante le había encontrado a media mañana, tumbado boca abajo sobre el terreno revuelto, inconsciente. Le llevó a la casa, le acostó y fue a buscar a un médico, pero al mediodía había muerto.

«Gracias por llamar», dijo Stoner automáticamente. «Dígale a mi madre que estaré allí mañana».

Colgó el teléfono y se quedó mirando durante largo rato al auricular en forma de campana colgado del estrecho cilindro negro. Se giró y observó la sala. Edith le miraba expectante.

«¿Y bien? ¿Qué pasa?», preguntó.

«Es mi padre», dijo Stoner. «Ha muerto».

«¡Oh, Willy!», dijo Edith. Inclinó la cabeza. «Entonces, probablemente estarás fuera el resto de la semana».

«Sí», dijo Stoner.

«Tal vez pida a tía Emma que venga y me ayude con Grace».

«Sí», dijo Stoner mecánicamente. «Sí».

Consiguió que alguien se ocupara de sus clases durante el resto de la semana y a primera hora de la mañana siguiente tomó el autobús a Booneville. La autopista de Columbia a Kansas City, que atravesaba Booneville, era la misma por la que había venido hacía diecisiete años, cuando llegó por primera vez a la universidad. Ahora había sido ensanchada y asfaltada, y las vallas, alineadas y ordenadas, delimitaban los campos de trigo y maíz que se le aparecían al otro lado de la ventanilla del autobús.

Booneville había cambiado poco durante estos años. Se habían levantado algunos edificios nuevos, algunos antiguos habían sido derribados, pero la ciudad conservaba su desnudez y fragilidad y parecía aún como si fuera solo un arreglo momentáneo del que se pudiera prescindir en cualquier momento. Aunque la mayor parte de las calles se habían asfaltado en los últimos años, una pequeña nube de polvo flotaba en la ciudad y unos pocos carromatos tirados por caballos sobrevivían, con las ruedas produciendo ocasionales chispas cuando arañaban el asfaltado de aceras y calles.

La casa tampoco había cambiado sustancialmente. Era quizá más reseca y gris de lo que había sido, ni siquiera una mota de pintura permanecía en los tablones y las vigas sin pintar del porche se combaban un poco más hacia la tierra desnuda.

Había alguna gente en la casa, vecinos, a quienes Stoner no recordaba. Un hombre alto y enjuto con traje negro, camisa blanca y corbata de cuerda estaba inclinado junto a su madre, sentada en una silla tras la estrecha caja de madera que contenía el cuerpo de su padre. Stoner comenzó a cruzar la sala. El hombre alto le vio y se acercó a saludarle, sus ojos eran grises y átonos como las piezas de una vajilla de vidrio. Una voz profunda y untuosa de barítono, calmada y espesa, pronunció algunas palabras, el hombre llamó a Stoner «hermano» y habló de «duelo», y de «Dios, que se lo había llevado», y quería saber si Stoner deseaba rezar con él. Stoner rozó al hombre al pasar y se situó delante de su madre, cuyo rostro flotaba ante él. De manera borrosa vio que ella movía la cabeza y se levantaba de la silla. Le agarró del brazo y dijo: «Querrás ver a tu padre».

Con un toque tan frágil que apenas pudo sentirlo, le guió junto al ataúd abierto. Él miró hacia abajo. Miró hasta que sus ojos se aclararon y luego dio un respingo por el impacto. El cuerpo que veía parecía el de un extraño, estaba contraído y encogido y su cara era como una máscara de delgado papel marrón, con profundas depresiones negras en el lugar en el que deberían estar los ojos. El traje azul oscuro que le cubría el cuerpo era grotescamente grande y las manos, que se doblaban por fuera de las mangas y sobre el pecho, parecían las garras disecadas de un animal. Stoner se giró hacia su madre y supo que sus ojos revelaban el horror que sentía.

«Tu padre perdió mucho peso las últimas dos o tres semanas», dijo. «Le pedí que no saliera a los campos, pero se levantaba antes que yo y se iba. Perdió la cabeza. Estaba tan enfermo que perdió la cabeza y no sabía lo que hacía. El médico dijo que debió de haberla perdido, o que no pudo controlarse».

Mientras hablaba, Stoner la veía con claridad. Era como si también ella estuviera muerta mientras hablaba. Una parte de ella se fue irremediablemente dentro de aquella caja con su marido, para no emerger nunca más. La miraba ahora, con el rostro delgado y contraído, incluso en reposo estaba tan tenso que los extremos de los dientes asomaban tras sus finos labios. Caminaba como si no tuviera ni peso ni fuerza. Él murmuró unas palabras y abandonó la sala, fue a la habitación en la que había crecido y examinó su pobreza. Tenía los ojos calientes y secos y no pudo llorar.

Hizo los preparativos que habían de hacerse para el funeral y firmó los papeles que necesitaban ser firmados. Como toda la gente del campo, sus padres tenían pólizas de entierro para las cuales durante la mayor parte de sus vidas asignaban unos peniques semanales, incluso en las épocas de necesidad más acuciante. Había algo penoso en las pólizas que su madre sacó de un viejo baúl de su dormitorio. El lustre de la elaborada letra impresa había empezado a desvanecerse y el papel barato se había vuelto quebradizo con el paso del tiempo. Habló con su madre del futuro, quería que regresara con él a Columbia. Había sitio de sobra, dijo, y —la mentira le punzó— Edith estaría encantada de tener su compañía.

Pero su madre no regresó con él. «No me sentiría cómoda», dijo. «Tu padre y yo... yo he vivido aquí casi toda mi vida. Simplemente no creo que pudiera establecerme en otro sitio y sentirme cómoda con ello. Y aparte, Tobe...», Stoner recordó que Tobe era el ayudante negro que su padre había contratado hacía muchos años, «Tobe ha dicho que él se quedará aquí tanto tiempo como le necesite. Tiene un buen cuarto preparado en el ático. Estaremos bien».

Stoner discutió con ella, pero ella no cedió. Al final se dio cuenta de que solo deseaba morir, y deseaba hacerlo en el lugar en el que había vivido, y él sabía que ella merecía esa pequeña dignidad que hallaba en hacerlo como quería.

Enterraron a su padre en un pequeño lugar a las afueras de Booneville y William regresó a la granja con su madre. Aquella noche no pudo dormir. Se vistió y caminó por el campo en el que su padre había trabajado año tras año, hasta el final que ahora había encontrado. Intentó recordar a su padre, pero el rostro que había conocido en su juventud no le venía. Se arrodilló en el campo y tomó un terrón seco de tierra con la mano. Lo rompió y observó los fragmentos, oscuros a la luz de la Luna, deshaciéndose y escurriéndose entre sus dedos. Se sacudió la mano en la pernera del pantalón, se levantó y se fue a casa. No durmió, se tumbó en la cama y se puso a mirar por la única ventana hasta que llegó el amanecer, hasta que no hubo más sombras sobre la tierra, hasta que el infinito se extendió ante él, gris y desierto.

Tras la muerte de su padre Stoner viajaba los fines de semana a la granja, tan a menudo como podía y, cada vez que veía a su madre, la veía más delgada, más pálida y más silenciosa, hasta que al final parecía que solo sus ojos hundidos y brillantes tenían vida. Durante sus últimos días no le hablaba nada, sus ojos parpadeaban tenuemente como si mirasen desde la cama y, ocasionalmente, un pequeño suspiro escapaba de sus labios.

La enterró junto a su marido. Al concluir el funeral, se quedó solo en el frío viento de noviembre y miró las dos tumbas, una abierta a sus pies y la otra cubierta y poblada por una fina capa de hierba. Se giró hacia el pequeño lugar yermo y sin árboles que acogía a otros como sus padres y miró a través de la tierra plana en dirección a la granja en la que había nacido, en la que sus padres habían pasado los años. Pensó en los costes que precisaba, año tras año, el suelo, que seguía siendo el de siempre, algo árido, tal vez ahora un poco más fecundo. Nada había cambiado. Sus vidas se habían consumido en un trabajo triste, rotas sus voluntades, sus inteligencias embotadas. Ahora yacían en la tierra a la que habían entregado sus vidas y, paulatinamente, año tras año, la tierra les acogería. Lentamente la humedad y la descomposición infestarían las cajas de pino que contenían sus cuerpos y, gradualmente, tocaría sus carnes hasta acabar consumiendo los últimos vestigios de sus sustancias. Y se convertirían en parte irrelevante de aquella obcecada tierra a la que en el pasado entregaron sus vidas.

Permitió a Tobe que se quedara en la granja durante el invierno y en la primavera de 1928 puso la granja a la venta. El acuerdo era que Tobe permaneciera en la granja hasta que se vendiera quedándose él con todo lo que produjera hasta entonces. Tobe arregló el lugar lo mejor que pudo, reparando la casa y repintando el pequeño granero. Incluso así, no fue hasta principios de la primavera de 1929 cuando Stoner encontró un comprador adecuado. Aceptó la primera oferta que recibió, poco más de dos mil dólares, le dio a Tobe unos cientos y a finales de agosto envió el resto a su suegro para reducir la suma adeudada por la casa de Columbia.

En octubre de aquel año el mercado financiero quebró y los periódicos locales daban noticias sobre Wall Street, sobre fortunas arruinadas y grandes vidas alteradas. Afectó a poca gente en Columbia; esta era una comunidad conservadora y prácticamente nadie de la ciudad tenía dinero en acciones o bonos. Pero empezaron a llegar noticias de quiebras de bancos por todo el país y conatos de incertidumbre afectaron a algunas personas en la ciudad. Unos pocos granjeros retiraron sus ahorros y algunos más (apremiados por los banqueros locales) incrementaron sus depósitos. Pero nadie se alarmó realmente hasta que llegó la noticia de la quiebra de un pequeño banco privado, el Consorcio Mercantil, en San Luis.

Stoner estaba comiendo en la cafetería de la universidad cuando le alcanzó la noticia e inmediatamente fue a casa a decírselo a Edith. El Consorcio Mercantil era el banco en el que tenían la hipoteca de su casa, y el banco del que el padre de Edith era presidente. Edith llamó a San Luis aquella tarde y habló con su madre. Estaba contenta y le dijo a su hija que el señor Bostwick le había asegurado que no había nada por lo que preocuparse, que todo estaría bien en unas semanas.

Tres semanas después Horace Bostwick estaba muerto, un suicidio. Fue a su despacho del banco una mañana con un humor inusualmente alegre, saludó a algunos empleados que aún trabajaban tras las puertas cerradas, se metió en su despacho después de decir a su secretaria que no recibiría llamadas y cerró la puerta. Sobre las diez de la mañana se pegó un tiro en la cabeza con un revólver que había conseguido el día anterior y que llevaba con él en su maletín. No dejó ninguna nota, pero los papeles pulcramente dispuestos sobre su escritorio contaban todo lo que había que contar. Y lo que tenían que contar era simplemente la ruina económica. Había invertido imprudentemente, no solo su propio dinero, sino también el del banco y su ruina era tan absoluta que no podía imaginar socorro. Como al final se comprobó, la ruina no fue tan radical como él había pensado en el momento de suicidarse. Después de que la causa fuera resuelta, la casa familiar permaneció intacta, y una propiedad menor en las afueras de San Luis fue suficiente para dotar a su esposa de una pequeña cantidad para el resto de su vida.

Pero esto no se supo inmediatamente. William Stoner recibió una llamada de teléfono informándole de la ruina y el suicidio de Horace Bostwick y le transmitió la mala noticia a Edith tan suavemente como su alejamiento de ella le permitía.

Edith se tomó la noticia con calma, casi como si la hubiera estado esperando. Miró a Stoner unos instantes sin hablar, luego meneó la cabeza y dijo ausente: «Pobre madre. ¿Qué hará? Siempre hubo alguien que cuidara de ella. ¿Cómo vivirá?».

Stoner dijo: «Dile», hizo una pausa torpe, «dile que, si ella quiere, puede venir a vivir con nosotros. Será bienvenida».

Edith le sonrió con una curiosa mezcla de afecto y desdén. «Oh Willy. Preferiría morirse. ¿No te das cuenta?».

Stoner asintió. «Supongo que sí», dijo.

Así que la tarde del día en el que Stoner recibió la llamada, Edith se fue de Columbia para ir a San Luis al funeral y quedarse tanto como fuera preciso. Cuando llevaba fuera una semana, Stoner recibió una breve nota informándole de que se quedaba con su madre otras dos semanas, tal vez más. Estuvo fuera casi dos meses y William se quedó solo en la gran casa con su hija.

Durante los primeros días el vacío de la casa resultó extraño e inesperadamente inquietante. Pero se acostumbró y empezó a disfrutar de ello. En una semana sabía ya que era tan feliz como no lo había sido en años y cuando pensaba en el inevitable regreso de Edith era con un remordimiento apacible que ya no necesitaba ocultarse.

Grace celebró su sexto cumpleaños la primavera de aquel año y empezó su primer curso de colegio en otoño. Cada mañana Stoner la preparaba para el colegio y estaba de vuelta de la universidad por las tardes a tiempo para recibirla cuando ella volvía a casa.

A los seis años Grace era una niña alta y esbelta con un cabello más rubio que pelirrojo, su piel era perfectamente suave y sus ojos de color azul oscuro, casi violetas. Era tranquila y alegre y disfrutaba de las cosas, lo cual despertaba en su padre un sentimiento como de reverencia nostálgica.

A veces Grace jugaba con niños del vecindario, pero lo normal era que se sentara con su padre en su gran estudio y le observase mientras corregía ejercicios, o leía, o escribía. Le hablaba y conversaban —tan tranquilamente y con tanta seriedad que William Stoner se emocionaba con una ternura impensable—. Grace pintaba dibujos desgarbados y fascinantes en hojas de papel amarillo y se los presentaba solemnemente a su padre, o le leía en voz alta su libro de lectura de primer curso. Por la noche, cuando Stoner la metía en la cama y regresaba a su estudio, notaba su ausencia y se consolaba sabiendo que ella dormía segura arriba. De manera casi inconsciente había empezado a educarla y observaba, maravillado y con amor, cómo crecía ante él y su rostro empezaba a mostrar la inteligencia que atesoraba dentro.

Edith no regresó a Columbia hasta primeros de año, así que William Stoner y su hija pasaron las navidades solos. La mañana de Navidad intercambiaron regalos: para su padre, que no fumaba, Grace había modelado en la conservadora escuela infantil adjunta a la universidad, un tosco cenicero. William le regaló un vestido nuevo que había elegido para ella en una tienda del centro, algunos libros y lápices de colores. Se quedaron casi todo el día junto al arbolito, hablando, mirando las luces parpadear sobre los adornos, con el oropel destellando como fuego ardiendo sobre el verde oscuro del abeto.

Durante las vacaciones de Navidad, en aquella pausa curiosa y suspendida de las prisas del semestre, William Stoner fue más consciente de dos cosas: empezó a darse cuenta de la importancia capital que Grace tenía ahora en su vida y a comprender que le sería posible llegar a ser un buen profesor.

Estaba dispuesto a admitirse a sí mismo que no lo había sido. Siempre, desde la época en la que se había movido a trompicones en las primeras clases de inglés de primero, se había percatado del abismo existente entre lo que sentía por su asignatura y lo que impartía en clase. Había esperado que el tiempo y la experiencia redujeran ese abismo pero no había sido así. Las cosas que llevaba muy dentro de sí eran profundamente traicionadas cuando hablaba de ellas en sus clases; lo que estaba más vivo se marchitaba en sus palabras y lo que le emocionaba más se volvía frío al pronunciarlo. Y la conciencia de su insuficiencia le angustiaba tanto que su percepción crecía con naturalidad, como si fuera tan parte de él mismo, como sus hombros encorvados.

Pero durante las semanas que Edith pasó en San Luis, cuando daba clases, se encontraba a veces tan abstraído en su asignatura, que se olvidaba de sus limitaciones, de sí mismo, e incluso de los alumnos que tenía enfrente. De vez en cuando se sentía tan arrebatado de entusiasmo que tartamudeaba, gesticulaba e ignoraba los apuntes de clase que normalmente guiaban sus discursos. Al principio le molestaban estos arranques, como si se tomara demasiadas confianzas con su asignatura, y se disculpaba con sus alumnos pero cuando estos empezaron a reclamarle después de las clases, y cuando sus ejercicios empezaron a revelar indicios de imaginación y el asomo de un amor vacilante, se animaba a hacer aquello a lo que nunca le habían enseñado. El amor a la literatura, al lenguaje, al misterio de la mente y el corazón manifestándose en la nimia, extraña e inesperada combinación de letras y palabras, en la tinta más negra y fría... el amor que había ocultado, como si fuese ilícito y peligroso, empezó a exhibirse, vacilante en un principio, luego con temeridad y finalmente con orgullo.

Estaba triste y animado a la vez por el descubrimiento de lo que podía realizar. Más allá de sus intenciones, sentía que había engañado tanto a sus alumnos como a sí mismo. Los alumnos que habían sido capaces hasta entonces de trabajarse sus asignaturas mediante la repetición de pasos mecánicos empezaron a mirarle con sorpresa y resentimiento, los que no habían cursado sus asignaturas empezaron a acudir a sus clases y a saludarle por los pasillos. Hablaba con más confianza y sentía un rigor duro y cálido acumulándosele dentro. Sospechaba que comenzaba, con diez años de retraso, a descubrir lo que era y lo que veía era, más o menos lo que se había imaginado que sería. Sentía por fin que empezaba a ser profesor, lo cual era simplemente ser un hombre a quien el libro le dice la verdad, a quien se le concede una dignidad artística que poco tiene que ver con su estupidez, debilidad o insuficiencia como persona. Era un conocimiento que no podía expresar pero que le había cambiado y gracias al cual su personalidad se volvió inconfundible.

Así, cuando Edith regresó de San Luis, lo encontró inexplicablemente cambiado y se dio cuenta inmediatamente. Regresó sin avisar en un tren vespertino y atravesó el salón hasta el estudio donde su marido y su hija estaban tranquilamente. Su intención era sorprenderles tanto por su aparición repentina como por su nuevo aspecto pero cuando William la vio y ella vio la sorpresa en sus ojos, supo al momento que el verdadero cambio se había operado en él y que este era tan profundo que disipó el efecto de su aparición, pensó para sí misma algo distante pero con cierta sorpresa: «Le conozco mejor de lo que nunca creí».

William se sorprendió por su aparición y su cambio de imagen pero ya no le emocionó como pudo haberlo hecho en el pasado. La miró unos instantes y luego se levantó del escritorio, cruzó la sala y la saludó serio.

Edith se había cortado el pelo y llevaba uno de esos sombreros que le ceñía la cabeza tan fuerte que los mechones de pelo se le quedaban pegados a la cara como en un marco irregular; tenía los labios pintados de naranja rojizo brillante y dos manchas de colorete marcaban sus mejillas. Llevaba uno de esos vestidos cortos que se habían puesto de moda entre las mujeres jóvenes durante los últimos años; colgaba recto desde sus hombros y acababa justo a la altura de las rodillas. Sonrió tímida a su marido y cruzó la sala hasta su hija, que estaba en el suelo y la miraba con calma, solícita. Se arrodilló desgarbadamente, con el vestido nuevo ceñido alrededor de sus piernas.

«Grace, cariño», dijo en un tono que a William le pareció tenso e inseguro, «¿echabas de menos a mamá? ¿Pensabas que nunca volvería?».

Grace besó a su madre en la mejilla y la miró solemne. «Pareces diferente», dijo.

Edith se rió y se levantó del suelo, dio una vuelta, poniéndose las manos sobre la cabeza. «Tengo un vestido nuevo y zapatos nuevos y un nuevo corte de pelo. ¿Te gusta?».

Grace asintió dudosa. «Pareces diferente», dijo otra vez.

La sonrisa de Edith se amplió; tenía una pequeña mancha de pintalabios en uno de sus dientes. Se giró hacia William y preguntó: «¿Parezco diferente?».

«Sí», dijo William. «Muy seductora. Muy guapa».

Se rió de él y meneó la cabeza. «Pobre Willy», dijo. Luego se giró otra vez hacia su hija. «Soy diferente, creo», le dijo. «Creo de verdad que lo soy».

Pero William Stoner sabía que le estaba hablando a él. Y en aquel momento, de alguna manera, supo también que más allá de sus intenciones o su entendimiento, sin ella saberlo, Edith intentaba anunciarle una nueva declaración de guerra.

8

La declaración era parte del cambio que Edith había empezado a experimentar durante las semanas que había pasado en «casa», en San Luis, tras la muerte de su padre. Y crecía, adquiriendo finalmente sentido y ferocidad con aquel otro cambio que se había operado lentamente en William Stoner tras descubrir que podría llegar a ser un buen profesor.

Edith había permanecido curiosamente impasible en el funeral de su padre. Durante las pomposas ceremonias se sentaba erecta y severa y su expresión no se alteró cuando hubo de desfilar ante el cuerpo de su padre, resplandeciente y regordete, dentro del vistoso ataúd. Pero en el cementerio, cuando el ataúd estaba siendo introducido en el hoyo estrecho recubierto de moqueta de césped artificial, ocultó su rostro inexpresivo con las manos y no lo levantó hasta que alguien le tocó el hombro.

Después del funeral pasó varios días en su antigua habitación, la habitación en la que había crecido. Veía a su madre solo en el desayuno y en la cena. Las visitas pensaban que se aislaba debido al dolor. «Estaban muy unidos», decía la madre de Edith misteriosamente. «Más unidos de lo que parecía».

Pero Edith se paseaba por aquella habitación como si fuera la primera vez, con deleite, tocando paredes y ventanas, comprobando su solidez. Tenía un baúl lleno de sus posesiones infantiles que había bajado del ático; revisó los cajones de su cómoda, que habían permanecido intactos durante más de una década. Con un divertido aire recreativo, como si tuviera todo el tiempo del mundo, revisó sus cosas, acariciándolas, girándolas de uno y otro lado, examinándolas con un cuidado casi ritual. Cuando llegó a una carta que había recibido de niña, la leyó entera de principio a fin como si fuese la primera vez. Cuando se topó con una muñeca olvidada, le sonrió y acarició la porcelana de sus mejillas como si de nuevo fuese una niña que hubiera recibido un regalo.

Por último ordenó cuidadosamente todas sus posesiones infantiles en dos montones. Uno constaba de juguetes y baratijas que había adquirido ella misma, fotografías y cartas secretas de amigas del colegio, regalos que había recibido alguna vez de familiares lejanos; el otro montón se componía de las cosas que le había dado su padre y que estaban directa o indirectamente ligadas a él. Metódica, inexpresivamente, sin enojo ni alegría, tomó tales objetos, uno por uno, y los destruyó. Las cartas y las ropas, el relleno de las muñecas, las insignias y las fotografías, las quemó en la chimenea. Las cabezas de porcelana y barro, las manos y brazos y pies de las muñecas quedaron reducidos a fina harina contra el suelo, y lo que quedó tras la quema y el destrozo lo barrió Edith en un montoncillo y lo arrojó por el retrete del cuarto de baño anexo a su habitación.

Concluida la tarea —la habitación libre de humo, la chimenea deshollinada, las pocas pertenencias que quedaron de vuelta a la cómoda— Edith Bostwick Stoner se sentó en su pequeño tocador y se miró en el espejo cuya parte delantera estaba rayada y moteada de forma que aquí y allá su imagen se reflejaba imperfectamente o no se reflejaba en absoluto, dando a su rostro una curiosa imagen incompleta. Tenía treinta años. El lustre de la juventud estaba empezando a apagarse en su cabello, comenzaban a formarse arruguitas alrededor de sus ojos y la piel de su rostro empezaba a tensarse sobre sus afiladas mandíbulas. Asintió al reflejo del espejo, se levantó abruptamente y bajó al piso inferior, donde por primera vez en días habló alegre y casi íntimamente con su madre.

Quería —dijo— un cambio para su persona. Había sido durante demasiado tiempo la que era. Habló de su infancia, de su matrimonio y, por intuiciones de las que solo podía hablar vagamente y sin certeza, fijó una imagen que quería completar. Así, prácticamente los dos meses que permaneció en San Luis con su madre, se consagró devotamente a dicha tarea.

Pidió prestada una suma de dinero a su madre, quien impulsivamente se la regaló. Compró un armario nuevo, quemó toda la ropa que había traído de Columbia, se cortó el pelo a la moda, compró cosméticos y perfumes, con los que practicaba cada día en su habitación. Aprendió a fumar y cultivó una nueva manera de hablar, insegura, de acento indefinido y un poco estridente. Regresó a Columbia con este cambio externo bien controlado y con otro cambio secreto y potencial guardado en su interior.

Durante los primeros meses tras su regreso a Columbia anduvo ocupada con diversos asuntos. Ya no le parecía necesario fingir que estaba enferma o débil. Se apuntó a un pequeño grupo de teatro y se dedicó con devoción a las tareas que le encargaban; diseñaba y pintaba escenarios, recaudaba dinero para el grupo e incluso participaba con pequeños papeles en las obras. Cuando Stoner llegaba a casa por las tardes se encontraba el salón lleno de sus amistades, extraños que le miraban como si fuese un intruso. Saludaba educadamente y se retiraba a su estudio, desde donde podía oír las voces, silenciadas y declamatorias, al otro lado de las paredes.

Edith se compró un piano de pared y lo hizo poner en la sala de estar, pegado a la pared que separaba la estancia del estudio de William. Había dejado de tocar poco antes de su boda y ahora estaba casi a cero, practicando escalas, perfilando ejercicios que le resultaban demasiado complicados, tocando a veces dos o tres horas al día, en ocasiones de noche, después de acostar a Grace.

Los grupos de alumnos que Stoner invitaba a su estudio para conversar crecieron en integrantes y los encuentros se hicieron más frecuentes. Edith ya no se contentaba con recluirse arriba, lejos de las reuniones. Insistía en servirles té o café y, cuando lo hacía, se sentaba en la sala. Hablaba alta y despreocupadamente, consiguiendo desviar la conversación hacia su trabajo en el teatrillo, o hacia su música, o su pintura o escultura, la cual —anunció— planeaba retomar tan pronto como encontrase tiempo. Los alumnos, desconcertados y cohibidos, dejaron paulatinamente de acudir y Stoner comenzó a reunirse con ellos para tomar café en la cafetería de la universidad o en alguno de los pequeños cafés repartidos por el campus.

No habló con Edith sobre su nuevo comportamiento. Sus actividades le causaban solo una molestia menor y ella parecía feliz, aunque tal vez un poco desesperada. Fue, finalmente, él mismo quien asumió la responsabilidad del nuevo rumbo que había tomado su vida. Él había sido incapaz de aportarle ningún sentido a su historia en común, a su matrimonio. Así que ella tenía derecho a aprovechar cualquier satisfacción posible en intereses que no tenían nada que ver con él y a tomar caminos que él no podía seguir.

Envalentonado por su reciente éxito como profesor y por su creciente popularidad entre los mejores alumnos de posgrado, comenzó un nuevo libro en el verano de 1930. Ahora pasaba casi todo su tiempo libre en el estudio. Él y Edith mantenían entre ellos la ficción de que compartían el mismo dormitorio aunque él rara vez entraba en la habitación, y nunca de noche. Dormía en el sofá de su estudio y guardaba su ropa en un pequeño armario que había construido en una esquina de la sala.

Podía estar con Grace. Como había sido costumbre durante la primera ausencia larga de su madre, la niña pasaba mucho tiempo en el estudio de su padre. Stoner consiguió incluso un pequeño escritorio para ella, para que tuviera un lugar en el que leer y hacer los deberes. Solían comer la mayoría de las veces cada uno por su cuenta. Edith pasaba mucho tiempo fuera de casa y, cuando no estaba fuera, solía entretener a sus amigos del teatro con pequeñas fiestecitas que no admitían la presencia de niños.

Después, abruptamente, Edith comenzó a dejar de salir. Los tres empezaron a comer juntos de nuevo y Edith mostró deseos de dedicarse a la casa. Se apaciguó. Incluso el piano dejó de usarse, y el polvo se acumuló sobre el teclado.

Habían llegado a ese punto en su vida en común en el cual casi no hablaban entre ellos de sí mismos, no fuese que el delicado equilibrio que les permitía vivir juntos se rompiera. Así que solo tras una larga reflexión y deliberación sobre las consecuencias se atrevió Stoner finalmente a preguntarle si ocurría algo.

Sentados durante la cena, Grace había pedido permiso y se había llevado un libro al estudio de Stoner.

«¿Qué quieres decir?», preguntó Edith.

«Tus amigos», dijo William. «Hace tiempo que no vienen y ya no parece que te dediques a tu trabajo en el teatro. Solo me preguntaba si había pasado algo».

Con un gesto casi masculino, Edith extrajo un cigarrillo del paquete que había junto a su plato, se lo colocó entre los labios y lo encendió con la colilla de otro que tenía medio apagado. Aspiró profundamente sin quitarse el cigarrillo de los labios e inclinó la cabeza hacia atrás, de manera que cuando miraba a Stoner sus ojos eran angostos, irónicos y calculadores.

«No pasa nada», dijo. «Simplemente que me he aburrido de ellos y del trabajo. ¿Es que siempre tiene que pasar algo?».

«No», dijo William. «Solo pensaba que tal vez no te sentías bien o algo».

No pensó más en la conversación. Un poco después se levantó de la mesa y fue a su estudio, donde Grace estaba sentada en su escritorio, inmersa en el libro. La luz iluminaba su cabello y dibujaba sobre su rostro pequeño y serio un perfil anguloso. Había crecido durante el último año, pensó William; y una tristeza pequeña y desagradable le contrajo brevemente la garganta. Sonrió y se sentó tranquilamente ante su mesa.

Al instante se sumergió en su trabajo. La tarde anterior se había dedicado a la rutina de su labor en el aula, había corregido ejercicios y preparado las clases para la semana siguiente. Imaginaba tardes como la anterior, y otras muchas tardes, en las que estaría libre para trabajar en su libro. No tenía muy claro lo que quería hacer en este nuevo libro; en general, deseaba extenderse más allá de su primer estudio, tanto en tiempo como en alcance. Quería trabajar el periodo del renacimiento inglés y ampliar su investigación hacia las influencias del latín clásico y medieval en ese campo. Estaba en la fase de planificar su trabajo, y esa era la que más le gustaba, la selección entre aproximaciones alternativas, el rechazo de ciertas estrategias, los misterios e incertidumbres que albergan las posibilidades inexploradas, las consecuencias de decisiones... Las alternativas disponibles le estimulaban tanto que no podía mantenerse quieto. Se levantaba del escritorio, andaba un poco y, con una alegría frustrada, le hablaba a su hija, que le miraba desde su libro y le respondía.

Ella captó su estado y algo que dijo le hizo reír. Después los dos rieron juntos, sin sentido, como si ambos fueran niños. De repente la puerta del estudio se abrió y la severa luz de la sala de estar penetró en los rincones oscuros del estudio. Edith apareció recortada contra aquella luz.

«Grace», dijo con claridad y lentitud, «tu padre intenta trabajar. No debes molestarle».

Durante algunos instantes William y su hija se quedaron tan aturdidos por esta repentina intrusión que ninguno de ellos se movió ni habló. Después William alcanzó a decir: «No pasa nada, Edith. No me molesta».

Como si no hubiese hablado, Edith dijo: «Grace, ¿me has oído? Sal de ahí ahora mismo».

Apabullada, Grace se levantó de la silla y cruzó la sala. A medio camino se detuvo, mirando primero a su padre y luego a su madre. Edith comenzó a hablar otra vez, pero William alcanzó a cortarla.

«No pasa nada, Grace», dijo tan amablemente como pudo. «No pasa nada. Ve con tu madre».

Mientras Grace cruzaba la puerta del estudio hacia la sala de estar, Edith le dijo a su marido: «La niña ha tenido demasiadas libertades. No es normal que sea tan callada, tan introvertida. Ha estado demasiado tiempo sola. Debería ser más activa, jugar con niños de su edad. ¿No te das cuenta de lo infeliz que ha sido?».

Y cerró la puerta antes de que él pudiera responderle.

Stoner permaneció inmóvil durante largo rato. Miraba su mesa, repleta de notas y libros abiertos; deambuló despacio por la habitación y reorganizó distraído las hojas de papel, los libros. Permaneció allí, con el ceño fruncido, durante unos minutos más, como tratando de recordar alguna cosa. Después se giró de nuevo y caminó hacia el pequeño escritorio de Grace, se quedó allí parado, como se había quedado junto al suyo. Apagó la lámpara, provocando que la superficie del escritorio permaneciera gris y sin vida y caminó hacia el sofá, sobre el que se recostó con los ojos abiertos, observando el techo.

La enormidad cayó sobre él gradualmente. Empezó varias semanas antes de que pudiera admitir lo que Edith estaba haciendo y, cuando al fin fue capaz de admitirlo, lo hizo casi sin asombro. La de Edith era una campaña emprendida con tanta inteligencia y habilidad que no podía encontrar ningún fundamento racional para quejarse. Después de su entrada abrupta y casi brutal en su estudio aquella noche, una entrada que retrospectivamente le parecía un ataque por sorpresa, la estrategia de Edith se hizo más indirecta, más pacífica y contenida. La disfrazaba de amor y preocupación y, siendo así, se convertía en algo ante lo cual estaba desamparado.

Edith estaba en casa prácticamente todo el tiempo. Por la mañana y a primera hora de la tarde, mientras Grace estaba en el colegio, se ocupaba de redecorar la habitación de la niña. Retiró el pequeño escritorio del estudio de Stoner, lo barnizó y lo repintó de rosa claro, añadiéndole arriba una cinta ancha de satén encrespado a juego, de manera que no se parecía en nada al escritorio con el que Grace había crecido. Una tarde, con Grace callada tras ella, inspeccionó toda la ropa que William le había comprado a la niña, deshaciéndose de la mayoría y prometiéndole a Grace que ese fin de semana irían al centro a reemplazar los artículos desechados por otros más apropiados, más «de niña». Y así lo hicieron. A última hora de la tarde, fatigada pero triunfante, Edith regresó con un montón de paquetes y una hija, exhausta, desesperadamente incómoda con su nuevo vestido tieso, almidonado y con una miríada de lazos desde el borde inferior del vuelo del vestido, bajo el cual asomaban las delgadas piernas como patéticos palillos.

Edith le compró a su hija muñecas y juguetes y revoloteaba alrededor de ella cuando jugaba con estas cosas, como si fuese un deber. La inició en lecciones de piano y se sentaba a su lado en una butaca mientras practicaba. A la menor ocasión daba pequeñas fiestas para ella a las que acudían los niños del vecindario, vengativos y taciturnos en sus ropas rígidas y formales, y supervisaba estrictamente los deberes y la lectura de su hija, sin permitirle que sobrepasara el tiempo que tenía asignado.

Ahora las visitas de Edith eran las madres del vecindario. Venían por la mañana a tomar café y charlaban mientras sus hijos estaban en el colegio. Por las tardes traían a los niños con ellas y los miraban jugar en la gran sala de estar, parloteando por encima del ruido de los juegos y las carreras.

Aquellas tardes Stoner solía estar en su estudio y escuchaba lo que las madres decían ya que hablaban alto desde la sala, elevando las suyas por encima de las voces de los niños.

Una vez, cuando se produjo una tregua en el ruido, escuchó a Edith decir: «Pobre Grace. Le tiene gran cariño a su padre, pero él tiene tan poco tiempo para dedicarle. Su trabajo, ya sabéis; y ha empezado un nuevo libro...».

Curiosamente observó que las manos con las que sostenía el libro empezaron a temblar casi por separado. Temblaron durante unos instantes antes de poder controlarlas metiéndoselas en los bolsillos, cerrando los puños, y dejándolas allí.

Ahora veía poco a su hija. Los tres comían juntos, pero en tales ocasiones apenas se atrevía a hablarle porque cuando lo hacía y Grace le respondía, Edith enseguida encontraba algo reprochable en los modales de Grace en la mesa o en la manera en la que se sentaba en la silla y le hablaba con tanta brusquedad que su hija permanecía en silencio y abatida durante el resto de la comida.

El ya esbelto cuerpo de Grace iba adelgazando, Edith reía encantada de su «crecimiento hacia arriba pero no hacia fuera». Los ojos se le estaban tornando vigilantes, casi cautelosos; la expresión que una vez había sido serena era ahora débilmente hosca o con una alegría y una euforia al borde de la histeria. Ya casi no sonreía, aunque reía mucho. Y cuando sonreía, era como si un espectro rondara por su rostro. Una vez, estando Edith arriba, William y su hija se cruzaron en la sala de estar. Grace le sonrió con timidez e involuntariamente él se arrodilló y la abrazó. Sintió su cuerpo rígido y percibió en su rostro perplejidad y miedo. Él se separó suavemente de ella, dijo algo inconsecuente y se retiró a su estudio.

A la mañana siguiente se quedó en la mesa desayunando hasta que Grace se marchó al colegio, incluso sabiendo que llegaría tarde a su clase de las nueve. Edith no regresó a la mesa tras salir Grace por la puerta principal y él supo que estaba evitándole. Se dirigió a la sala de estar, donde su mujer estaba sentada en un extremo del sofá, tomando una taza de café y fumando un cigarrillo.

Dijo sin preámbulos: «Edith, no me gusta lo que le está sucediendo a Grace».

Al instante, como si hubiese recibido una señal, dijo: «¿Qué quieres decir?».

Él se sentó en el otro extremo del sofá, lejos de Edith. Un sentimiento de desamparo se apoderó de él. «Sabes a lo que me refiero», dijo fatigosamente. «No seas tan exigente con ella. No la trates con tanta dureza».

Edith plantó el cigarrillo en el cenicero. «Grace nunca ha sido feliz. Ahora tiene amigas, cosas que la distraen. Sé que tú estás demasiado ocupado para darte cuenta de esas cosas, pero... seguramente habrás comprobado que se muestra mucho más extrovertida últimamente. Y se ríe. No solía reírse. Casi nunca».

William la miró con sosegado estupor.

«Eso crees, ¿no?»

«Por supuesto que sí», dijo Edith. «Soy su madre».

Y lo creía, se percató Stoner. Él meneó la cabeza. «Nunca he querido admitirlo», dijo con algo semejante a la tranquilidad, «pero tú de verdad me odias, ¿no Edith?».

«¿Qué?». La sorpresa en su voz era genuina. «¡Oh Willy!». Se reía abiertamente y sin moderación. «No seas tonto. Por supuesto que no. Eres mi marido».

«No utilices a la niña». No pudo evitar que le temblara la voz. «No necesitas hacerlo, ya lo sabes. Cualquier otra cosa. Pero si sigues utilizando a Grace, yo...». No terminó.

Tras un momento Edith dijo: «Tú ¿qué?». Hablaba tranquila, sin signos de desafío. «Todo cuanto podrías hacer es dejarme y nunca lo harías. Ambos lo sabemos».

Él asintió. «Supongo que tienes razón». Se levantó cegado y se marchó a su estudio. Agarró el abrigo del armario y cogió el maletín de detrás del escritorio. Mientras cruzaba la sala de estar Edith volvió a hablarle.

«Willy, yo no haría daño a Grace. Eso debes saberlo. La amo. Es mi hija.»

Y él sabía que era verdad, la amaba. La verdad de aquel razonamiento casi le hizo gritar. Movió la cabeza y salió a la intemperie.

Cuando regresó a casa aquella noche se encontró con que durante el día Edith, con la ayuda de un operario, había sacado todas sus pertenencias del estudio. Apilados en una esquina de la sala de estar, estaban su escritorio y su colchón y, rodeándolos en una maraña desordenada, estaban sus ropas, sus papeles y todos sus libros.

Desde que estaba más en casa, Edith había decidido —le dijo— volver a pintar y esculpir de nuevo. Y su estudio, orientado al norte, le proporcionaría la única iluminación decente que tenía la casa. Ella sabía que a él no le importaría mudarse, podría utilizar el porche acristalado de la parte trasera de la casa; estaba más lejos de la sala de estar que su estudio, con lo cual tendría más tranquilidad para hacer su trabajo.

Pero el porche acristalado era tan pequeño que no podía tener sus libros ordenados y no había sitio ni para el escritorio ni para el colchón que había tenido en el estudio, así que guardó ambas cosas en el sótano. Era difícil calentar el porche en invierno y en verano imaginaba que el sol penetraría a través de los paneles de cristal, haciéndolo casi inhabitable. Y a pesar de todo trabajó allí durante varios meses. Se agenció una mesa pequeña y la usó como escritorio. Compró un radiador portátil para mitigar un poco el frío que a última hora de la tarde se filtraba a través de los estrechos tablones exteriores. De noche dormía arropado en una manta, en el sofá de la sala de estar.

Tras algunos meses de relativa aunque inconfortable paz, empezó a encontrar a su regreso de la universidad por la tarde, fragmentos de viejos utensilios caseros: lámparas rotas, alfombras desperdigadas, pequeños cajones y cajitas de fruslerías, arrojadas con descuido por la habitación que ahora le servía de estudio.

«Hay mucha humedad en el sótano», decía Edith, «se estropearán. No te importa que las deje aquí un tiempo, ¿verdad?».

Una tarde de primavera regresó a casa durante una fuerte tormenta y descubrió que, sin saber cómo, uno de los paneles se había roto y que la lluvia había dañado varios de sus libros y convertido algunas de sus notas en ilegibles. Unas semanas más tarde llegó para descubrir que a Grace y a algunas de sus amigas se les había permitido jugar en esa habitación y que nuevas notas suyas se habían roto o estropeado. «Solo las dejé ir allí unos minutos», dijo Edith. «Han de tener un lugar para jugar. Pero no tengo ni idea. Tienes que hablar con Grace. Le he dicho lo importante que es tu trabajo para ti».

Entonces claudicó. Se llevó tantos libros como pudo a su despacho de la universidad, que compartía con otros tres profesores noveles, y empezó a pasar mucho más tiempo allí. Solo llegaba pronto a casa cuando la ansiedad por ver brevemente a su hija, o cruzar una palabra con ella, le hacía imposible mantenerse alejado.

Pero en su despacho solo tenía sitio para unos pocos volúmenes y el trabajo en su libro se interrumpía a menudo debido a que no disponía de los ejemplares de consulta necesarios. Además uno de sus compañeros de despacho, un joven serio, tenía la costumbre de organizar charlas con los alumnos por las tardes y las conversaciones silbantes e intrincadas que tenían lugar en el otro lado de la estancia le distraían, por lo que le resultaba difícil concentrarse. Perdió el interés por su libro, su trabajo se ralentizó y se detuvo. Finalmente se dio cuenta de que aquello se había convertido en un refugio, un asilo, una excusa para permanecer en el despacho por las noches. Leía y estudiaba, y por fin llegó a encontrarse suficientemente cómodo, a gusto, e incluso a sentir un fantasma de su antigua alegría para con lo que hacía, un aprendizaje sin una finalidad particular.

Y Edith relajó su acoso y su preocupación obsesiva por Grace, por lo que la niña empezó a sonreírle de nuevo e incluso a hablarle con cierta desenvoltura. Así le resultaba posible vivir, incluso ser feliz, de vez en cuando.

9

La dirección interina del departamento de inglés, asumida por Gordon Finch a la muerte de Archer Sloane, se renovaba año tras año, hasta que todos los miembros del departamento se acostumbraron a la anarquía habitual en la que, sin saber cómo, las clases se asignaban y se impartían, en la que se llevaban a cabo nuevas contrataciones para la plantilla, en la que, sin saber cómo, se resolvían detalles triviales del departamento y en la que imperceptiblemente un curso daba paso a otro. Por lo general se entendía que se nombraría un director permanente tan pronto como resultase posible nombrar a Finch vicedecano de artes y ciencias, una posición que ocupaba de *facto* cuando no estaba en su despacho Josiah Claremont, el cual amenazaba con no morirse nunca, pese a que ya era raro verle caminando por los pasillos.

Los miembros del departamento iban a su aire, impartían las clases que habían dado el año anterior y visitaban los despachos de los demás en los huecos entre las clases. Solo al principio de cada semestre mantenían un encuentro formal, en el que Gordon Finch convocaba una reunión de departamento rutinaria, como también lo hacía en las ocasiones en que el decano de la facultad de graduados les enviaba comunicados pidiéndoles que realizaran exámenes orales y de tesis a los estudiantes de grado que estaban a punto de concluir su trabajo.

Estos exámenes le llevaban tiempo a Stoner. Para su sorpresa empezó a disfrutar de una modesta popularidad como profesor; tuvo que rechazar a alumnos que querían cursar su seminario para estudiantes de posgrado sobre tradición latina y literatura renacentista y sus asignaturas de grado estaban siempre llenas. Algunos alumnos le pidieron que dirigiera sus tesis y otros que estuviera en sus comités de tesis.

En otoño de 1931 el seminario estaba prácticamente lleno incluso antes de la inscripción, pues muchos estudiantes lo habían acordado con Stoner al final del año anterior o durante el verano. Una semana después de que empezara el semestre y de que se hubiera celebrado una reunión del seminario, un alumno vino al despacho de Stoner pidiéndole que le permitiese participar en la clase.

Stoner estaba en su mesa con una lista de los alumnos del seminario ante él. Intentaba decidir tareas del seminario para ellos, lo cual era particularmente difícil ya que muchos le eran desconocidos. Era una tarde de septiembre y tenía la ventana de al lado de su escritorio abierta, la fachada del gran edificio estaba a la sombra, por lo que en el césped que había enfrente se proyectaba la forma nítida del bloque, con su cúpula semicircular y su tejado irregular oscureciendo el verde y arrastrándose imperceptiblemente hacia afuera del campus y más allá. Una brisa fresca entraba por la ventana trayendo el frágil aroma del otoño.

Llamaron a la puerta; se giró hacia el vano abierto y dijo: «Pase».

Una figura se deslizó desde la oscuridad del pasillo hacia la luz de la habitación. Stoner parpadeó somnoliento encarando la oscuridad, reconociendo a un alumno que había visto por los pasillos pero a quien no conocía. Al joven le colgaba rígido el brazo izquierdo en el costado, y arrastraba el pie izquierdo al caminar. Tenía la cara pálida y redonda, sus gafas de concha eran circulares y su pelo negro y fino, con la raya peinada meticulosamente al lado, se le mantenía pegado al cráneo.

«¿Doctor Stoner?», preguntó, con una voz chillona y cortante, hablando con claridad.

«Sí», dijo Stoner. «¿Quiere sentarse?».

El joven se acomodó en la silla de madera junto a la mesa de Stoner, con la pierna extendida en línea recta y su mano izquierda, retorcida con el puño semicerrado, descansando sobre ella. Sonrió, hizo una reverencia con la cabeza y dijo en un curioso tono de autodesprecio: «Puede que no me conozca, señor, soy Charles Walker. Estoy en segundo, asisto al Doctor Lomax».

«Sí, señor Walker», dijo Stoner. «¿Qué puedo hacer por usted?».

«Bueno, estoy aquí para pedirle un favor, señor». Walker sonrió de nuevo. «Sé que su seminario está completo, pero me interesaría mucho participar en él». Hizo una pausa y dijo sarcástico: «El doctor Lomax sugirió que hablase con usted».

«Ya veo», dijo Stoner. «¿Cuál es su especialidad, señor Walker?».

«Los poetas románticos», dijo Walker. «El doctor Lomax dirigirá mi disertación».

Stoner asintió. «¿Cómo lleva de adelantado su trabajo?».

«Espero acabar en dos años», dijo Walker.

«Bueno, eso hace todo más sencillo», dijo Stoner. «Ofrezco el seminario cada año. Ahora está tan lleno que ya casi no es un seminario y una persona más sería el final. ¿Por qué no puede esperar al año que viene si realmente quiere inscribirse en el curso?».

Los ojos de Walker se apartaron de él. «Bueno, francamente», dijo y lanzó otra sonrisa, «soy víctima de un malentendido. Todo por mi culpa, por supuesto. No me percaté de que cada licenciado ha de cursar al menos cuatro seminarios de grado para licenciarse y yo no cursé ninguno el año pasado. Y como usted sabe, no permiten inscribirse en más de uno cada semestre. Por eso si me quiero graduar en dos años tengo que cursar uno este semestre».

Stoner suspiró. «Ya veo. ¿De manera que a usted no le interesa especialmente la influencia de la tradición latina?».

«Oh, por supuesto que sí, señor. Por supuesto que sí. Me será de gran ayuda en mi disertación».

«Señor Walker, debería saber que esta es una clase muy especializada y no animo a la gente a inscribirse a menos que tenga un interés determinado».

«Sí, señor», dijo Walker. «Le aseguro que *yo tengo* un interés determinado».

Stoner asintió. «¿Qué tal su latín?».

Walker sacudió la cabeza. «Oh, muy bien, señor. Aún no he hecho mi examen de latín, pero lo leo muy bien».

«¿Sabe francés o alemán?»

«Oh, sí, señor. Aunque tampoco de eso me he examinado; espero quitármelos de en medio a la vez, a final de curso. Pero leo ambos muy bien». Walker hizo una pausa, luego añadió: «El doctor Lomax dijo que creía que seguramente podría realizar los trabajos del seminario».

Stoner suspiró. «Muy bien», dijo. «La mayor parte de las lecturas serán en latín, algunas en francés y alemán, por lo que no será capaz de aprobar sin esto. Le daré una lista de lecturas y charlaremos sobre su tema del seminario el próximo miércoles por la tarde».

Walker le dio las gracias efusivamente y se levantó de la silla con alguna dificultad. «Me pondré con las lecturas», dijo. «Estoy seguro de que no se arrepentirá de aceptarme en su clase, señor».

Stoner le miró con lánguida sorpresa. «La idea no se me ha ocurrido a mí, señor Walker», dijo con sequedad. «Le veré el miércoles».

El seminario se desarrollaba en una pequeña clase en el sótano del ala sur del edificio Jesse Hall. Las paredes de cemento despedían un olor húmedo aunque no desagradable y las pisadas resonaban como huecos suspiros sobre el desnudo suelo de cemento. Una única luz colgaba del techo en el centro de la estancia, alumbrando en vertical de manera que los que estaban sentados en los escritorios del centro de la clase recibían un haz de luminosidad, mientras que las paredes permanecían de color gris oscuro y las esquinas prácticamente negras, como si el liso cemento sin pintar sorbiera la luz que fluía desde el techo.

Aquel segundo miércoles del seminario William Stoner llegó a clase unos minutos tarde, saludó a los alumnos y comenzó a colocar sus libros y papeles sobre el pequeño y bajo escritorio de roble barnizado que había en el centro, frente a la pizarra. Echó un vistazo al pequeño grupo disperso por la clase. Conocía a algunos, dos de ellos eran candidatos a licenciarse cuyo trabajo dirigía, otros cuatro eran diplomados del departamento que habían realizado trabajos de grado con él; del resto, tres eran estudiantes de posgrado de lenguas modernas, uno era un estudiante de filosofía que estaba trabajando en su disertación sobre los escolásticos, otra era una mujer mayor de mediana edad, profesora de secundaria que intentaba diplomarse durante su año sabático y la última era una joven de cabello oscuro, una nueva docente del departamento que se había puesto a trabajar durante dos años mientras terminaba una disertación que había empezado tras completar las asignaturas en una universidad del Este. Había preguntado a Stoner si podía asistir como oyente al seminario y él había aceptado. Charles Walker no estaba en el grupo. Stoner esperó un momento más, barajando sus papeles, después se aclaró la garganta y comenzó con la clase.

«En nuestro primer encuentro discutimos el alcance de este seminario y decidimos que nuestro estudio debería limitarse a la tradición latina medieval sobre las tres primeras de las siete artes humanísticas. Esto es, gramática, retórica y dialéctica». Hizo una pausa y observó los rostros —indecisos, curiosos y como enmascarados— atentos a él y a lo que decía.

«Semejante límite quizá les parezca exageradamente riguroso a algunos de ustedes, pero no dudo de que encontraremos lo suficiente como para mantenernos ocupados incluso aunque solo lleguemos a explorar superficialmente las pistas del trívium hasta el siglo dieciséis. Es importante que nos demos cuenta de que estas artes de retórica, gramática y dialéctica significaban para el hombre bajomedieval y del renacimiento inicial algo que nosotros sólo podemos presentir hoy tenuemente, prescindiendo de un ejercicio de imaginación histórica. Para uno de aquellos escolásticos, el arte de la gramática, por ejemplo, no era una mera disposición mecánica de las partes del discurso. Desde los últimos tiempos helenísticos hasta la Edad Media, el estudio y la práctica de la gramática incluía no solo la «habilidad con las letras» mencionada por Plauto y Aristóteles, sino también —y esto adquirió enorme importancia— el estudio de la lírica y sus exitosas técnicas, una exégesis de la lírica tanto en forma como en sustancia, y en exquisitez de estilo, en la medida en la que puede ser distinguida de la retórica».

Estaba tanteando la asignatura y era consciente de que algunos de sus alumnos se habían inclinado hacia delante y habían dejado de tomar notas. Continuó: «Es más, si a nosotros en el siglo veinte se nos pregunta cuál de estas tres artes es la más importante, puede que elijamos la dialéctica, o la retórica... pero sería muy extraño que escogiéramos la gramática. Pero el escolástico romano y medieval —y el poeta— casi con toda seguridad consideraría la gramática la más importante. Debemos recordar...».

Un fuerte ruido le interrumpió. La puerta se había abierto y Charles Walker entró en el aula. Al cerrar la puerta los libros que llevaba bajo el brazo lisiado se le habían escurrido y se habían estrellado contra el suelo. Se inclinó con torpeza, con su pierna mala extendida, y lentamente fue recogiendo sus libros y papeles. Luego se enderezó y se deslizó por la estancia. El roce de sus pies sobre el cemento liso causaba un bufido chirriante y alto que resonaba silbante y aislado en el aula. Llegó hasta una silla en la primera fila y se sentó.

Después de que Walker se hubiera puesto cómodo y hubiera ordenado sus libros y papeles sobre su silla escritorio, Stoner continuó: «Debemos recordar que la concepción medieval de la gramática era más general que la del último periodo helenístico o la romana. No solo incluía la ciencia de pronunciar discursos correctamente y el arte de la exégesis; incluía a su vez las concepciones modernas de analogía, etimología, métodos de presentación, construcción, la condición de licencia poética y las excepciones a dicha condición, e incluso el lenguaje metafórico de las figuras retóricas».

Mientras continuaba detallando las categorías de la gramática que había enumerado, la mirada de Stoner aleteaba por la clase; se daba cuenta de que los había perdido tras la entrada de Walker y sabía que pasaría algún tiempo antes de que pudiera sacarlos de nuevo de su ensimismamiento. Una y otra vez la vista curiosa se le iba hacia Walker quien, después de haber estado tomando notas furiosamente durante un rato, había dejado que el lápiz reposara sobre el cuaderno mientras observaba a Stoner ceñudo y confuso. Finalmente la mano de Walker se disparó, Stoner acabó la frase que había empezado y le asintió.

«Señor», dijo Walker, «perdóneme, pero no lo entiendo. ¿Qué tiene que ver la...» hizo una pausa y dejó que su boca se recreara en la palabra, «... *gramática* con la poesía? Esencialmente quiero decir. Poesía *de verdad*».

Stoner dijo amablemente: «Como expliqué antes de que entrara, señor Walker, el término «gramática» tanto para los retóricos romanos como medievales tenía un significado mucho más extenso que el que tiene hoy. Para ellos, quería decir...». Se detuvo, dándose cuenta de que iba a repetir la primera parte de su clase; notaba a los alumnos revolviéndose con inquietud. «Creo que esta relación se le presentará con mayor claridad según avancemos ya que veremos hasta qué extremo los poetas y dramaturgos, incluso del Renacimiento medio y tardío, están en deuda con los retóricos latinos».

«¿Todos ellos, señor?». Walker sonrió y se inclinó hacia atrás en la silla. «¿No fue Samuel Johnson quien dijo del mismo Shakespeare que tenía poco de latino y menos de griego?».

Mientras las risas reprimidas alborotaban la clase, Stoner sintió que le invadía algo parecido a la compasión. «Quiere usted decir Ben Jonson, naturalmente».

Walker se quitó las gafas y las limpió, pestañeando incesantemente. «Por supuesto», dijo. «Un *lapsus linguae*».

Pese a que Walker le interrumpió varias veces, Stoner se las arregló para dar su clase sin graves dificultades y logró asignar los primeros trabajos. Dejó salir al seminario media hora antes y abandonaba apresuradamente la clase cuando vio a Walker arrastrándose hacia él con una sonrisa petrificada en la cara. Ascendió con estrépito las escaleras de madera del sótano y subió de dos en dos las escaleras de mármol pulido que conducían a la segunda planta. Tenía la extraña sensación de que Walker le perseguía a hurtadillas, que intentaba adelantarle en su huida, le embargó una repentina oleada de bochorno y culpa.

En el tercer piso fue directamente a la oficina de Lomax. Lomax estaba reunido con un alumno. Stoner asomó la cabeza por la puerta y dijo: «Holly, ¿puedo verte un momento cuando hayas acabado?».

Lomax le saludó afablemente. «Entra. Estamos terminando».

Stoner entró y fingió examinar las filas de libros forrados mientras Lomax y el alumno decían las últimas palabras. Cuando el alumno se marchó, Stoner se sentó en la silla que había quedado vacía. Lomax le miró interrogativamente.

«Es sobre un alumno», dijo Stoner. «Charles Walker. Me dijo que tú le habías enviado a mí».

Lomax unió las yemas de los dedos y las observaba mientras asentía. «Sí. Creo que le sugerí que le sería de provecho tu seminario —¿de qué trata?—, sobre tradición latina».

«¿Qué me puedes contar de él?»

Lomax levantó la vista de las manos y miró al techo, su labio inferior sobresalía con gravedad. «Un buen estudiante. Un estudiante superior, puedo decir. Está trabajando en una disertación sobre Shelley y el ideal helenístico. Promete ser brillante, realmente brillante. No será lo que algunos llaman —vaciló delicadamente al pronunciar— *estable*, pero es de lo más imaginativo. ¿Tienes alguna razón concreta para preguntar?».

«Sí», dijo Stoner. «Hoy se comportó como un imbécil en el seminario. Solo me preguntaba si debería prestar mucha atención a esa circunstancia».

La afabilidad inicial de Lomax había desaparecido y la más familiar máscara de ironía se había deslizado sobre él. «Ah, sí», dijo con una sonrisa fría. «La ineptitud y la tontería de la juventud. Walker es, por razones que comprenderás, de una timidez insólita y por lo tanto tiende a estar a la defensiva y a ser algo displicente. Como todos, tiene sus problemas, pero su erudición y su habilidad crítica no deben, espero, ser juzgadas a la luz de sus comprensibles alteraciones psíquicas». Miró directamente a Stoner y le dijo con malévola jovialidad: «Como habrás notado es inválido».

«Puede que sea eso», dijo Stoner pensativo. Suspiró y se levantó de la silla. «Supongo que es muy pronto para que me preocupe. Solo quería hablarlo contigo».

De repente la voz de Lomax se tensó y casi tembló de rabia contenida. «Te darás cuenta de que es un estudiante superior. Te lo aseguro, te darás cuenta de que es un estudiante *excelente*».

Stoner le miró un momento, frunciendo el ceño perplejo. Luego asintió y salió del despacho.

El seminario se reunía semanalmente. Durante los primeros encuentros Walker interrumpía la clase con preguntas y comentarios tan radicalmente alejados del tema que Stoner prácticamente no sabía cómo encararlos. Pronto las preguntas y declaraciones de Walker eran recibidas con risa o ignoradas sarcásticamente por los propios alumnos. Al cabo de unas semanas ya no decía nada pero se sentaba con una indignación pétrea y aire de integridad ultrajada mientras el seminario bullía a su alrededor. Sería divertido, pensaba Stoner, si no hubiera algo tan descarnado en la indignación y resentimiento de Walker.

Pese a Walker, fue un seminario exitoso, una de las mejores clases que Stoner había tenido nunca. Casi desde el principio los objetivos de la asignatura sedujeron a los alumnos y todos tenían la sensación de descubrimiento que se alcanza cuando se intuye que la asignatura a tratar se aloja en el seno de una asignatura de más amplio espectro y cuando alguien percibe en lo más hondo que el objetivo de la asignatura quizá conduce a otro objetivo impreciso. El seminario se organizó solo y los alumnos se implicaron tanto que el mismo Stoner se convirtió simplemente en uno más, investigando con tanta diligencia como ellos. Incluso la oyente —la joven profesora que estaba en Columbia mientras terminaba su disertación— le preguntó si podía trabajar en un tema del seminario. Pensaba que había encontrado algo que podría ser de utilidad al resto. Se llamaba Katherine Driscoll y tenía veintitantos años. Stoner no le había prestado mucha atención hasta que le comentó al final de clase lo del trabajo y le preguntó si estaría dispuesto a leer su disertación cuando estuviera acabada. Le dijo que su trabajo sería bienvenido y que estaría encantado de leerlo.

Los trabajos del seminario se programaron para la segunda mitad del semestre, tras las vacaciones navideñas. El trabajo de Walker sobre *Helenismo y la tradición latina medieval* estaba previsto para antes de ese periodo pero él siempre lo retrasaba, explicándole a Stoner las dificultades que tenía para obtener los libros que necesitaba, porque no estaban disponibles en la biblioteca de la universidad.

Se entendía que la señorita Driscoll, siendo oyente, entregaría su trabajo después de que los estudiantes oficiales hubieran entregado los suyos, pero el último día de plazo que había fijado Stoner para los trabajos del seminario, dos semanas antes del fin del semestre, de nuevo Walker le pidió una semana más. Había estado enfermo, le habían estado doliendo los ojos y un libro crucial del préstamo interbibliotecario faltaba por llegar. De manera que la señorita Driscoll presentó su trabajo el día que había dejado libre Walker.

Su trabajo llevaba por título «Donato y la tragedia renacentista». Se centraba en el uso de Shakespeare de la tradición donática, una tradición que había persistido en las gramáticas y manuales durante la Edad Media. Al poco de comenzar Stoner sabía que su trabajo iba a ser bueno y escuchaba con una agitación que hacía mucho que no experimentaba. Cuando terminó, y la clase lo hubo discutido, la detuvo un rato mientras el resto abandonaba la clase.

«Señorita Driscoll, solo quería decir...». Hizo una pausa y por un instante le invadió un acceso de extrañeza y conciencia de sí mismo. Ella le miraba inquisitivamente con sus grandes ojos negros, su rostro parecía muy blanco en contraste con el severo marco negro de su cabello, ceñido y recogido en un pequeño moño. Continuó: «solo quería decirle que su trabajo ha sido la mejor exposición que conozco sobre el tema y le estoy agradecido por presentarse voluntaria para realizarlo».

Ella no respondió. Su expresión no cambió, pero Stoner pensó por un momento que estaba contrariada, algo feroz centelleaba tras sus ojos. Entonces se sonrojó profusamente y agachó la cabeza —Stoner no sabía si por enfado ante el reconocimiento— y se alejó a toda prisa de él. Stoner salió lentamente del aula, inquieto y perplejo, temeroso de que su desatino la hubiese ofendido de algún modo.

Le había advertido a Walker tan amablemente como pudo, de que tendría que presentar su trabajo el miércoles siguiente si quería aprobar el curso. Como cabía esperar, repitió las múltiples situaciones y dificultades que le habían retrasado y le aseguró a Stoner que no tenía de qué preocuparse, que su trabajo estaba casi terminado.

Aquel último viernes Stoner se entretuvo algunos minutos en su despacho con un alumno desesperado que quería asegurarse un aprobado en el trabajo de segundo curso para no verse expulsado de su hermandad. Stoner se apresuró escaleras abajo y entró en el aula seminaria del sótano casi sin aliento; se encontró con Charles Walker sentado en su escritorio, mirando sombrío y con impaciencia al pequeño grupo de alumnos. Parecía que estaba inmerso en alguna fantasía privada suya. Se giró hacia Stoner y le miró altivo, como un profesor acallando a un estudiante novato. Entonces la expresión de Walker se quebró y dijo: «Estábamos a punto de empezar sin usted», se detuvo justo al final, dibujó una sonrisa en su rostro, meneó la cabeza y añadió, para que Stoner supiera que estaba de broma, «señor».

Stoner le miró un momento y luego se volvió hacia la clase. «Siento haber llegado tarde. Como saben, el señor Walker va a exponer hoy su trabajo de seminario basado en el tema *El helenismo y la tradición latina medieval*» y se sentó en la primera fila junto a Katherine Driscoll.

Charles Walker manoseó durante un rato el fajo de papeles sobre el escritorio y dejó que en su rostro se asentara una expresión de lejanía. Dio un golpecito con el dedo índice en su manuscrito y miró hacia la esquina de la clase que estaba más alejada de Stoner y Katherine Driscoll, como si estuviese esperando algo. Luego, echando un vistazo de cuando en cuando al montón de papeles del escritorio, comenzó.

«Enfrentándonos como estamos al misterio de la literatura y a su poder inenarrable, nos compete descubrir la fuente del poder y del misterio. Y a pesar de ello, y finalmente, ¿de qué nos sirve? El trabajo literario arroja sobre nosotros un profundo velo que no podemos sondear. Y ante él solo nos entusiasmamos, sin poder evitarlo. ¿Quién tendría el valor de alzar ese velo para descubrir lo inefable, para alcanzar lo inalcanzable? Los más fuertes de nosotros no somos sino débiles enclenques, campanillas tintineantes y charanga sonora ante el misterio eterno.»

Su voz se alzaba y caía, sacaba la mano derecha con los dedos enroscados y suplicantes hacia arriba, y su cuerpo se balanceaba al ritmo de sus palabras. Enfocaba los ojos ligeramente hacia lo alto como haciendo una invocación. Había algo familiarmente grotesco en lo que decía y hacía. Y de repente Stoner supo lo que era. Era Hollis Lomax, o, mejor, una vulgar caricatura, no de desprecio o antipatía, sino de respeto y amor.

La voz de Walker descendió al nivel de conversación y se dirigió a la pared del fondo del aula en un tono apacible y de razonamiento regular. «Recientemente hemos escuchado una exposición que, dentro de la comunidad académica, debe ser reconocida por su enorme excelencia. Estos comentarios que siguen no son comentarios personales. Quiero ilustrarlo con un ejemplo. Hemos escuchado, en dicha exposición, una versión que pretende ser explicación del misterio y los vuelos líricos del arte shakesperiano. Bueno, yo les digo...», y apuntó con el dedo índice a su público, como si quisiera atravesarlo. «Yo les digo que no es verdad». Se reclinó en la silla y consultó los papeles del escritorio. «Nos piden que creamos que ese Donato —un críptico *gramático* romano del siglo cuarto antes de Cristo—, nos piden que creamos que aquel hombre, un pedante, tenía poder suficiente como para influir en el trabajo de uno de los más grandes genios de toda la historia del arte. ¿No podemos recelar, a la vista de los hechos, de una teoría así? ¿No *debemos* recelar de ella?».

La ira, simple y apagada, crecía en Stoner, aplastando el sentimiento complejo que había tenido al principio de la exposición. Su impulso inmediato fue levantarse para cortar por lo sano la farsa que se estaba desarrollando. Sabía que si no detenía a Walker enseguida tendría que dejarle continuar con cuanto deseara decir. Ladeó un poco la cabeza para ver la cara de Katherine Driscoll; estaba serena y sin otra expresión que un interés cortés e imparcial. Sus ojos oscuros miraban a Walker con una despreocupación que era próxima al tedio. Stoner la espió durante unos instantes y se encontró preguntándose qué estaría sintiendo ella y qué desearía que él hiciera. Cuando finalmente retiró su mirada, se dio cuenta de que la decisión estaba tomada. Había esperado demasiado rato para interrumpir y Walker ya se estaba abalanzando impetuosamente sobre lo que tenía que decir.

«... el edificio monumental que es la literatura renacentista, ese edificio que es la piedra angular sobre la que se levanta la gran poesía del siglo diecinueve. La cuestión a demostrar, consustancial al aburrido ejercicio de erudición para distinguirlo de la crítica, también brilla lamentablemente por su ausencia. ¿Qué *prueba* se nos ofrece de que Shakespeare se negase a leer a este críptico gramático romano? Debemos recordar que fue Ben Jonson», titubeó un breve instante, «fue el propio Ben Jonson, contemporáneo y amigo de Shakespeare, quien dijo que este tenía poco de latino y menos de griego. Y ciertamente Jonson, que idealizó a Shakespeare más allá de la idolatría, no le imputaba a su gran amigo ninguna falta. Al contrario, deseaba sugerir, como yo, que el vuelo lírico de Shakespeare no es atribuible a un trabajo elucubrador sino a un genio natural y supremo que domina y hace ley. Al contrario que otros poetas menores, Shakespeare no había nacido para ruborizarse a escondidas y malgastar su dulzura en el aire desierto, tomando parte de esa misteriosa fuente a la que todos los poetas acuden para su sustento. ¿Qué necesidad tenía el bardo inmortal de esas normas atrofiantes que encontramos en una simple gramática?, ¿qué significaría Donato para él, incluso si lo hubiera leído? Genio, único y con su propia ley, no necesita los apoyos de esa *tradición* tal y como se nos ha descrito, tanto si es genéricamente latina o donatiana o la que sea. Genio, volando y libre, debe...».

Una vez se hubo resignado a su ira, Stoner se percató de que le sobrevolaba una admiración renuente y perversa. A pesar de lo florido e impreciso, los poderes retóricos y de invención de aquel hombre eran desgraciadamente impresionantes y pese a lo grotesco su presencia era real. Había algo frío, calculador y acechante en sus ojos, algo innecesariamente perentorio aunque también desesperadamente cauto. Stoner advirtió que estaba ante un engaño tan colosal y descarado que no disponía de herramientas adecuadas para enfrentarse a ello.

Porque estaba claro, incluso para los alumnos más despistados de la clase, que Walker estaba inmerso en una actuación enteramente improvisada. Stoner dudaba de que hubiera sabido lo que iba a decir hasta que estuvo sentado a la mesa ante la clase y miró a los alumnos con sus modos fríos e imperiosos. Se hizo evidente que el fajo de papeles de encima de la mesa era solo un montón de papeles. Según se fue calentando ni siquiera los miraba para disimular y, hacia el final de su exposición presa de la excitación y la vehemencia los apartó de sí.

Habló casi una hora. Hacia el final los otros alumnos del seminario se miraban con preocupación unos a otros, casi como si estuvieran en peligro, como si estuvieran barajando una huida. Disimuladamente evitaban mirar a Stoner y a la joven sentada impasible junto a él. De pronto, como si hubiese advertido la inquietud, Walker puso fin a su charla, se reclinó en la silla del escritorio y sonrió triunfante.

En el momento en el que Walker dejó de hablar, Stoner se puso de pie y dio por concluida la clase. Aunque no se diese cuenta en aquel momento, lo hizo por una vaga consideración hacia Walker, para que nadie tuviera ocasión de comentar lo que había dicho. A continuación Stoner se dirigió al escritorio donde estaba Walker y le pidió que se quedara un momento. Como si su cabeza estuviera en otro lugar, Walker asintió distante. Stoner se giró entonces y siguió a algunos alumnos rezagados fuera de la clase hacia el pasillo. Vio a Katherine Driscoll alejándose, caminando sola por él. La llamó y cuando se detuvo, se acercó a ella y se le plantó delante. Y mientras le hablaba sintió de nuevo la extrañeza que le había sobrevenido cuando la semana anterior, la había felicitado por su trabajo.

«Señorita Driscoll, yo... lo siento. Fue de verdad muy injusto. Pienso que en parte soy responsable. Tal vez debería haberlo detenido».

No respondió, ni ninguna expresión se adivinó en su rostro; le miró como había mirado a Walker.

«De todos modos», prosiguió, aún con más extrañeza, «lamento que la atacara».

Y entonces ella sonrió. Fue una sonrisa tenue que partía de sus ojos y tiraba de sus labios hasta que su rostro se llenó con un deleite radiante, secreto e íntimo. A Stoner casi le echó hacia atrás aquel repentino e involuntario calor.

«Oh, no era por mí», dijo, un pequeño tremor de risa contenida le daba timbre a su débil voz. «No era para nada por mí. Era a *usted* al que atacaba. Yo poco tenía que ver».

Stoner sintió alzarse un muro de arrepentimiento y preocupación que desconocía. El alivio que sintió fue casi físico, y se notaba ligero de pies y un poco aturdido. Se rió.

«Por supuesto», dijo. «Por supuesto, es cierto».

La sonrisa se desdibujó de la cara de ella y le miró con gravedad un instante más. Luego meneó la cabeza, se dio la vuelta y continuó caminando por el pasillo. Su cuerpo era delgado y esbelto y se conducía con modestia. Stoner se quedó mirando al pasillo unos instantes después de que hubiera desaparecido. Luego suspiró y regresó al aula donde Walker esperaba.

Walker no se había movido del escritorio. Miraba a Stoner y sonreía, con una expresión en la que había una rara mezcla de servilismo y arrogancia. Stoner se sentó en la silla que había dejado vacía unos minutos antes y miró a Walker con curiosidad.

«¿Sí, señor?», dijo Walker.

«¿Tiene alguna explicación?», preguntó Stoner con tranquilidad.

Una mirada de sorpresa y agravio apareció sobre el redondo rostro de Walker. «¿Qué quiere decir, señor?».

«Señor Walker, por favor», dijo Stoner fatigosamente. «Ha sido un día largo, y ambos estamos cansados. ¿Tiene usted alguna explicación para su actuación de esta tarde?».

«Esté seguro, señor, de que no tenía intención ofensiva». Se quitó las gafas y las limpió con rapidez. De nuevo Stoner estaba atrapado por la desnuda vulnerabilidad de su rostro. «Dije que mis comentarios no eran personales. Si he molestado a alguien, estaré encantado de explicárselo a la señorita...».

«Señor Walker», dijo Stoner. «Sabe que la cuestión no es esa».

«¿Se le ha quejado la señorita?», preguntó Walker. Le temblaban los dedos y se puso de nuevo las gafas. Con ellas puestas, su expresión adquirió un matiz de enfado. «En realidad, señor, las quejas de una alumna que se haya sentido herida no deberían...».

«¡Señor Walker!», Stoner oyó su voz perdiendo un poco el control. Respiró hondo. «Esto no tiene nada que ver con la señorita, ni conmigo mismo, ni con nada excepto con su actuación. Y todavía espero la explicación que tenga que ofrecer».

«Entonces me temo que no entiendo nada, señor. A no ser...»

«¿A no ser qué, señor Walker?»

«A no ser que esto sea simplemente una cuestión de desacuerdo», dijo Walker. «Me doy cuenta de que mis ideas no coinciden con las suyas, pero siempre pensé que el desacuerdo era saludable. Asumía que era lo bastante mayor como para...».

«No permitiré que esquive el asunto», dijo Stoner. Su voz era fría y uniforme. «Venga. ¿Cuál fue el tema del seminario que se le asignó?».

«Está enfadado», dijo Walker.

«Sí, estoy enfadado. ¿Cuál fue el tema del seminario que se le asignó?»

Walker se puso ceremoniosamente formal y educado. «Mi tema era *Helenismo y la tradición latina medieval*, señor».

«¿Y cuándo terminó ese trabajo, señor Walker?»

«Hace dos días. Como le dije lo tenía casi terminado hace un par de semanas, pero un libro que me tenía que llegar a través del préstamo interbibliotecario no vino hasta...»

«Señor Walker, si su trabajo estaba *casi* terminado hace dos semanas, ¿cómo ha podido basarlo íntegramente en la exposición que la señorita Driscoll hizo hace una semana?»

«Realicé algunos cambios, señor, en el último momento». Su voz se cargó de ironía. «Asumí que era permisible. Y me salí del guión de vez en cuando. Me fijé en que otros alumnos hacían lo mismo y pensé que también se me permitiría ese privilegio».

Stoner contuvo un impulso casi histérico de reírse. «Señor Walker, ¿me puede explicar qué tiene que ver su ataque a la exposición de la señorita Driscoll con la pervivencia del helenismo en la tradición latina medieval?».

«Abordé el tema de manera indirecta, señor», dijo Walker. «Pensé que se nos permitía cierto margen en el desarrollo de los conceptos».

Stoner calló un instante. Luego dijo con desgana: «Señor Walker, no me gusta tener que suspender a un alumno. Y especialmente no me gusta tener que suspender a uno al que tan solo se le han ido las cosas de las manos».

«¡Señor!», dijo Walker indignado.

«Aunque usted me está poniendo muy difícil no hacerlo. Ahora, me parece que hay solo unas pocas alternativas. Puedo dejarle la nota pendiente, entendiendo que usted hará una exposición satisfactoria sobre el tema asignado en el plazo de tres semanas».

«Pero señor», dijo Walker. «Ya he hecho mi exposición. Si acepto hacer otra estaré admitiendo... admitiré...».

«Muy bien», dijo Stoner. «En ese caso, si usted me entrega el manuscrito del que... se desvió esta tarde, veré si algo puede salvarse».

«Señor», gritó Walker. «No estoy seguro de querer desprenderme de él ahora mismo. El borrador es *demasiado* provisional».

Con un malestar severo e incontrolable, Stoner continuó: «No pasa nada. Seré capaz de encontrar lo que quiero saber».

Walker le miró astutamente. «Dígame, señor, ¿le ha pedido a alguien más que le entregue el manuscrito?».

«No lo he hecho», dijo Stoner.

«Entonces», dijo Walker triunfante, casi feliz, «debo rechazar entregarle *mi* manuscrito por principio. A menos que pida que todo el mundo le entregue el suyo».

Stoner le escrutó un instante. «Muy bien, señor Walker. Ha tomado usted su decisión. Así se queda».

Walker dijo: «¿Qué se entiende entonces, señor?, ¿qué puedo esperar de este curso?».

Stoner se rio brevemente. «Señor Walker, me sorprende usted. Por supuesto obtendrá un suspenso».

Walker intentó alargar su rostro redondo. Con la amarga paciencia de un mártir dijo: «Ya veo. Muy bien, señor. Uno debe estar preparado para sufrir por las propias convicciones».

«Y por la propia pereza, deshonestidad e ignorancia», dijo Stoner. «Señor Walker, me parece casi superfluo decirle esto, pero le aconsejaría enérgicamente que reconsiderase su postura al respecto. Me pregunto seriamente si el programa académico es su lugar».

Por primera vez la emoción de Walker pareció genuina. Su cólera le confería algo parecido a la dignidad. «Señor Stoner, ¡va usted demasiado lejos! No piensa lo que dice».

«Estoy completamente seguro de ello», dijo Stoner.

Durante un momento Walker se quedó callado, mirando a Stoner pensativo. Luego dijo: «Estaba dispuesto a aceptar la nota que me diera. Pero debe darse cuenta de que no puedo permitir esto. ¡Usted cuestiona mi competencia!».

«Sí, señor Walker», dijo Stoner sin energía. Se levantó de la silla. «Ahora, con su permiso...». Se dirigió hacia la puerta.

Pero le detuvo el sonido de su nombre voceado. Se dio la vuelta. El rostro de Walker estaba intensamente rojo, la piel hinchada de tal manera que los ojos parecían pequeños puntos tras las gafas. «Señor Stoner», volvió a gritar. «¡Este asunto no va a terminar así, créame, no va a terminar así!».

Stoner le miró apático, indiferente. Asintió distraído, se dio media vuelta y salió al pasillo. Le pesaban los pies y los arrastraba por el desnudo suelo de cemento. Estaba perdiendo la sensibilidad y se sentía muy viejo y cansado.

10

Y no terminó así.

Entregó las notas el lunes siguiente al viernes en el que acababa el curso. Era la parte de la enseñanza que más le desagradaba y siempre se la quitaba de en medio en cuanto podía. Suspendió a Walker y no pensó más en el asunto. Pasó la mayor parte de la semana entre ambos semestres leyendo los primeros borradores de dos tesis preparadas para su presentación final en primavera. Estaban torpemente escritas y le exigían mucha atención. El incidente con Walker desapareció de su mente.

Pero dos semanas después de que empezara el segundo semestre se lo recordaron. Encontró una mañana en su casillero una nota de Gordon Finch pidiéndole que se pasara por su oficina cuando pudiera para charlar.

La amistad entre Gordon Finch y William Stoner había llegado a un punto al que llegan todas estas relaciones si se mantienen lo suficiente: era informal, profunda y tan sigilosamente íntima que era casi impersonal. Rara vez se veían para pasar un rato juntos, a pesar de que Caroline Finch llamaba de vez en cuando a Edith. Mientras hablaban recordaban sus años de juventud y cada uno pensaba en el otro como si hubiera sido en otra época.

A su mediana edad, Finch tenía el porte ligeramente erguido del que intenta a toda costa mantener el control de su peso. Su rostro era fuerte y aún sin arrugas, aunque los carrillos se le empezaban a descolgar y la carne se le amontonaba en pliegues en la parte posterior del cuello. Su cabello era muy fino y se lo había empezado a peinar de manera que no se le notara la calvicie.

En la tarde en la que Stoner pasó por su oficina hablaron informalmente durante un rato de sus familias. Finch mantuvo la convencional ficción de que el matrimonio de Stoner era normal y Stoner manifestó la convencional incredulidad de que Gordon y Caroline pudieran ser ya padres de dos niños, el menor de los cuales iba a la guardería.

Tras intercambiar esos gestos automáticos que hablaban de su informal intimidad, Finch miró por la ventana distraídamente y dijo: «Entonces, ¿qué era de lo que te quería hablar? Oh, sí. El vicedecano de la facultad de posgrados... ha pensado, que como somos amigos, tenía que mencionártelo. Nada importante». Miró un apunte de su libro de notas. «Es solo un alumno ofendido que opina que se le ha fastidiado en una de tus clases del pasado semestre».

«Walker», dijo Stoner. «Charles Walker».

Finch asintió. «Ese es. ¿Qué ha pasado con él?».

Stoner se encogió de hombros. «Lo más que puedo decir es que no completó ninguna de las lecturas asignadas... fue en mi seminario sobre tradición latina. Trató de falsear su trabajo final y cuando le di la oportunidad de hacer otro o bien entregar una copia de su trabajo, la rechazó. No tuve más alternativa que suspenderlo».

Finch asintió de nuevo. «Me figuraba que era algo así. Dios sabe que desearía que no me hicieran perder el tiempo con asuntos de este tipo, pero ha de comprobarse, más por tu protección que por otra cosa».

Stoner preguntó: «¿Existe alguna dificultad especial en esto?».

«No, no», dijo Finch. «Para nada. Solo una queja. Sabes cómo son esas cosas. De hecho, Walker sacó un suficiente en la primera asignatura que cursó aquí como estudiante graduado; podría ser expulsado del curso ahora mismo si quisiéramos. Pero creo que más o menos hemos decidido dejarle hacer los exámenes orales preliminares el mes que viene y ver qué pasa. Siento tener que molestarte por esto».

Hablaron un rato sobre otros asuntos y después, justo cuando Stoner estaba a punto de irse, Finch le detuvo brevemente.

«Oh, hay algo más que quería mencionarte. El presidente del consejo por fin ha decidido que se tiene que hacer algo acerca de lo de Claremont. Por lo que supongo que a principios del año que viene seré vicedecano de artes y ciencias... oficialmente».

«Me alegro Gordon», dijo Stoner. «Ya era hora».

«Así que eso significa que tendremos nuevo jefe de departamento. ¿Tienes algo en mente?»

«No», dijo Stoner, «la verdad es que no he pensado en ello en absoluto».

«Podríamos salir del departamento y traer a alguien nuevo o podríamos nombrar a alguien de los que hay ahora jefe de departamento. Lo que intento averiguar es, si *escogiéramos* a alguien del departamento... Bueno, ¿a *ti* te interesa el trabajo?»

Stoner se lo pensó un momento. «No había pensado en ello, pero no. No, no creo que quisiera».

El alivio de Finch fue tan notorio que Stoner sonrió. «Bien. No creí que quisieras. Supondría un montón de mierda. Entretenimiento y alternar y...». Desvió la vista de Stoner. «Sé que no te interesan ese tipo de cosas. Pero desde que el viejo Sloane muriera y desde que Huggins y, cómo se llama, Cooper, se jubilaran el año pasado, tú eres el más veterano del departamento. Pero si no forma parte de tus ambiciones, entonces...».

«No», dijo Stoner definitivamente. «Probablemente sería un jefe pésimo. Ni me esperaba ni querría ese nombramiento».

«Bien», dijo Finch. «Bien. Eso simplifica mucho las cosas».

Se despidieron y Stoner no volvió a pensar en la conversación durante algún tiempo.

Los exámenes orales preliminares de Charles Walker serían a mediados de marzo. Para sorpresa de Stoner, recibió un mensaje de Finch informándole de que él sería uno de los tres miembros del comité encargado de examinarle. Recordó a Finch que él había suspendido a Walker y que este se había tomado el suspenso como algo personal y pidió ser exonerado de esta tarea.

«Regulaciones», respondió Finch con un suspiro. «Sabes cómo es esto. El comité está formado por el tutor del candidato, un profesor que le haya tenido en un seminario de posgrado y otro de fuera de su campo de especialización. Lomax es el tutor, tú eres el único con el que ha cursado un seminario de posgrado y he elegido al nuevo, Jim Holland, para que sea el ajeno a su especialización. El decano Rutherford de la facultad de posgrado y yo estaremos presentes *ex officio*. Intentaré que sea lo menos doloroso posible».

Pero era una experiencia en la que no se podía evitar el dolor. Pese a que Stoner deseaba hacer las menos preguntas posibles, las normas que regían los exámenes orales preliminares eran inflexibles, cada profesor disponía de cuarenta y cinco minutos para preguntar al candidato cualquier cuestión que deseara, aunque era normal que otros profesores se sumaran.

La tarde prevista para el examen, Stoner llegó deliberadamente tarde al aula del seminario de la tercera planta del Jesse Hall. Walker estaba sentado al otro extremo de una mesa larga y pulida, los cuatro examinadores ya estaban presentes —Finch, Lomax, el nuevo, Holland y Henry Rutherford— dispuestos en una mesa ante él. Stoner cerró la puerta y tomó asiento al final de la mesa frente a Walker. Finch y Holland le saludaron con la cabeza, Lomax se hundió en la silla, miró al frente, tamborileando con los dedos, blancos y largos, sobre la superficie espejeada de la mesa. Walker miraba desde el otro lado, con la cabeza firme y alta en posición de frío desdén.

Rutherford se aclaró la garganta. «Ah, señor...», consultó una hoja de papel que tenía enfrente, «señor Stoner». Rutherford era un hombre más bien delgado, canoso y de hombros redondeados, sus ojos y cejas caían hacia el exterior, por lo que su expresión era siempre de amable desesperanza. Aunque conocía a Stoner desde hacía muchos años, nunca recordaba su nombre. Se aclaró la garganta otra vez. «Estábamos a punto de comenzar».

Stoner asintió, descansó los antebrazos sobre la mesa, entrelazó los dedos y los observó mientras la voz de Rutherford exponía las formalidades preliminares de los exámenes orales.

«El señor Walker se examinará...», la voz de Rutherford era un murmullo firme y continuo, «... a fin de determinar su capacidad para continuar en el programa doctoral del departamento de inglés de la Universidad de Misuri». Éste era un examen que todos los candidatos al doctorado pasaban y estaba diseñado, no solamente para juzgar la aptitud general del candidato, sino también para detectar sus virtudes y defectos, de manera que en el curso siguiente pudiera ser aconsejado más provechosamente. Tres resultados eran posibles: apto, apto condicional y no apto. Rutherford describía las condiciones de estas particularidades y sin alzar la vista ejecutó la presentación ritual de los examinadores y el candidato. Luego apartó la hoja de él y miró desvalido a quienes le rodeaban.

«La costumbre es», dijo suavemente, «que el tutor de la tesis del candidato sea quien empiece a preguntar, señor...», miró el papel. «Es el señor Lomax, creo, el tutor del señor Walker, de manera que...».

La cabeza de Lomax se echó hacia atrás como si se acabara de despertar de una siesta. Miró alrededor de la mesa, pestañeando, con una tenue sonrisa en los labios, pero su mirada era perspicaz y vigilante.

«Señor Walker, usted está preparando una disertación sobre Shelley y el ideal helenístico. No es probable que haya reflexionado sobre su tema todavía pero podría empezar dándonos los antecedentes, sus razones para escogerlo y todo eso.»

Walker asintió y comenzó a hablar con presteza: «Tengo la intención de investigar el rechazo primero de Shelley al determinismo godwiniano por un ideal más o menos platónico en el 'Himno a la belleza intelectual', a pesar del uso maduro de este ideal, en *Prometeo Desatado,* como síntesis extensa de su temprano ateísmo, radicalismo, cristianismo y determinismo científico, y finalmente para recoger la decadencia de dicho ideal en un trabajo tan tardío como *Hellas*. Es, desde mi punto de vista, un tema importante por tres razones: primero, muestra la calidad del pensamiento de Shelley y por lo tanto nos ayuda a comprender mejor su poesía. Segundo, desvela los conflictos filosóficos y literarios principales de principios del siglo diecinueve y por lo tanto amplía nuestra comprensión y valoración de la poesía romántica. Y tercero, es una materia que puede tener una relevancia particular para nuestra propia época, época en la que afrontamos muchos de los mismos conflictos que enfrentaron a Shelley con sus contemporáneos».

Stoner escuchaba y según escuchaba crecía su asombro. No podía creer que aquélla fuera la misma persona que había participado en el seminario, a quien creía conocer. La presentación de Walker era lúcida, directa e inteligente, en ocasiones casi brillante. Lomax tenía razón, si la disertación cumplía sus promesas, sería brillante. Una esperanza, cálida y estimulante, le atenazó y se inclinó atentamente hacia adelante.

Walker habló sobre el tema de su tesis durante quizás diez minutos y luego se detuvo abruptamente. Lomax formuló enseguida otra pregunta y Walker respondió de inmediato. Gordon Finch captó la atención de Stoner y le lanzó una mirada de ligero interrogante. Stoner sonrió levemente, autodisculpándose y se encogió de hombros.

Cuando Walker se detuvo de nuevo, Jim Holland tomó la palabra. Era un joven delgado, intenso y pálido, con unos ojos azules algo protuberantes, hablaba con una lentitud deliberada, con una voz que parecía temblar siempre debido a una cohibición contrariada. «Señor Walker, un poco antes mencionó el determinismo godwiniano. Me pregunto si podría usted enlazar eso con el fenomenalismo de John Locke». Stoner recordó que Holland era un hombre del siglo dieciocho.

Hubo un momento de silencio. Walker se giró hacia Holland, se quitó las gafas redondas y las limpió; pestañeaba y miraba al vacío. Se las volvió a poner y pestañeó de nuevo. «¿Puede repetir la pregunta, por favor?».

Holland empezó a hablar, pero Lomax le interrumpió. «Jim», dijo afablemente, «¿te importa si amplío un poco la pregunta?». Se giró rápidamente hacia Walker antes de que Holland pudiera responder. «Señor Walker, al hilo de las implicaciones de la pregunta del profesor Holland... a saber, que Godwin aceptara la teoría de Locke sobre la naturaleza sensorial del conocimiento... —la *tabula rasa*, y todo eso— y que Godwin creyera, como Locke, que juicio y saber falseados por los accidentes de la pasión y la inevitabilidad de la ignorancia pudieran ser corregidos mediante la instrucción, dadas estas implicaciones, ¿podría comentar el principio de conocimiento de Shelley —específicamente, el principio de belleza, enunciado en las estrofas finales de *Adonais*?».

Holland se reclinó en la silla, con la perplejidad dibujada en el semblante. Walker asintió y dijo rápidamente: «Pese a que las estrofas iniciales de *Adonais*, tributo de Shelley a su amigo y compañero John Keats, son convencionalmente clásicas, con sus alusiones a la madre, las horas, a Urania y todo eso, y con sus invocaciones repetitivas... el momento realmente clásico no aparece hasta las estrofas finales que son, en efecto, un himno sublime al eterno Principio de Belleza. Si por un instante, prestamos atención a estos famosos versos:

La vida, como una cúpula de cristales multicolores,
tiñe el blanco resplandor de la eternidad,
hasta que la muerte la destroza en pedazos.

»El simbolismo implícito en estos versos no está claro hasta que tomamos los versos en su contexto. *El Uno permanece*, Shelley escribe unos pocos versos antes, *lo mucho cambia y pasa*. Y nos recuerda a los versos igualmente famosos de Keats,

> *'Belleza es verdad, verdad Belleza', —eso es todo—*
> *lo sabéis en la tierra, y todos necesitáis saberlo.*

»El principio, por lo tanto, es la Belleza, pero la Belleza es también conocimiento. Y esto es una concepción que tiene sus raíces en...».

La voz de Walker prosiguió, fluida y segura de sí misma, las palabras emergían desde su boca, que se movía veloz como si... Stoner se espantó, y la esperanza que había surgido en él murió tan abruptamente como había nacido. Durante un momento se sintió casi físicamente enfermo. Bajó la vista hacia la mesa y vio entre sus brazos la imagen de su rostro reflejada en la superficie de nogal abrillantada. La imagen era oscura y no podía distinguir sus propios rasgos, era como si vislumbrara un fantasma insustancial salir de la materia, acudiendo hacia él.

Tras la interrupción de Lomax, Holland tomó la palabra. Fue, admitió Stoner, una actuación magistral, discreta, con mucho encanto y sentido del humor, Lomax lo controlaba todo. A veces cuando Holland hacía una pregunta, Lomax fingía un asombro genuino y pedía una aclaración. Otras veces, disculpándose por su propio entusiasmo, continuaba alguna de las preguntas de Holland con una especulación suya, metiendo a Walker en el debate, para que pareciera que era realmente partícipe. Replanteó preguntas —siempre con disculpas—, cambiándolas de manera que la intención original se perdiera con la elucidación. Implicaba a Walker en lo que parecían ser elaborados argumentos teóricos, cuando era él quien lo explicaba casi todo. Y finalmente, siempre disculpándose, cortó preguntas de Holland con preguntas suyas que llevaban a Walker adonde él quería.

Durante este tiempo Stoner no habló. Escuchaba la charla que crecía de forma turbulenta a su alrededor, observaba el rostro de Finch, que se había convertido en una pesada máscara, miraba a Rutherford, que permanecía sentado con los ojos cerrados, moviendo la cabeza, y miraba el azoramiento de Holland, el desdén respetuoso de Walker y la animación ferviente de Lomax. Estaba esperando hacer lo que sabía que tenía que hacer, y lo hacía con un temor, un malestar y un pesar que crecían en intensidad a cada minuto que pasaba. Le gustaba que ninguna mirada se cruzara con la suya cuando los observaba.

Por fin el turno de preguntas de Holland se terminó. Como si él participara de algún modo del temor que sentía Stoner, Finch observaba su reloj y asentía. No hablaba.

Stoner respiró hondo. Todavía mirando el fantasma de su rostro en la superficie brillante de la mesa, dijo inexpresivamente: «Señor Walker, voy a formularle algunas preguntas sobre literatura inglesa. Son preguntas sencillas que no requerirán de respuestas elaboradas. Empezaré por lo antiguo y proseguiré cronológicamente, mientras el tiempo me lo permita. ¿Podría empezar describiéndome los principios de la versificación anglosajona?».

«Sí, señor», dijo Walker. Su semblante era inescrutable. «Para empezar, los poetas anglosajones, los que existían en los años oscuros, carecieron de las ventajas de la sensibilidad de la que gozaron poetas posteriores de la tradición inglesa. De hecho, diría que su poesía se caracteriza por su primitivismo. De todas formas, dentro de este primitivismo hay un potencial, aunque quizás oculto para algunas miradas, hay un potencial subyacente de sentimiento que va a caracterizar...».

«Señor Walker», dijo Stoner, «le he preguntado por los principios de la versificación. ¿Me los puede decir?».

«Bueno, señor», dijo Walker, «es muy tosca e irregular. La versificación, quiero decir».

«¿Es todo lo que puede decirme sobre ella?»

«Señor Walker», dijo Lomax rápidamente —un poco violento, pensó Stoner—, «esta tosquedad de la que nos habla... podría concretarla, dar las...».

«No», dijo Stoner con firmeza sin mirar a nadie. «Quiero una respuesta a la pregunta. ¿Es eso todo lo que puede decirme sobre la versificación anglosajona?».

«Bien, señor», dijo Walker, sonrió, y la sonrisa se convirtió en una risa nerviosa. «Francamente, aún no he cursado la asignatura de anglosajón y dudo si discutir sobre estos asuntos sin ese fundamento».

«Muy bien», dijo Stoner. «Obviemos la literatura anglosajona, ¿podría nombrarme alguna obra de teatro medieval que ejerciera alguna influencia en la aparición del teatro renacentista?».

Walker asintió: «Por supuesto, todas las obras de teatro medievales, a su manera, conducen hacia la gran culminación del Renacimiento. Es difícil percatarse de que en el terreno baldío de la Edad Media florecerían, tan solo unos pocos años después, los dramas de Shakespeare y...».

«Señor Walker, le estoy formulando preguntas simples. Debo insistir en que dé respuestas simples. Simplificaré la pregunta aún más. Nombre tres obras de teatro medievales».

«¿Alta o Baja, señor?». Se había quitado las gafas y les estaba sacando brillo con fruición.

«Las tres que quiera, señor Walker.»

«Hay tantas», dijo Walker. «Es difícil... está *Everyman...*».

«¿Puede nombrar alguna otra?»

«No señor», dijo Walker. «Debo admitir mi insuficiencia en las áreas que usted...».

«¿Puede nombrar cualquier otro título, solo el título, de cualquier obra literaria de la Edad Media?»

A Walker le temblaban las manos. «Como he dicho, señor, debo admitir mi insuficiencia en...».

«Entonces vayamos al Renacimiento. ¿Con qué género se siente más seguro en este periodo, señor Walker?»

«Con...», Walker vaciló y a su pesar miró suplicante a Lomax, «la lírica, señor. O... el teatro. El teatro quizá».

«El teatro entonces. ¿Cuál fue la primera tragedia en verso blanco en inglés, señor Walker?»

«¿La primera?», Walker se humedeció los labios. «Los estudiosos están divididos en esta cuestión, señor. Dudaría en...».

«¿Puede nombrar cualquier obra de teatro significativa antes de Shakespeare?»

«Claro, señor», dijo Walker. «Tenemos a Marlowe... el verso poderoso».

«Nombre algunas obras de Marlowe».

Con esfuerzo Walker se recompuso. «Tenemos, por supuesto, la justamente famosa *Doctor Fausto*. Y... y el... *El judío de Malfi*».

«*Faustus* y *El judío de Malta*. ¿Puede nombrar alguna más?»

«Francamente, señor, esas son las únicas dos obras que he tenido la oportunidad de releer en el último año o así. Por lo que preferiría no...».

«Muy bien. Dígame algo sobre *El judío de Malta*».

«Señor Walker», gritó Lomax. «Si se me permite ampliar un poco la pregunta. Si usted...».

«¡No!», dijo Stoner severo, sin mirar a Lomax. «Quiero respuestas a mis preguntas. ¿Señor Walker?».

Walker dijo desesperado: «El verso poderoso de Marlowe».

«Olvidemos el *verso poderoso*», dijo Stoner exasperado. «¿Qué sucede en la obra?».

«Bien», dijo Walker un poco violento, «Marlowe ataca el problema del antisemitismo tal y como se manifestaba a principios del siglo dieciséis. La simpatía, incluso podría decir, la profunda simpatía...».

«Olvídelo, señor Walker. Pasemos a...».

Lomax gritó: «¡Deje que el candidato responda la pregunta! Dele tiempo para responder al menos».

«Muy bien», dijo Stoner mansamente. «¿Desea continuar con su respuesta, señor Walker?».

Walker dudó unos instantes. «No, señor», dijo.

Stoner prosiguió implacable su interrogatorio. Lo que había sido enfado y desafuero que afectaba tanto a Walker como a Lomax se tornó en una especie de piedad y arrepentimiento enfermizo que les afectaba también. Al cabo de un rato a Stoner le parecía haber salido de sí mismo. Era como si escuchara una voz hablando y hablando, impersonal y mortífera.

Por fin escuchó a la voz decir: «Muy bien, señor Walker. Su periodo de especialización es el siglo diecinueve. Parece saber poco sobre la literatura de los siglos precedentes. Quizá se sienta más cómodo entre los poetas románticos».

Intentaba no mirar a Walker a la cara, pero no podía evitar que sus ojos se alzaran de cuando en cuando para ver el gesto circunspecto y redondo que le observaba con una malevolencia fría y pálida. Walker asintió lacónicamente.

«Está usted familiarizado con los poemas más importantes de Lord Byron, ¿o no?»

«Por supuesto», dijo Walker.

«¿Podría entonces encargarse de comentar *Bardos ingleses y críticos escoceses*?»

Walker le miró suspicazmente un instante. Luego sonrió triunfal: «Ah, señor», dijo y sacudió la cabeza vigorosamente. «Ya veo, *Ahora* lo veo. Intenta engañarme. Por supuesto. *Bardos ingleses y críticos escoceses* no es de Byron para nada. Es la famosa respuesta de John Keats a los periodistas que intentaron mancillar su reputación como poeta, Tras la publicación de sus primeros poemas. Muy bueno, señor. Muy...».

«Muy bien, señor Walker», dijo Stoner agotado. «No tengo más preguntas».

Durante algunos momentos reinó el silencio en el grupo. Luego Rutherford se aclaró la garganta, barajó los papeles que tenía delante, sobre la mesa, y dijo: «Gracias, señor Walker. Si puede salir fuera un momento y esperar, el comité debatirá sobre su examen y le hará saber su decisión».

En los breves instantes que necesitó Rutherford para decir lo que tenía que decir Walker se recompuso. Se levantó y apoyó su mano tullida sobre la mesa. Sonrió al grupo casi con condescendencia. «Gracias, caballeros», dijo. «Ha sido una experiencia de lo más gratificante». Cruzó cojeando el aula y cerró la puerta al salir.

Rutherford suspiró. «Bien, caballeros, ¿hay algo que discutir?».

Otro silencio descendió sobre el aula.

Lomax dijo: «Creo que lo hizo *muy* bien en mi parte del examen. Y lo hizo bastante bien con Holland. Debo confesar que estuve algo decepcionado por cómo fue la última parte del examen, pero imagino que para entonces estaría cansado. *Es* un buen alumno, pero bajo presión no se muestra tan bueno como podría serlo». Lanzó una sonrisa vacía y dolorida a Stoner. «Y tú le presionaste un poco, Bill. Debes admitirlo. Yo voto apto».

Rutherford dijo: «¿Señor Holland?».

Holland miró de Lomax a Stoner; fruncía el ceño de asombro y le parpadeaban los ojos. «Pero... bueno, me ha parecido desastrosamente malo. No sé exactamente cómo calificarlo». Tragó incómodo. «Este es el primer examen oral al que asisto aquí. Realmente no sé cuáles son los criterios, pero... bueno, me pareció desastrosamente malo. Dejadme pensarlo un minuto».

Rutherford asintió. «¿Señor Stoner?».

«No apto», dijo Stoner. «Es un suspenso claro».

«Oh, vamos Bill», gritó Lomax. «Estás siendo un poco duro con el chico, ¿no te parece?».

«No», dijo Stoner llanamente, con la mirada al frente. «Sabes que no, Holly».

«¿Qué quieres decir con eso?», preguntó Lomax; era como si intentara generar un sentimiento en su voz al alzarla. «Sencillamente, ¿qué quieres decir?».

«Déjalo ya, Holly», dijo Stoner cansado. «El tipo es un incompetente. No hay duda posible al respecto. Las preguntas que le he formulado eran de las que se hacen a los de primero, y no fue capaz de responder a ninguna satisfactoriamente. Y es tan vago como deshonesto. En mi seminario del último semestre...».

«¡Tu seminario!», rió Lomax lacónicamente. «Bueno, me han contado. Ese es otro tema. La cuestión es cómo lo hizo hoy. Y está claro», sus ojos se estrecharon, «está claro que hoy lo hizo muy bien hasta que la tomaste con él».

«Le hice preguntas», dijo Stoner. «Las preguntas más sencillas que se pueden imaginar. Estaba preparado para darle todas las oportunidades». Hizo una pausa y añadió con cautela: «Tú eres su tutor de tesis y es normal que ambos hayáis hablado sobre el tema de la tesis. Por lo que cuando le preguntaste sobre su tesis lo hizo muy bien. Pero más allá de eso...».

«¡Qué quieres decir!», gritó Lomax. «Estás sugiriendo que yo... que ha habido cualquier...».

«No estoy sugiriendo nada, excepto que en mi opinión el candidato no está a la altura. No puedo dar mi consentimiento a su aprobado».

«Mira», dijo Lomax. Su voz se había apaciguado y trataba de sonreír. «Entiendo que pueda tener una opinión más elevada sobre su trabajo que tú. Ha asistido a varias de mis clases y... no importa. Tengo voluntad de compromiso. Aunque creo que es demasiado severo, mi voluntad es ofrecerle un aprobado condicional. Eso significa que podría repasar durante un par de semestres y luego...».

«Bueno», dijo Holland con evidente alivio, «eso sería mejor que darle un aprobado claro. No le conozco, pero es evidente que no está preparado para...».

«Bien», dijo Lomax, sonriendo enérgicamente a Holland. «Entonces está arreglado. Ahora...».

«No», dijo Stoner. «Debo votar por el suspenso».

«Maldita sea», gritó Lomax. «¿Te das cuenta de lo que estás haciendo, Stoner? ¿Te das cuenta de lo que le estás haciendo al chico?».

«Sí», dijo Stoner tranquilo. «Lo siento por él. Le estoy privando de licenciarse, y le estoy privando de enseñar en una facultad o en una universidad. Que es precisamente lo que quiero hacer. Si fuese profesor sería un... desastre».

Lomax calló durante un momento. «¿Es tu última palabra?», preguntó con frialdad.

«Sí», dijo Stoner.

Lomax asintió. «Bien, déjame advertirte, profesor Stoner, no tengo intención de que la cosa termine aquí. Has hecho... has soltado ciertas acusaciones hoy aquí... has mostrado un prejuicio que... que...».

«Caballeros, por favor», dijo Rutherford. Parecía que iba a llorar. «Mantengamos la perspectiva. Como saben, para que el candidato sea declarado apto ha de haber unanimidad. ¿No hay manera de resolver esta diferencia?».

Nadie habló.

Rutherford suspiró. «Muy bien, entonces no tengo más alternativa que declarar que...».

«Un momento». Era Gordon Finch. Durante todo el examen había estado tan callado que los demás casi se habían olvidado de su presencia. Entonces se incorporo un poco de la silla, dirigiéndose a la parte superior de la mesa con voz cansada pero firme. «Como jefe de departamento en funciones voy a hacer una recomendación. Confío en que será acatada. Recomiendo que demoremos la decisión hasta mañana. Eso nos dará tiempo para tranquilizarnos y discutirlo».

«No hay nada que discutir», dijo Lomax acalorado. «Si Stoner quiere que...».

«He dicho mi recomendación», dijo Finch con suavidad, «y será acatada. Decano Rutherford, sugiero que le comuniquemos al candidato nuestra resolución en este caso».

Hallaron a Walker sentado cómodamente en el pasillo de fuera del aula. Sostenía un cigarrillo con negligencia en su mano derecha y miraba aburrido al techo.

«Señor Walker», le llamó Lomax renqueando hacia él.

Walker se levantó, era unos centímetros más alto que Lomax, por lo que tenía que inclinarse al hablar.

«Señor Walker, me dirijo a usted para informarle de que el comité ha sido incapaz de llegar a un acuerdo en lo referente a su examen, será informado mañana. Pero le aseguro...» su voz se alzó, «le aseguro que no tiene nada de qué preocuparse. Nada en absoluto».

Walker permaneció un instante mirando sereno a cada uno de ellos. «Les agradezco de nuevo, caballeros, su consideración». Captó la mirada de Stoner y una fugaz sonrisa le cruzó los labios.

Gordon Finch se marchó apresuradamente sin hablar con nadie, Stoner, Rutherford y Holland erraban por el aula juntos, Lomax se quedó atrás, hablando seriamente con Walker.

«Bueno», dijo Rutherford, caminando entre Stoner y Holland, «es una tarea desagradable. Da igual cómo se vea, es una tarea desagradable».

«Sí, lo es», dijo Stoner y se apartó de ellos. Descendió la escalera de mármol, siendo sus pasos más rápidos según se acercaba a la planta baja, y salió. Respiró profundamente la fragancia humeante del aire del atardecer y respiró de nuevo, como si fuera un nadador que emerge del agua. Después se fue caminado lentamente hacia su casa.

A primera hora de la tarde del día siguiente, antes de que le diera tiempo a comer, recibió una llamada de la secretaria de Gordon Finch pidiéndole que acudiera a su despacho de inmediato.

Finch esperaba impaciente cuando Stoner entró en la habitación. Se levantó e hizo una seña a Stoner para que se sentara en la silla que tenía dispuesta junto a su mesa.

«¿Tiene esto que ver con el asunto de Walker?», preguntó Stoner.

«En parte», respondió Finch. «Lomax me ha solicitado una reunión para intentar solucionar el tema. Probablemente sea desagradable. Quería hablar contigo un momento a solas, antes de que Lomax llegue». Se sentó de nuevo y durante algunos minutos se meció adelante y atrás en la silla giratoria, mirando intensamente a Stoner. Dijo abruptamente: «Lomax es un buen hombre».

«Sé que lo es», dijo Stoner. «En ciertos aspectos es el mejor del departamento».

Como si Stoner no hubiese hablado, Finch continuó: «Tiene sus problemas, pero no afloran muy a menudo; y cuando lo hacen normalmente sabe manejarlos. Es una pena que este asunto haya venido justo ahora, el momento es de lo más inoportuno. Una división en el departamento justo ahora». Finch meneó la cabeza.

«Gordon», dijo Stoner incómodo, «espero que tú no...».

Finch levantó la mano. «Espera», dijo, «me hubiera gustado decirte esto antes. Pero es que se suponía que no debía airearlo y en realidad no estaba confirmado. Aún se supone que debo ser discreto, pero... ¿recuerdas hace unas semanas nuestra conversación sobre la jefatura del departamento?».

Stoner asintió.

«Bueno, es Lomax. Él es el nuevo jefe. Está decidido, arreglado. La sugerencia vino de arriba, pero debo decirte que yo estuve de acuerdo». Soltó una risita. «Tampoco es que estuviera en una posición como para haber dicho otra cosa. Pero aunque lo hubiese estado, habría estado de acuerdo... entonces. Ahora no estoy tan seguro».

«Ya veo», dijo Stoner pensativo. Tras unos instantes continuó: «Me alegro de que no me lo dijeras. No creo que hubiera supuesto ninguna diferencia, pero al menos no empañó el asunto».

«Maldita sea, Bill», dijo Finch. «Tienes que entenderlo. Walker me importa un comino, y Lomax, y... pero tú eres un viejo amigo. Mira, creo que en esto tienes razón. Maldita sea, sé que tienes razón. Pero seamos prácticos. Lomax se está tomando esto muy seriamente y no va a dar su brazo a torcer. Y si llegamos a un enfrentamiento también será desagradable. Lomax puede llegar a ser vengativo, lo sabes tan bien como yo. No puede despedirte, pero puede fastidiarte de casi cualquier otra manera. Y hasta cierto punto yo tendré que estar de acuerdo con él». Se rió de nuevo, amargamente. «Demonios, tendré que estar de acuerdo con él en casi todo. Si un vicedecano empieza a contradecir las decisiones de un jefe de departamento tendría que despedirle. Ahora, si Lomax se pasa de la raya le podría destituir de la jefatura, o al menos podría intentarlo. Podría lograrlo o pudiera ser que no. Pero aunque pudiera habría una lucha que dividiría al departamento, puede que incluso a la facultad, sin cuartel. Y, maldita sea...». Finch se sintió de repente avergonzado, masculló: «Maldita sea, tengo que pensar en la facultad». Miró directamente a Stoner. «¿Ves lo que quiero decir?».

Una ráfaga de simpatía, amor y cariñoso respeto hacia su viejo amigo se apoderó de Stoner. «Por supuesto que sí, Gordon. ¿Pensabas que no lo entendería?».

«Muy bien», dijo Finch. «Y hay otra cosa. No sé cómo Lomax tiene agarrado al rector por las narices y lo maneja como a un corderito. Así que puede ser aún más complicado de lo que crees. Mira, todo lo que tienes que hacer es decir que lo has reconsiderado. Puedes incluso echarme la culpa a mí... di que yo te obligué a hacerlo».

«No es una cuestión de salvar la cara, Gordon.»

«Lo sé», dijo Finch. «Lo he dicho mal. Míralo así. ¿Qué nos importa Walker? Claro, lo sé, es una cuestión de principios, pero es en otro principio en lo que debes pensar».

«No es por principios», dijo Stoner. «Es Walker. Sería un desastre dejarle suelto en un aula».

«Demonios», dijo Finch cansado. «Si no lo hace aquí puede irse a cualquier otro sitio a licenciarse, así que a pesar de todo puede que acabe aquí. Puedes perder en esto, lo sabes, no importa lo que hagas. No podemos deshacernos de los Walkers».

«Tal vez no», dijo Stoner. «Pero podemos intentarlo».

Finch se quedó callado unos instantes. Suspiró. «Muy bien. No merece la pena dejar a Lomax esperando durante más tiempo. Lo mejor será solucionarlo ya». Se levantó de su escritorio y caminó hacia la puerta que conducía a la pequeña antesala. Pero al pasar junto a Stoner este le puso la mano en el hombro, reteniéndole un momento.

«Gordon, ¿recuerdas algo que dijo una vez David Masters?»

Finch arqueó las cejas por la sorpresa. «¿Por qué mencionas a David Masters?».

Stoner miró a través del despacho, hacia la ventana, intentando recordar. «Estábamos los tres juntos, y dijo... algo sobre que la universidad era un sanatorio, un refugio en el mundo, para los desposeídos, los inválidos. Pero no hablaba de Walker. Dave habría imaginado a Walker en ese mundo. Y no podemos dejarle entrar. Si lo hiciéramos, seríamos como el mundo, tan irreal, tan... La única esperanza que tenemos es no dejarle entrar».

Finch le miró durante unos momentos. Luego sonrió. «Qué hijo de puta», dijo contento. «Lo mejor será ver ya a Lomax». Abrió la puerta, hizo una seña y Lomax entró en el despacho.

Entró en el despacho tan tieso y formal que su pequeña cojera en la pierna izquierda casi era inapreciable, su bello rostro delgado era pétreo y frío y mantenía la cabeza alta, de manera que su pelo, algo largo y ondulado, casi rozaba la protuberancia que le desfiguraba la espalda a la altura del hombro izquierdo. No miró a ninguno de los hombres que estaban en el despacho con él, tomó asiento frente al escritorio de Finch y se sentó tan recto como pudo, mirando al espacio entre Finch y Stoner. Orientó su cabeza ligeramente hacia Finch.

«He pedido que nos reunamos los tres por una sencilla razón. Me gustaría saber si el profesor Stoner ha reconsiderado su malaconsejado voto de ayer.»

«El señor Stoner y yo hemos discutido el asunto», dijo Finch. «Me temo que no hemos sido capaces de resolverlo».

Lomax se giró hacia Stoner y le miró, sus ojos azul pálido estaban nebulosos, como si una película translúcida hubiera caído sobre ellos. «Entonces me temo que voy a sacar a la luz algunos cargos bastantes serios».

«¿Cargos?». La voz de Finch era de sorpresa, un poco airada. «Nunca mencionaste nada sobre...».

«Lo siento», dijo Lomax. «Pero esto es necesario». Dijo a Stoner: «La primera vez que hablaste con Charles Walker fue cuando te solicitó la admisión en tu seminario de graduación. ¿Cierto?».

«Cierto», dijo Stoner.

«No eras partidario de admitirle, ¿verdad?»

«En efecto», dijo Stoner. «La clase ya tenía doce alumnos».

Lomax miró algunas notas que sostenía en su mano derecha. «Y cuando el alumno te dijo que *tenías* que admitirle, lo hiciste a tu pesar, recalcando que su admisión desajustaría el seminario. ¿Cierto?».

«No exactamente», dijo Stoner. «Según recuerdo dije que *uno más* en la clase supondría...».

Lomax agitó la mano. «No importa. Solo trato de establecer un contexto. Entonces, durante aquella primera conversación,

¿no cuestionó su competencia para llevar a cabo los trabajos del seminario?».

Gordon Finch dijo cansadamente: «Holly, ¿adónde nos lleva todo esto? ¿A qué viene...?».

«Por favor», dijo Lomax. «He dicho que tengo cargos que aportar. Debes dejarme que los desarrolle. Ahora. ¿No cuestionaste su competencia?».

Stoner dijo con calma: «Le hice algunas preguntas, sí, para ver si sería capaz de realizar el curso».

«¿Y te satisfizo?»

«No estuve seguro, creo», dijo Stoner. «Es difícil de recordar».

Lomax se giró hacia Finch. «Estamos de acuerdo, entonces, primero en que el profesor Stoner no era partidario de admitir a Walker en su seminario; segundo, en que su rechazo fue tan virulento que amenazó a Walker con que su admisión echaría a perder el seminario; tercero, en que tenía dudas respecto a la capacidad de Walker para acometer el curso; y cuarto, en que a pesar de esas dudas y ese resentimiento, le admitió en la clase».

Finch meneó la cabeza desesperado. «Holly, todo esto no tiene sentido».

«Espera», dijo Lomax. Consultó apresuradamente sus notas y luego miró maliciosamente a Finch. «Tengo otros detalles que comentar. Los podría desarrollar mediante un *interrogatorio*», le dio a las palabras una inflexión irónica, «pero no soy abogado. Aunque te aseguro que estoy preparado para ampliar dichos cargos si fuera necesario». Hizo una pausa, como si reuniera fuerzas. «Estoy preparado para demostrar, primero, que el profesor Stoner admitió al señor Walker en su seminario albergando prejuicios incipientes contra él; estoy preparado para demostrar que estos prejuicios se intensificaron porque, en el transcurso del seminario se produjeron desavenencias por temperamento y animadversión, que el conflicto fue alimentado e intensificado por el propio señor Stoner, quien permitió, y de hecho a veces animó, a otros miembros de la clase a ridiculizar y reírse del señor Walker. Estoy preparado para demostrar que, en más de una ocasión, este prejuicio se manifestó en declaraciones del profesor Stoner a los alumnos y a otras personas, que acusó al señor Walker de *atacar* a un miembro de la clase cuando el señor Walker simplemente estaba expresando una opinión contraria, que él admitió su malestar por aquel llamémoslo *ataque*, y que además incurrió en una charla sin sentido sobre el *tonto comportamiento* del señor Walker. Estoy preparado para demostrar que, también, sin mediar provocación, el profesor Stoner, movido por este prejuicio, acusó al señor Walker de vago, ignorante y deshonesto. Y finalmente, que de los trece alumnos de la clase, el señor Walker fue el único *—el único—* elegido como sospechoso, pidiéndole *solo* a él que entregara el texto del trabajo del seminario. Ahora conmino al profesor Stoner a que deniegue estos cargos, individual o categóricamente».

Stoner meneó la cabeza, casi admirado. «Dios mío», dijo. «¡Cómo lo has pintado! Claro, todo lo que dices son hechos, pero ninguno es cierto. No de la manera en que los expones».

Lomax negó con la cabeza, como si se esperase la respuesta. «Estoy preparado para demostrar que es verdad todo lo que he dicho. Sería sencillo, si fuera necesario, convocar a los miembros de aquel seminario, individualmente, e interrogarlos».

«¡No!», exclamó Stoner. «Este es de largo el mayor ultraje de lo que has dicho esta tarde. No involucraré a los alumnos en este lío».

«Puede que no tengas opciones, Stoner», dijo Lomax con suavidad. «Puede que no tengas ninguna opción».

Gordon Finch miró a Lomax y dijo tranquilo: «¿Qué pretendes averiguar?».

Lomax le ignoró. Le dijo a Stoner: «El señor Walker me ha dicho que, a pesar de que por principio es contrario a hacerlo, ahora estaría dispuesto a entregarte el trabajo del seminario sobre el que albergas dudas tan desagradables, está dispuesto a someterse a cualquier decisión que tú o los otros dos miembros competentes del tribunal podamos tomar. Si recibe la calificación de apto de la mayoría de los tres, será calificado como apto en el seminario y se le permitirá permanecer en la facultad».

Stoner agitó la cabeza, le daba reparo mirar a Lomax. «Sabes que no puedo hacerlo».

«Muy bien. No me gusta hacer esto, pero... si no cambias tu voto de ayer me veré obligado a presentar formalmente cargos contra ti».

Gordon Finch alzó la voz. «¿Te verás obligado a *qué*?».

Lomax dijo con serenidad: «Los estatutos de la Universidad de Misuri permiten a cualquier miembro de la facultad presentar cargos si hay razones de peso para creer que el miembro de la facultad acusado es incompetente, poco ético o que no cumple con sus funciones de acuerdo con los requisitos éticos recogidos en el artículo seis, sección tres, de los estatutos. Estos cargos, y las evidencias que lo demuestren, serán públicos para toda la facultad y al final de la vista la facultad mantendrá los cargos con dos tercios de los votos o los sobreseerá si el resultado es inferior».

Gordon Finch se volvió a sentar en la silla, con la boca abierta, meneando la cabeza incrédulo. «Vamos a ver», dijo. «Este asunto se nos va de las manos. No lo dirás en serio, Holly».

«Te aseguró que sí», dijo Lomax. «Esto es un asunto serio. Una cuestión de principios; y... y mi integridad ha sido puesta en duda. Estoy en mi derecho de presentar cargos si lo considero así».

«Nunca podrás demostrarlos», dijo Finch.

«Es mi derecho, de todas formas, presentar cargos.»

Durante un momento Finch observó a Lomax. Luego dijo tranquilo, casi afable: «No habrá cargos. No sé cómo se va a resolver este asunto y no me importa especialmente. Pero no habrá cargos. Dentro de unos minutos vamos a salir de aquí y vamos a intentar olvidarnos de la mayoría de las cosas que se han dicho esta tarde. O por lo menos vamos a fingirlo así. No voy a consentir que el departamento o la facultad se metan en líos. No habrá cargos. Porque...», añadió simpáticamente, «si los hay, te prometo que removeré cielo y tierra hasta verte acabado. Nada me detendrá. Utilizaré cada pizca de influencia que tenga. Mentiré si es necesario, conspiraré contra ti si tengo que hacerlo. Ahora voy a informar al decano Rutherford de que la votación sobre el señor Walker se mantiene. Si todavía quieres continuar con esto puedes hacerlo con la ayuda del rector, o de Dios. Pero este despacho da por terminado este asunto. No quiero oír nada más sobre ello».

Durante el discurso de Finch el gesto de Lomax se había vuelto reflexivo y sereno. Cuando Finch concluyó, Lomax saludó con la cabeza de manera casi informal y se levantó de la silla. Miró a Stoner un instante y luego cojeó hasta la puerta y salió. Durante un rato Finch y Stoner se quedaron sentados en silencio. Finalmente Finch dijo: «Me pregunto que hay entre Walker y él».

Stoner meneó la cabeza. «No es eso lo que estabas pensando», dijo. «No sé lo que es. No creo que quiera saberlo».

Diez días más tarde se anunció el nombramiento de Hollis Lomax como jefe de departamento de inglés y dos semanas después los horarios de las clases para el curso siguiente se distribuyeron entre los miembros del departamento. Stoner descubrió sin sorpresa que en cada uno de los dos semestres que componían el curso le habían asignado tres clases de composición de primero y unas prácticas de segundo, y que sus cursos avanzados de lecturas de literatura medieval y su seminario de graduación habían sido eliminados del programa. Era, se percató Stoner, el tipo de horario que podría esperar un profesor principiante. En algunos aspectos era incluso peor, pues el horario estaba dispuesto de manera que impartía clase a horas intempestivas, con amplios huecos entre ellas, seis días a la semana. No protestó por el horario y decidió dar clase el curso siguiente como si nada hubiera pasado.

Pero por primera vez desde que había empezado a enseñar le parecía que podría abandonar la universidad, dar clase en otro sitio. Habló con Edith sobre dicha posibilidad y ella le miró como si le hubiera dado un golpe.

«No podría», dijo. «Oh, no podría». Y luego, consciente de que se había traicionado a sí misma mostrando su miedo, se enfadó. «¿En qué estás pensando?», preguntó. «Nuestra casa... nuestra querida casa. Y nuestros amigos. Y el colegio de Grace. No es bueno para una niña ir cambiando de colegio en colegio».

«Tal vez sea necesario», dijo. No le había contado el incidente con Charles Walker y la implicación de Lomax, pero pronto se hizo evidente que lo sabía todo.

«Descartado», dijo. «Descartado del todo». Pero su irritación rara vez se distraía, era casi rutinaria. Sus pálidos ojos azules le sobrepasaban hasta posarse casualmente sobre objetos aleatorios de la sala de estar, como asegurándose de que continuaban allí. Sus dedos, delgados y con algunas pecas, se movían sin cesar. «Oh, lo sé todo sobre tu problema. Nunca me metería en tu trabajo, pero... de verdad, eres muy testarudo. Quiero decir, *Grace* y yo estamos metidas en esto. Y sin duda no se nos puede pedir que empaquemos y nos mudemos solo porque tú has adoptado una postura insólita».

«Pero si es por ti y por Grace, en parte al menos, por lo que estoy considerándolo. Probablemente no... ascenderé mucho más en el departamento si me quedo aquí».

«Oh», dijo Edith distante, dándole un tono amargo a su voz. «Eso no importa. Hasta ahora hemos sido pobres, no hay razón para que no podamos seguir así. Tendrías que haber pensado en ello antes, o adónde te podía conducir. Un tullido». De repente le cambió la voz, y se rió con indulgencia, casi con cariño. «En serio, tanto te importan esas cosas. ¿*Qué más da*?».

Así pues Edith no sopesó marcharse de Columbia. Llegado el caso, dijo, Grace y ella podrían mudarse con tía Emma; esta estaba cada día más débil y agradecería la compañía.

Ante aquello Stoner desestimó la posibilidad tan pronto como se le había ocurrido. Iba a dar clases en verano y dos de sus clases le interesaban en especial. Le habían sido asignadas antes de que Lomax fuese nombrado jefe de departamento. Decidió volcar en ellas toda su atención, pues sabía que pasaría algún tiempo antes de que tuviese ocasión de impartirlas de nuevo.

11

Unas semanas después de que empezara el semestre de otoño de 1932, William Stoner tenía claro que había fracasado en la batalla por mantener a Charles Walker alejado del programa de graduación de inglés. Después de las vacaciones de verano Walker regresó al campus como si entrara triunfante en un estadio y cuando vio a Stoner por los pasillos del Jesse Hall inclinó la cabeza con una reverencia irónica y le sonrió maliciosamente. Stoner sabía por Jim Holland que el decano Rutherford había retrasado la votación del oficio del año anterior de manera que al final se había decidido que se permitiría que Walker se examinara oralmente de nuevo, siendo los examinadores elegidos por el jefe de departamento.

La batalla por lo tanto había terminado y Stoner estaba dispuesto a reconocer su derrota, pero la lucha no había llegado a su fin. Cuando Stoner se encontraba con Lomax por los pasillos o en las reuniones de departamento o en actos de la facultad, le hablaba como le había hablado siempre, como si nada hubiera sucedido entre ellos. Pero Lomax no respondía a sus saludos, le miraba con frialdad y apartaba la vista, como para hacer notar que no habría reconciliación.

Un día a finales de otoño Stoner entró casualmente en la oficina de Lomax y se detuvo ante su mesa durante algunos minutos hasta que, a su pesar, Lomax le miró, apretando los labios y con la mirada dura.

Cuando se percató de que Lomax no iba a hablar, Stoner dijo embarazosamente: «Mira, Holly, ya está hecho y acabado, ¿podemos olvidarlo ya?».

Lomax le miró fijamente.

Stoner continuó: «Tuvimos un desacuerdo, pero eso no es extraño. Éramos amigos antes, y no veo razón...».

«Nunca hemos sido amigos», dijo claramente Lomax.

«Muy bien», dijo Stoner. «Pero al menos nos llevábamos bien. Podemos mantener las diferencias que tengamos, pero por el amor de Dios, no hay necesidad de ir aireándolas. Hasta los alumnos lo están empezando a notar».

«Y me parece bien que lo hagan», dijo Lomax con rencor, «ya que uno de ellos casi ve su carrera arruinada. Un estudiante brillante, cuyo único crimen fue su imaginación, un entusiasmo y una integridad que le hicieron entrar en conflicto con usted... y, sí, puedo también decir... un desafortunado defecto físico que hubiera despertado conmiseración en un ser humano normal». En su mano derecha sana Lomax sostenía un lápiz que temblaba ante él. Casi horrorizado Stoner comprobó que Lomax era terrible e irrevocablemente sincero. «No», continuó Lomax apasionadamente, «eso no puedo perdonárselo».

Stoner trató de restar acidez a su voz. «No es una cuestión de perdonar. Es simplemente cuestión de comportarse el uno con el otro de forma que no resulte demasiado incómodo para los alumnos y el resto de miembros del departamento».

«Voy a ser muy franco con usted, Stoner», dijo Lomax. Su enfado se había serenado y su voz era templada, desapasionada. «No creo que esté preparado para ser profesor; ninguna persona cuyos prejuicios pasan por encima de sus talentos y su aprendizaje lo está. Tal vez le despediría si pudiera hacerlo, pero no está en mi mano, como ambos sabemos. Estamos... Está protegido por el sistema de cargos. Debo aceptarlo. Pero no tengo por qué ser hipócrita. No quiero tener nada que ver con usted. Nada en absoluto. Y no fingiré otra cosa».

Stoner le miró fijamente durante unos segundos. Luego meneó la cabeza. «Muy bien, Holly», dijo abatido. Y decidió marcharse.

«Solo un momento», le llamó Lomax.

Stoner se giró. Lomax miraba intensamente varios papeles sobre su mesa, su rostro estaba rojo y parecía luchar consigo mismo. Stoner advirtió que lo que veía no era enojo sino vergüenza.

Dijo Lomax: «En lo sucesivo, si quiere verme por asuntos del departamento pida cita a la secretaria». Y a pesar de que Stoner se quedó mirándole un rato más, Lomax no levantó la cabeza. Una ligera contorsión cruzó su cara, luego se quedó callado. Stoner salió de la oficina.

Y durante más de veinte años ninguno de los dos hombres se volvería a dirigir la palabra directamente.

Era —Stoner se dio cuenta después— inevitable que los alumnos se vieran afectados. Incluso si hubiera logrado persuadir a Lomax de guardar las formas, a la larga no habría podido protegerles de la intencionalidad de la batalla.

Antiguos alumnos suyos, incluso alumnos a los que había conocido bien, empezaron a saludarle con la cabeza y a hablarle cohibidamente, hasta de manera furtiva. Algunos eran ostensiblemente cordiales, desviándose de su camino para acercarse a saludarle o para que les vieran hablando con él por los pasillos. Pero ya no tenía con ellos la afinidad que tuvo en su día. Él era ahora una figura especial y se dejaban ver con él, o no, por algún motivo concreto.

Llegó a sentir que su presencia era embarazosa tanto para sus amigos como para sus enemigos, por lo que cada vez más procuró estar solo.

Una especie de letargo se apoderó de él. Daba las clases tan bien como podía, aunque la rutina fija que requerían las de primero y segundo le robaban el entusiasmo y le dejaban exhausto y aturdido al final de la jornada. Rellenaba como podía los largos huecos entre clases con conferencias de estudiantes, revisando con esmero los trabajos de los alumnos, quedándoselos hasta que se ponían nerviosos e impacientes.

El tiempo transcurría despacio para él. Intentó pasar más horas de ese tiempo en casa con su mujer y su hija, pero debido a su extraño horario carecía de una rutina fija y eso afectaba al estado de ánimo diario de Edith. Descubrió —no le sorprendió— que su presencia habitual enojaba a su esposa, que se ponía nerviosa, callada y, a veces, físicamente enferma. Y no conseguía ver a Grace con frecuencia cuando estaba en casa. Edith había organizado con esmero los días de su hija; su único tiempo *libre* era por las noches, y Stoner tenía clase a última hora cuatro noches a la semana. Cuando acababa la clase Grace solía estar ya en la cama.

Así que continuó viendo a Grace brevemente por las mañanas. En el desayuno permanecía a solas con ella únicamente el poco rato que le llevaba a Edith recoger los platos y ponerlos en remojo en la pila de la cocina. Observaba cómo crecía su cuerpo, una tosca belleza asomó en sus extremidades y la inteligencia brotaba en sus ojos tranquilos y en su rostro despierto. De vez en cuando sentía que quedaba algo de cercanía entre ellos, una cercanía que ninguno de los dos podía permitirse admitir.

Al final retomó el viejo hábito de pasar la mayor parte del tiempo en su despacho del Jesse Hall. Se decía que debía de estar agradecido por tener la oportunidad de leer en soledad, libre de la presión de tener que preparar clases en concreto, libre de direcciones predeterminadas en su aprendizaje. Intentaba leer al azar, por propio placer e indulgencia, muchas de las cosas que había estado años esperando poder leer. Pero la mente no le dejaba ir donde él quería, desviaba la atención de las páginas que tenía delante y cada vez más a menudo, se encontraba a sí mismo mirando inexpresivamente al frente, a la nada. Era como si de un momento a otro su mente se hubiese vaciado de todo lo que sabía, como si se le extrajera la voluntad a su vigor. Se sentía a veces como algún tipo de vegetal y anhelaba que algo —incluso dolor— le zahiriese para devolverle a la vida.

Había llegado a ese punto en el que le asaltaba, con intensidad creciente, una cuestión de una simplicidad tan aplastante que carecía de recursos para afrontarla. Se empezó a preguntar si su vida merecía la pena, si alguna vez la había merecido. Era una duda, sospechaba, que le llegaba a todo el mundo tarde o temprano. Se preguntaba si a los demás les sobrevenía con la misma fuerza impersonal que le llegaba a él. La cuestión le sumía en la tristeza, pero era una tristeza general que —pensaba— tenía poco que ver con él o con su particular destino, ni siquiera estaba seguro de que la cuestión naciera de las causas más recientes y obvias que habían trastornado su vida. Provenía, pensaba, de su mayor edad, de la cantidad de accidentes y circunstancias y de lo que había logrado entender sobre ellos. Hallaba un gusto siniestro e irónico en la posibilidad de que, con la poca formación que se había procurado, se las había arreglado para llegar a una certeza: que a la larga todas las cosas, incluso el conocimiento que le permitía saber esto, eran fútiles y vacías y que al final empequeñecían hasta convertirse en una nada donde ya no cambiaban.

Una vez, después de la clase de la tarde, regresó a su despacho y se sentó a la mesa, intentando leer. Era invierno y había caído una nevada durante el día, por lo que la puerta exterior estaba cubierta de blanca suavidad. La oficina estaba sobrecalentada, abrió la ventana cercana a la mesa para que el aire frío entrara en la habitación cerrada. Respiró profundamente y dejó que sus ojos vagaran por el suelo blanco del campus. En un impulso encendió la luz de su escritorio y se sentó en la caliente oscuridad de su despacho, el aire frío le llenaba los pulmones y se inclinó hacia la ventana abierta. Escuchó el silenció de la noche invernal y le pareció que de algún modo percibía sonidos absorbidos por el delicado e intrincado ser celular de la nieve. Nada se movía sobre la blancura, era una escena muerta que parecía tirar de él para absorber su consciencia justo mientras extraía el sonido del aire y lo enterraba bajo una fría y blanca suavidad. Se sentía atraído hacia fuera, hacia la blancura que se extendía tan lejos como le alcanzaba la vista y que era una parte de la oscuridad desde la que relucía bajo el cielo claro y sin nubes, sin altura ni profundidad. Por un instante sintió que abandonaba su cuerpo, que permanecía sentado quieto frente a la ventana y mientras sentía que se deslizaba, todo —la lisa blancura, los árboles, las altas columnas, la noche, las estrellas lejanas— parecía increíblemente pequeño y distante, como reducido hasta la nada. Luego, tras él, un radiador hizo un ruido. Se movió y la escena volvió al origen. Con un alivio curiosamente desganado, apagó de golpe la lámpara de su despacho. Tomó un libro y algunos papeles, salió de la oficina, caminó por los oscuros pasillos y se abrió paso a través de las dobles puertas anchas de la parte trasera del Jesse Hall. Se fue caminando despacio a casa, consciente de cada huella que crujía con ruido sordo sobre la nieve seca.

12

Durante aquel año, y especialmente en los meses de invierno, se halló regresando, con creciente frecuencia, a un estado de voluntaria irrealidad. Parecía capaz de desligar la conciencia del cuerpo que la contenía, y se observaba a sí mismo como si fuera un lejano pariente que sorprendentemente hacía las cosas habituales que había que hacer. Era una disociación que nunca antes había sentido, sabía que debía preocuparse por ello, pero estaba confuso y no podía convencerse a sí mismo de que importara. Tenía cuarenta y dos años y ante él no veía nada de lo que deseara disfrutar y había poco de lo pasado que le importara recordar.

A sus cuarenta y tres años de vida, el cuerpo de William Stoner estaba casi tan flaco como lo había estado de joven, cuando atravesó por primera vez con ofuscado pavor ese campus que nunca había perdido totalmente su efecto sobre él. Año tras año el encorvamiento de los hombros se había incrementado y había aprendido a ralentizar sus movimientos para que la torpeza de sus manos y pies de granjero parecieran deliberadas más que desgarbo congénito. Su rostro alargado se había suavizado con el tiempo y pese a que la carne era aún como cuero bronceado, ya no se tensaba con tanta rigidez en sus afilados pómulos sino que se descolgaba en finas arrugas en torno a los ojos y a la boca. Todavía agudos y claros, los ojos grises se hundían más profundamente en su rostro, con la perspicacia atenta medio escondida; el cabello, antes castaño claro, se le había oscurecido aunque unos toques canosos empezaban a aparecerle en las sienes. No solía pensar en la edad o quejarse por el paso del tiempo, pero cuando veía su rostro en un espejo o cuando su reflejo se aproximaba a alguna de las puertas de cristal de la entrada del Jesse Hall reconocía los cambios acaecidos con una leve sorpresa.

A última hora de una tarde de principios de primavera, estaba sentado solo en su despacho. Había una pila de trabajos de primero sobre su escritorio, sostuvo uno de los papeles con la mano, pero sin verlo. Tal como había estado haciendo últimamente con frecuencia, se puso a contemplar a través de la ventana la franja del campus que se divisaba desde su despacho. Era un día radiante y, mientras observaba, la sombra proyectada por el Jesse Hall se había ido desplazando hasta cubrir la base de las cinco columnas que se erguían en el centro del patio cuadrangular con majestuoso y solitario donaire. La porción de porche a la sombra era de un marrón grisáceo profundo. Más allá de los límites de la sombra, la hierba invernal estaba ligeramente tostada, revestida de una película brillante de verde claro. Tras los trazos enmarañados de los tallos de enredadera que se enroscaban a su alrededor, las columnas de mármol presentaban un blanco brillante. Pronto la sombra trepará por ellas, pensó Stoner, y las bases se oscurecerán, y la oscuridad ascenderá, despacio y luego más rápidamente, hasta... Se percató de que había alguien detrás de él.

Se giró en su silla y miró. Era Katherine Driscoll, la joven profesora que el último año había ido a su seminario. Desde entonces, aunque a veces se cruzaban por los pasillos y se saludaban con la cabeza, no habían vuelto a hablar. Stoner se percató de que le molestaba ligeramente este encuentro, no deseaba que le recordaran el seminario ni lo que había resultado de él. Echó la silla hacia atrás y se puso torpemente de pie.

«Señorita Driscoll», dijo con sobriedad, y se movió hacia la silla que había al lado de su mesa. Ella le miró un instante; sus ojos eran grandes y oscuros y pensó que su rostro era extraordinariamente pálido. Con un pequeño movimiento de cabeza se alejó de él y tomó la silla hacia la que Stoner se aproximaba.

Él se volvió a sentar y la observó durante un momento sin verla. Luego, consciente de que la forma de mirarla podría ser considerada grosera, intentó sonreír y murmuró una pregunta inane y automática sobre sus estudios.

Ella habló con brusquedad. «Usted... usted dijo una vez que estaría dispuesto a hacerse cargo de mi tesis cuando la comenzara».

«Sí», dijo Stoner y asintió. «Creo que lo hice. Por supuesto». Y después, por primera vez, advirtió que ella sostenía una carpeta de papeles sobre su regazo.

«Por supuesto que si está ocupado...», dijo ella vacilante.

«Para nada», dijo Stoner, intentando poner algo de entusiasmo en su voz. «Lo siento. No pretendía parecer distraído».

Ella alzó titubeante la carpeta ante él, quien la tomó, la sopesó y le sonrió. «Pensaba que habría avanzado más que esto», dijo.

«Así era», dijo. «Pero empecé de nuevo. Estoy tomando un nuevo rumbo, y... y le agradecería que me dijera lo que piensa».

Él le sonrió otra vez y asintió, no sabía qué decir. Se hizo un silencio incómodo durante un momento.

Por fin dijo: «¿Cuándo necesita que se lo devuelva?».

Ella meneó la cabeza. «No hay prisa. Cuando tenga tiempo de echarle un vistazo».

«No quisiera retrasarla», dijo. «¿Qué le parece el viernes que viene? Con eso me daría tiempo de sobra. ¿A las tres en punto?».

Ella se levantó tan abruptamente como se había sentado. «Gracias», dijo. «No quisiera ser una molestia. Gracias». Se giró y, esbelta y erguida, salió del despacho.

Él sostuvo la carpeta en las manos durante algunos momentos, mirándola. Luego la puso sobre el escritorio y volvió a los trabajos de primero.

Eso fue un martes y durante los dos días siguientes el manuscrito permaneció intacto sobre la mesa. Por razones que no comprendía del todo no lograba decidirse a abrir la carpeta, a empezar la lectura que unos meses antes hubiese sido una tarea placentera. La observaba con cautela, como si fuera un enemigo que trataba de incitarle a una guerra a la que había renunciado.

Llegó el viernes y todavía no la había leído. La vio aguardando acusadora sobre su escritorio por la mañana cuando recogió sus libros y papeles para la clase de las ocho. Cuando regresó un poco más tarde de las nueve, casi había decidido dejar una nota en el casillero de la señorita Driscoll en la oficina principal, rogándole que le concediera otra semana. Pero resolvió echarle un vistazo rápido antes de su clase de las once y decirle algo preliminar cuando llegase aquella tarde. Sin embargo, no logró ponerse con ello y, justo cuando tenía que irse a clase, la última del día, agarró la carpeta, la metió entre sus otros papeles y corrió por el campus hasta su aula.

A mediodía, cuando acabó la clase, le retrasaron varios alumnos que necesitaban hablar con él, por lo que no fue capaz de zafarse hasta después de la una. Se dirigió, con severa determinación, hacia la biblioteca, con intención de encontrar un sitio libre y dedicar al manuscrito una hora de lectura rápida antes de la cita de las tres con la señorita Driscoll.

Pero incluso en la quietud adusta y familiar de la biblioteca, en un sitio vacío que encontró sumergido entre las estanterías, le resultaba difícil obligarse a inspeccionar los papeles que traía consigo. Abría otros libros y leía párrafos al azar, se sentaba quieto, inhalando el olor mohoso que provenía de los libros viejos. Finalmente suspiró, incapaz de retrasarlo más, abrió la carpeta y echó un vistazo precipitado a las primeras páginas.

Al principio tan solo una esquina nerviosa de su mente registraba lo que leía, pero gradualmente las palabras iban penetrándole. Frunció el ceño y leyó con más cuidado. Y luego quedó atrapado, volvió adonde había empezado y su atención fluyó a lo largo de la página. Sí, se dijo, por supuesto. Gran cantidad del material que había redactado para el trabajo del seminario estaba contenido allí, pero arreglado, reorganizado, apuntando en direcciones que él mismo solo había divisado por encima. Dios mío, se dijo, casi maravillándose y los dedos le temblaban de excitación mientras pasaba las páginas.

Cuando llegó a la última hoja mecanografiada se echó hacia atrás con un sentimiento de felicidad exhausta y se quedó mirando a la pared de cemento gris que tenía ante él. Aunque parecía que solo habían pasado unos minutos desde que había empezado a leer, miró su reloj. Eran casi las cuatro y media. Se puso en pie de un salto, recogió el manuscrito a toda prisa y salió apresuradamente de la biblioteca. Aunque sabía que era demasiado tarde para que importara, corrió a través del campus hasta el Jesse Hall.

Mientras cruzaba la puerta abierta de la oficina principal de camino a su despacho, oyó su nombre. Se detuvo y asomó la cabeza al pasillo. La secretaria —una chica nueva que Lomax había contratado recientemente— le dijo recriminadamente, casi con insolencia: «La señorita Driscoll vino a verle a las tres en punto. Esperó casi una hora».

Él asintió, le dio las gracias y se dirigió con más calma a su despacho. Se dijo que no importaba, que podría devolverle el manuscrito el lunes y pedirle disculpas. Pero la excitación que había sentido cuando terminó de leerlo no amainaba y deambulaba sin cesar por su despacho. De vez en cuando paraba y movía la cabeza para sí. Finalmente se acercó a la estantería, buscó un rato y extrajo un panfleto delgado con la cubierta manchada por letras negras: Directorio de miembros y personal, Universidad de Misuri. Encontró el nombre de Katherine Driscoll, no tenía teléfono. Anotó su dirección, recogió el manuscrito y salió de su despacho.

A unas tres cuadras del campus, hacia el centro, un racimo de grandes casas antiguas habían sido convertidas, unos años antes, en apartamentos, ocupados estos por alumnos veteranos, profesores noveles, personal de la universidad y algunos vecinos. La casa en la que vivía Katherine Driscoll estaba en medio de todas ellas. Era un enorme edificio de tres plantas de piedra gris, con una compleja variedad de entradas y salidas, con torretas, ventanales y balcones proyectándose hacia afuera y hacia arriba por todos lados. Finalmente Stoner encontró el nombre de Katherine Driscoll en un buzón junto al edificio desde el que un pequeño tramo de escalones de cemento descendía hasta la puerta del sótano. Dudó un momento, luego llamó.

Cuando Katherine Driscoll le abrió la puerta, William Stoner casi no la reconoció, se había peinado hacia atrás y se había recogido el pelo descuidadamente arriba, en la nuca, por lo que quedaban desnudas sus pequeñas orejas rosas y blanquecinas. Llevaba gafas de montura negra, tras las cuales sus ojos oscuros parecían grandes y asustados. Llevaba puesta una camisa masculina, con cuello abierto, y unos pantalones oscuros que la hacían parecer más esbelta y grácil de lo que él recordaba.

«Yo... siento no haber acudido a nuestra cita», dijo Stoner cohibido. Extendió la carpeta hacia ella. «Pensé que podría necesitarlo este fin de semana».

Durante algunos instantes ella no dijo nada. Le miró inexpresivamente, mordiéndose el labio inferior. Se echó hacia atrás. «¿Quiere pasar?».

La siguió a través de un recibidor muy corto y angosto hasta una habitación diminuta, de techo bajo y oscuro. Había una cama baja y estrecha que servía de sofá con una mesa larga enfrente, una única silla tapizada, un escritorio pequeño con su silla y una estantería llena de libros en una pared. Había algunos libros abiertos por el suelo y papeles esparcidos por el escritorio.

«Es muy pequeño», dijo Katherine Driscoll, deteniéndose a recoger uno de los libros del suelo, «pero no necesito mucho espacio».

Se sentó en la silla tapizada enfrente del sofá. Le preguntó si quería un café y él contestó que sí. Se metió en la pequeña cocina adjunta al salón y él se relajó y observó a su alrededor, escuchando los callados sonidos que hacía ella moviéndose por la cocina.

Trajo el café en delicadas tazas de porcelana sobre una bandeja negra, que depositó en la mesa de delante del sofá. Sorbieron el café y charlaron forzadamente un rato. Entonces Stoner habló de la parte del manuscrito que había leído y el entusiasmo que había sentido antes, en la biblioteca, volvió a invadirle. Inclinado hacia delante, habló con vehemencia.

Durante muchos minutos ambos fueron capaces de hablarse inconscientemente, resguardados al abrigo de su discurso. Katherine Driscoll estaba sentada en el extremo del sofá, con ojos destellantes, cruzando y descruzando sus finos dedos sobre la mesa del café. William Stoner arrimó su silla hacia adelante y se movió resueltamente hacia ella. Estaban tan próximos que podría haber alargado la mano y tocarla.

Hablaron de los problemas suscitados en los primeros capítulos de su trabajo, de hacia dónde debería progresar la investigación, de la importancia del tema.

«No debe abandonarlo», dijo él, y su voz adquirió una urgencia que no podía comprender. «No importa lo difícil que pueda parecer en ocasiones, no debe abandonarlo. Es demasiado bueno para que lo abandone. Oh, es bueno, no hay duda de ello».

Ella permanecía en silencio y por un instante el ánimo se disipó de su rostro. Se inclinó hacia atrás, desvió la vista de él y dijo, como ausente: «El seminario, algunas de las cosas que dijo, fueron de gran ayuda».

Él sonrió y movió la cabeza. «Usted no necesitaba aquel seminario. Pero estoy encantado de que pudiera asistir. Estuvo bien, creo».

«¡Oh, es vergonzoso!», estalló. «Es vergonzoso. El seminario... usted fue... *tuve* que ponerme con ello, después del seminario. Es vergonzoso lo que ellos...», hizo una pausa, furiosamente confusa e irritada, se levantó del sofá y se dirigió nerviosa al escritorio.

Stoner, sorprendido por su arranque, se quedó callado un rato. Luego dijo: «No se preocupe. Son cosas que pasan. Todo se solucionará. De verdad que no tiene importancia».

Y de repente, después de decir esas palabras, el asunto dejó de ser importante. Por un instante percibió la verdad de lo que había dicho y, por primera vez en meses, sintió que se quitaba el peso de una desesperanza de cuya opresión no había sido del todo consciente. Medio mareado, casi riendo, repitió: «*De verdad* que no tiene importancia».

Pero algo incómodo había surgido entre ellos y ya no podían hablar con tanta libertad como lo habían hecho hacía unos momentos. Stoner no tardó en levantarse, dio las gracias por el café y empezó a marcharse. Ella le acompañó hasta la puerta y pareció casi lacónica cuando le dio las buenas tardes.

Fuera estaba oscuro y el frío primaveral se sentía en el aire de la noche. Respiró profundamente y sintió que su cuerpo hormigueaba con el frescor. Más allá del horizonte dentado conformado por las casas de apartamentos las luces de la ciudad relucían sobre una fina niebla que flotaba en el aire. En la esquina, una farola embestía débilmente contra la oscuridad cerrada que la rodeaba. Al otro lado de la oscuridad el sonido de las risas demoradas y muertas rompía abruptamente el silencio. La neblina retenía el olor del humo de la hojarasca quemada en los patios traseros y, mientras caminaba lento en medio de la noche, oliendo la fragancia y paladeando el áspero aire nocturno, le pareció que el instante en el que entraba era suficiente y que no necesitaría mucho más.

Y así tuvo su aventura amorosa.

Conocer sus sentimientos hacia Katherine Driscoll fue algo que le llevó tiempo. Se descubrió inventando pretextos para acudir a su apartamento por las tardes; se le ocurría el título de un libro o de un artículo, lo anotaba, y deliberadamente evitaba verla por los pasillos del Jesse Hall de manera que pudiese dejarse caer por su casa por la tarde para darle el título, tomar un café y charlar. Una vez pasó medio día en la biblioteca buscando una referencia que pudiera reforzar un argumento que él juzgaba dudoso en el segundo capítulo; en otra ocasión transcribió laboriosamente un fragmento de un manuscrito latino poco conocido, del cual la biblioteca guardaba una fotocopia, gracias a lo cual pudo pasar varias tardes con ella ayudándola con la traducción.

Durante las tardes que pasaban juntos Katherine Driscoll era cortés, afable y reservada. Estaba discretamente agradecida por el tiempo y el interés que él demostraba hacia su trabajo y esperaba no estar distrayéndole de otras cosas más importantes. No se le ocurrió que ella pudiera ver en él otra cosa que un profesor interesado a quien admiraba y cuya ayuda, aunque amable, iba un poco más allá de sus obligaciones. Se veía a sí mismo como una figura algo ridícula, alguien en quien nadie se interesaría más allá de lo impersonal, así que cuando admitió sus sentimientos hacia Katherine Driscoll fue extremadamente cuidadoso en no mostrarlos de ninguna manera que pudiera resultar fácilmente interpretable.

Durante más de un mes se dejó caer por su apartamento dos o tres veces por semana, quedándose no más de dos horas cada vez. Temía que ella se hartara de sus continuas reapariciones, por lo que procuraba acudir solo cuando estaba seguro de que sería una ayuda genuina para su trabajo. Con cierto oscuro regocijo se daba cuenta de que preparaba sus visitas con la misma diligencia que preparaba sus clases y se dijo que eso sería suficiente, que se contentaría solo con verla y hablar mientras ella soportara su presencia.

Pero a pesar de sus cuidados y su esfuerzo las tardes que pasaban juntos se hicieron más y más tensas. Durante largos ratos se encontraban sin nada que decir sorbiendo los cafés y desviando la vista el uno del otro, decían: «Bueno...», con voz indecisa y cautelosa, y hallaban razones para moverse sin cesar por la habitación, lejos uno del otro. Con una tristeza cuya intensidad no hubiese esperado, Stoner se dijo a sí mismo que sus visitas se estaban convirtiendo en una molestia para ella pero que la delicadeza le impedía hacérselo saber. Como sabía lo que tendría que acabar haciendo, tomó la decisión: se iría alejando de ella gradualmente de manera que no advirtiera que él había notado su incomodidad, como si le hubiese dado ya toda la ayuda que podía.

Se pasó por su apartamento solo una vez la semana siguiente y la siguiente se abstuvo por completo de visitarla. No había anticipado la lucha que mantendría consigo mismo. Por las tardes se quedaba en su despacho, conteniéndose casi físicamente para no levantarse de la mesa, salir afuera y dirigirse hasta su apartamento. Una o dos veces la vio de lejos, por los pasillos, mientras corría de una clase a otra. Él se giraba y caminaba en otra dirección para así evitarla.

Después de un tiempo una especie de aturdimiento se apoderó de él y se dijo que todo iría bien, que en unos pocos días sería capaz de verla por los pasillos, saludarla y sonreír, tal vez incluso detenerla un momento y preguntarle cómo iba con el trabajo.

Entonces, una tarde en la oficina principal, mientras retiraba el correo de su casillero, escuchó a un joven profesor comentando con otro que Katherine Driscoll estaba enferma y que no había acudido a clase los últimos dos días. Y el aturdimiento le abandonó; sintió un dolor agudo en el pecho y su resolución y fuerza de voluntad desaparecieron. Caminó agitadamente hacia su despacho y buscó con desesperación en la biblioteca, eligió un libro y salió. Para cuando llegó al apartamento de Katherine Driscoll estaba sin aliento, por lo que tuvo que esperar un rato frente a su puerta. Adoptó una sonrisa que esperaba resultase informal, la fijó ahí y llamó a la puerta.

Ella estaba incluso más pálida de lo habitual y tenía manchas oscuras alrededor de los ojos, vestía una bata lisa azul oscuro y tenía el pelo austeramente recogido hacia atrás.

Stoner era consciente de que decía tonterías de forma atropellada, pero era incapaz de detener el flujo de sus palabras. «Hola», dijo con alegría. «Oí que estaba enferma y pensé en darme una vuelta para ver cómo se encontraba. Tengo un libro que podría serle de ayuda, ¿está usted bien? No quisiera...». Escuchaba cómo los sonidos caían de su sonrisa forzada y no podía dejar de buscar con los ojos su cara.

Cuando por fin se calló, ella se echó hacia atrás y dijo con calma: «Pase».

Una vez dentro del pequeño salón-dormitorio la necedad de sus nervios desapareció. Se sentó en la silla de enfrente de la cama y sintió surgir un reconocible bienestar cuando Katherine Driscoll se sentó delante de él. Durante un instante ninguno dijo nada.

Por fin ella preguntó: «¿Quiere café?».

«No se moleste», dijo Stoner.

«No es molestia». Su voz era brusca y tenía ese tono impaciente que había oído con anterioridad. «Solo tengo que calentarlo».

Fue a la cocina. Stoner, solo en la pequeña estancia, miraba abatido a la mesa del café diciéndose que no debería haber ido. Pensaba en la insensatez que llevaba a los hombres a hacer las cosas que hacían.

Katherine Driscoll regresó con la cafetera y dos tazas; vertió el café y ambos se sentaron observando el vapor que salía del líquido negro. Ella tomó un cigarrillo de un paquete arrugado, lo encendió, y fumó nerviosa durante un rato. Stoner recordó el libro que había traído con él y que todavía tenía entre las manos. Lo puso sobre la mesa del café, entre los dos.

«Quizás no esté para ello», dijo, «pero he encontrado algo que podría serle de ayuda, y pensé...».

«No le he visto durante casi dos semanas», dijo apagando el cigarrillo, retorciéndolo ferozmente en el cenicero.

Se quedó perplejo. Dijo distraídamente: «He estado muy ocupado... tantas cosas...».

«No importa», dijo. «De verdad que no. No debería haber...». Se frotó la frente con la palma de la mano.

Él la miró con preocupación, pensó que tal vez tuviera fiebre. «Siento que esté enferma. Si hay algo que yo pueda...».

«No estoy enferma», dijo. Y añadió en un tono que era tranquilo, especulativo y casi apático: «Soy desesperadamente, desesperadamente infeliz».

Y él todavía no lo comprendió. La desnuda agudeza del sonido le penetró como un puñal. Se alejó un poco de ella. Dijo confuso: «Lo siento. ¿Me lo quiere contar? Si hay algo que pueda hacer...».

Ella levantó la cabeza. Sus rasgos era afilados, pero sus ojos estaban brillantes, bañados en lágrimas. «No tenía intención de violentarle. Lo siento. Debe de pensar que soy muy tonta».

«No», dijo. La miró un momento más, su cara pálida parecía mantenerse inexpresiva voluntariamente. Luego observó las largas manos huesudas que tenía entrelazadas sobre las rodillas; los dedos eran romos y pesados y los nudillos parecían bultos blancos sobre la carne morena.

Por fin dijo él, pesada y lentamente: «En muchos aspectos soy un hombre ignorante, soy yo el tonto, no usted. No vine a verla porque pensaba... sentía que me estaba convirtiendo en una molestia. Tal vez no fuera cierto».

«No», dijo. «No, no era cierto».

Todavía sin mirarla, prosiguió: «Y no quería incomodarla con tener que lidiar con... con mis sentimientos hacia usted, los cuales, lo sé, tarde o temprano, se harían evidentes si continuaba viéndola».

Ella no se movió, dos lágrimas le brotaron de las pestañas y le cayeron por las mejillas. No se las limpió.

«Tal vez he sido egoísta. Sentía que nada saldría de esto sino incomodidad para usted e infelicidad para mí. Usted conoce mis... circunstancias. Me parecía imposible que usted pudiera... que usted pudiera sentir por mí algo que no fuese...»

«Calla», dijo, con suave determinación. «Oh, cariño, calla y ven aquí».

Se sintió temblar. Tan torpe como un niño rodeó la mesa del café y se sentó junto a ella. A tientas, confusos, se tocaron, se enredaron en un abrazo torpe y tenso y durante largo rato permanecieron sentados juntos sin moverse, como si cualquier movimiento pudiese dejar escapar de ellos la cosa extraña y terrible que agarraban con las manos.

Sus ojos, que él había creído de color marrón oscuro o negros, eran de un violeta intenso. A veces atrapaban la débil luz de una lámpara de la habitación y resplandecían húmedos al girar la cabeza a uno u otro lado. Sus ojos variaban de color al moverse por lo que, incluso en reposo, parecían no estar nunca quietos. Su piel, que en la distancia parecía fría y pálida, ocultaba un cálido tono rubicundo como el de un destello fluyendo bajo un trasluz lechoso. Y como la carne traslúcida, la paz, el porte y la reserva que había pensado que la definían, enmascaraban un calor, una alegría y un humor cuya intensidad aumentaba por la apariencia que la disfrazaba.

En su año cuarenta y tres de vida, William Stoner aprendió lo que otros, mucho más jóvenes, habían aprendido antes que él: que la persona que uno ama al principio no es la persona que uno ama al final, y que el amor no es un fin sino un proceso a través del cual una persona intenta conocer a otra.

Ambos eran muy tímidos y se fueron conociendo despacio, a tientas; se acercaban y se separaban, se tocaban y se retiraban, sin que ninguno quisiera imponer al otro más de lo que le fuese grato. Día a día caían las capas de reserva que los protegían, por lo que finalmente fueron como son los extraordinariamente tímidos: cada uno abierto al otro, sin protección, perfectamente cómodos y sin conciencia de sí mismos.

Casi cada tarde, cuando acababan sus clases, iba al apartamento. Hacían el amor, y hablaban, y hacían el amor otra vez, como niños que no pensaban cansarse de su juego. Los días primaverales se alargaron y ambos anhelaban la llegada del verano.

13

En su tierna juventud, Stoner había pensado en el amor como en una manera de existir absoluta a la que podría acceder si era afortunado; en su madurez había decidido que era el cielo de una religión falsa hacia el que se debía mirar con sosegado descreimiento, benévolo y crónico desprecio y vergonzante nostalgia. Ahora, a su mediana edad, empezaba a entender que ni se trataba de un estado de gracia ni de una ilusión; lo veía como un acto humano de conversión, una condición inventada y modificada, minuto a minuto y día a día, por la voluntad y la inteligencia del corazón.

Las horas que antes pasaba en su despacho mirando por la ventana el paisaje que relucía y se vaciaba ante su mirada ausente, las pasaba ahora con Katherine. Cada mañana, temprano, iba a su despacho y se sentaba nervioso durante diez o quince minutos. Luego, incapaz de hallar reposo, vagaba por los exteriores del Jesse Hall y atravesaba el campus hasta la biblioteca, donde buscaba por las estanterías durante otros diez o quince minutos. Y por fin, como si fuese un juego que jugaba consigo mismo, se entregaba a su ansiedad autoimpuesta, salía por una puerta lateral de la biblioteca y emprendía camino hacia la casa en la que vivía Katherine.

A menudo trabajaba hasta bien entrada la noche y algunas mañanas llegaba a su apartamento para encontrarla recién despierta, cálida, sensual y somnolienta, desnuda bajo la bata oscura que se había puesto para abrir la puerta. A menudo aquellas mañanas hacían el amor casi antes de hablar, dirigiéndose hacia la cama estrecha aún deshecha y caliente del sueño de Katherine.

Su cuerpo era alargado, delicado y furiosamente suave y, cuando la tocaba, su torpe mano parecía cobrar vida sobre aquella carne. A veces contemplaba su cuerpo como si fuese un valioso tesoro puesto bajo su custodia, dejaba que sus dedos romos jugaran con la húmeda piel clara y rosada de los muslos y el vientre, y se maravillaba de la delicadeza, intrincada y simple, de sus senos pequeños y firmes. Le venía a la cabeza que nunca antes había conocido el cuerpo de otra persona y, más allá de eso, le venía también a la cabeza que ese era el motivo por el cual siempre, sin saber por qué, había hecho distinciones entre la personalidad de alguien y el cuerpo que portaba esa personalidad. Y le vino a la cabeza por fin, con lucidez irrevocable, que él nunca había conocido a ningún otro ser humano ni en la intimidad, ni tampoco en la confianza del calor humano del compromiso.

Como todos los amantes, hablaban mucho de sí mismos, como si por ello pudieran comprender el mundo que los hacía posibles.

«Dios mío, cómo te deseaba», dijo una vez Katherine. «Solía verte allí de pie, frente a la clase, tan grande, encantador e incómodo, y te deseaba intensamente. Nunca te diste cuenta, ¿no?».

«No», dijo William. «Creía que eras una señorita recatada».

Ella rio encantada. «¡Sobre todo recatada!», se puso un poco seria sonriendo por el recuerdo. «Supongo que yo también pensaba que lo era, ¡oh, qué recatados parecemos cuando no tenemos motivos para no serlo! Hace falta enamorarse para conocernos mejor a nosotros mismos. A veces, contigo, me siento como la más zorra del mundo, la más ansiosa y fiel zorra del mundo. ¿Te parece eso recatado?».

«No», dijo William, sonriendo, y alargó la mano hacia ella. «Ven aquí».

Ella había tenido antes otro amante, supo William. Había sido durante su último año de instituto y había terminado mal, con lágrimas, recriminaciones y traiciones.

«Muchas aventuras terminan mal», dijo ella, y durante un rato permanecieron sombríos.

William quedó impactado al descubrir con sorpresa que ella había tenido un amante anteriormente, dándose cuenta de que había empezado a pensar en ambos como si nada hubiera existido antes de estar juntos.

«Era un muchacho muy tímido», dijo ella. «Como tú, supongo, en algunos aspectos, solo que él estaba amargado y asustado y nunca pude saber por qué. Solía esperarme al final del camino de la residencia de estudiantes, bajo un gran árbol, porque era demasiado tímido para entrar donde hubiese mucha gente. Solíamos caminar kilómetros por el campo, donde no teníamos ocasión de encontrarnos con nadie. Pero en realidad nunca estábamos... juntos. Ni cuando hacíamos el amor».

Stoner casi podía ver esa figura nebulosa sin rostro ni nombre, su estupor se convertía en tristeza y sentía una piedad generosa hacia un muchacho desconocido que, por una oscura amargura perdida, había desechado lo que él ahora poseía.

A veces, en la somnolencia perezosa que seguía a sus actos amorosos, permanecía en lo que le parecía un flujo lento y agradable de sensaciones y apacibles pensamientos, y en aquel flujo casi no sabía si hablaba en voz alta o meramente reconocía las palabras en las que acababa convirtiendo dichas sensaciones y pensamientos.

Soñaba con perfecciones, mundos en los que siempre estarían juntos y casi creía en la posibilidad de lo que soñaba. «Qué», dijo, «pasaría sí», y continuaba construyendo una opción casi más atractiva que aquélla en la que ambos existían. Poseían un lenguaje inarticulado en el que las posibilidades que imaginaban y elaboraban eran gestos de amor y celebración de la vida que ahora gozaban.

Ninguno de ellos había imaginado realmente la vida que tenían juntos. Pasaban de la pasión al deseo y a una profunda sensualidad que se renovaba por momentos.

«Deseo y aprendizaje», dijo una vez Katherine. «En realidad eso es todo, ¿verdad?».

Y a Stoner le parecía que aquello era perfectamente verdad, que esa era una de las cosas que había aprendido.

Porque en la vida que compartieron aquel verano no fue todo hacer el amor y conversar. Aprendieron a estar juntos sin hablar y se habituaron al reposo. Stoner traía libros al apartamento de Katherine y los dejaba allí, hasta que al final tuvieron que montar una estantería adicional. En los días que pasaban juntos Stoner retornaba a los estudios que había abandonado del todo, y Katherine continuaba trabajando en el libro que habría de ser su disertación. Durante horas se sentaba en el pequeño escritorio contra la pared, con la cabeza inclinada, intensamente concentrada en libros y papeles, con su pálido y delgado cuello curvándose y emergiendo de la bata oscura que llevaba habitualmente. Stoner se repantingaba en la silla o se tumbaba en la cama con idéntica concentración.

A veces levantaban los ojos de sus estudios, se sonreían, y volvían a la lectura. A ratos Stoner alzaba la vista de su libro y dejaba que su mirada se posara sobre la graciosa curva de la espalda de Katherine y el esbelto cuello sobre el que siempre caía un mechón de cabello. Luego un lento, sencillo deseo, le poseía despacio y se levantaba, quedándose tras ella y dejando que sus brazos descansaran suavemente sobre sus hombros. Ella se estiraba y dejaba caer la cabeza hacia atrás sobre su pecho, y él extendía las manos hacia delante dentro de la bata suelta, tocando con delicadeza sus senos. Luego hacían el amor, yacían tranquilos un rato y regresaban al estudio como si amor y aprendizaje fuesen un único proceso.

Este fue uno de los conceptos de los que ellos llamaban «opinión generalizada» que aprendieron aquel verano. Habían sido criados en una tradición que les decía, de una manera u otra, que la vida mental y la vida de los sentidos eran distintas y, de hecho, contrapuestas. Habían creído, sin ni siquiera haberlo meditado realmente, que una tenía que ser elegida a expensas de la otra. Nunca se les había ocurrido que una pudiera dar intensidad a la otra, y como la encarnación vino antes que el reconocimiento de la verdad, fue un descubrimiento que les pertenecía a ellos solos. Empezaron a coleccionar conceptos de la «opinión generalizada» y los acumularon como si fueran tesoros; les ayudó a aislarse de un mundo que les proporcionaba tales opiniones y contribuyó a unirlos sin prisa pero sin pausa.

Pero había otra rareza de la que Stoner era consciente y de la que no habló a Katherine. Tenía que ver con la relación con su mujer y su hija.

Era una relación que, de acuerdo con la «opinión generalizada», tenía que empeorar progresivamente mientras que lo que la opinión generalizada describiría como «aventura» prosiguiera. Pero no fue así. Al contrario, parecía mejorar progresivamente. Sus largas ausencias de lo que él aún llamaba su «casa» parecían situarle más cerca de Edith y de Grace de lo que lo había estado en años. Empezó a sentir por Edith una curiosa simpatía cercana al afecto, y hasta hablaban de vez en cuando de nada en particular. Durante aquel verano ella incluso aseó el porche acristalado, reparó el daño causado por los elementos e instaló allí una cama, de manera que él no tuviera que dormir en el salón del comedor.

Y algunos fines de semana llamaba a las vecinas y dejaba a Grace a solas con su padre. De vez en cuando Edith estaba fuera lo suficiente como para permitirle dar paseos por el campo con su hija. Lejos de casa, la reserva dura y vigilante de Grace se venía abajo, y a veces sonreía con una calma y una gracia que Stoner casi había olvidado. Había crecido rápidamente durante el último año y estaba muy delgada.

Solo mediante un esfuerzo de voluntad lograba recordar que estaba engañando a Edith. Las dos partes de su vida estaban tan separadas como las dos partes de una vida pueden estarlo y, aunque sabía que sus poderes de introspección eran débiles y que era capaz de autoengañarse, no podía convencerse de que estuviera haciendo daño a nadie sobre quien tuviera alguna responsabilidad.

No tenía talento para el disimulo ni se le ocurrió encubrir su aventura con Katherine Driscoll; tampoco se le ocurrió mostrarlo públicamente. No le parecía posible que nadie ajeno pudiese conocer su aventura, ni siquiera que estuviese interesado en ella.

Fue, por lo tanto, una profunda, y sin embargo ajena, conmoción descubrir, a finales de verano, que Edith sabía algo de su relación y que lo sabía casi desde el principio.

Lo mencionó casualmente una mañana mientras tomaba el café del desayuno, charlando con Grace. Edith hablaba un poco crispada, diciendo a Grace que se diera prisa en desayunar, que antes de que pudiera empezar a perder el tiempo tenía una hora de ensayo de piano. William observó la figura delgada y erecta de su hija salir del comedor y esperó ausente hasta que escuchó los primeros tonos resonantes provenientes del viejo piano.

«Bueno», dijo Edith con un tono de voz todavía cortante, «te estás retrasando un poco hoy, ¿no?».

William se giró hacia ella interrogante; la expresión ausente permanecía en su rostro.

Edith dijo: «¿No se enfadará tu alumnita si la haces esperar?».

Sintió que se le secaban los labios. «¿Qué?», preguntó. «¿A qué viene eso?».

«Oh, Willy», dijo Edith riendo con indulgencia. «¿Pensabas que no conocía tu... pequeño coqueteo? ¿Por qué? Lo he sabido siempre. ¿Cómo se llama? Lo sabía, pero lo he olvidado».

Impactado y confuso, su mente no hallaba qué decir y cuando habló, su voz le sonó petulante e irritada. «Tú no lo entiendes», dijo. «No hay coqueteo, como tú lo llamas. Es...».

«Oh, Willy», dijo y rio de nuevo. «Pareces muy agitado. Oh, ya sé de qué va. Un hombre de tu edad y todo eso. Es natural, supongo. Al menos es lo que se dice».

Se quedó callado un rato. Luego dijo con renuencia: «Edith, si quieres que hablemos de esto...».

«¡No!», dijo, había un rastro de miedo en su voz. «No hay nada de lo que hablar. Nada de nada».

Y no hablaron de ello ni entonces ni después. La mayor parte del tiempo Edith mantenía la ficción de que era su trabajo lo que le mantenía lejos de casa pero, ocasionalmente, y casi de manera ausente, comentaba que sabía que siempre estaba con ella en algún sitio. A veces lo decía en broma, con algo de sorna afectuosa, a veces lo mencionaba sin ningún sentimiento, como si fuera el tema de conversación más casual que pudiera imaginar; otras veces aludía al tema con petulancia, como si alguna trivialidad le hubiera molestado.

Solía decir: «Oh, ya sé. Una vez que un hombre cumple los cuarenta. Pero de verdad, Willy, podrías ser su padre, ¿no?».

No se le había ocurrido cómo podía verle el mundo desde fuera. Durante un momento se vio a sí mismo como debía de parecer y lo que Edith decía era parte de lo que él veía. Vislumbraba un personaje que revoloteaba en anécdotas de bar y páginas de novelas baratas... un ser lamentable que se hacía mayor, incomprendido por su mujer, buscando mantenerse joven, liándose con una mujer mucho más joven, intentando torpe y neciamente recuperar esa juventud que ya no podía tener, un fatuo payaso en toda regla de quien el mundo se reía incómodo, apenado y desdeñoso. Contemplaba a dicho personaje desde tan cerca como podía, pero cuanto más lo miraba menos familiar le parecía. No se veía a sí mismo, y supo de repente que aquél no era él.

Pero averiguó que el mundo conspiraba contra él, contra Katherine y contra la pequeña parcela que ellos habían creído suya y lo asumía con creciente cercanía, con una tristeza que no podía articular, ni siquiera transmitírsela a Katherine.

El semestre de otoño empezó aquel septiembre con un colorido veranillo indio que sucedió a una helada temprana. Stoner regresó a sus clases con unas ganas que no había sentido desde hacía mucho tiempo. Ni siquiera la perspectiva de encarar cien rostros de alumnos de primero amilanaba sus renovadas energías.

Su vida con Katherine continuó en gran medida como antes, excepto que con el regreso de los alumnos y el personal de la facultad empezó a ver necesario practicar el disimulo. Durante el verano la vieja casa donde vivía Katherine estaba casi desierta, había sido posible por lo tanto estar juntos en casi completo aislamiento, sin miedo a ser observados. Ahora William tenía que ser cauteloso cuando acudía al lugar por la tarde, se ponía a mirar a ambos lados de la calle antes de aproximarse a la casa y bajar furtivamente las escaleras hasta la fuentecilla que había delante de su apartamento.

Pensaban en realizar grandes gestos y hablaban de rebelión, se decían el uno al otro que estaban tentados de hacer algo drástico, exhibirse abiertamente. Pero no lo hacían, ni tenían verdadero deseo de hacerlo. Únicamente querían que les dejaran en paz, a solas y, esperando. Sabían que no les iban a dejar en paz y sospechaban que no podrían ser ellos mismos. Imaginaban que eran discretos y rara vez se les ocurría que alguien pudiera sospechar que tenían una aventura. Acordaron no verse en la universidad y cuando no podían evitar verse en público, se saludaban con una formalidad cuya ironía no creían que fuese evidente.

Pero la aventura se hizo pública, y lo hizo nada más empezar el semestre de otoño. Era de esperar que el descubrimiento proviniera de la peculiar clarividencia que la gente tiene para estas cosas, dado que ninguno de ellos había revelado signos externos de sus vidas privadas. O quizás alguien había hecho una especulación peregrina que tuvo un halo de verdad para otra persona, lo cual dio pie a un examen minucioso de ambos, lo cual a su vez generó... Las especulaciones eran, ellos lo sabían, inconclusas pero continuaban haciéndolas.

Había pruebas de las que ambos deducían que estaban siendo descubiertos. Una vez, caminando entre dos alumnos graduados,

Stoner oyó que uno dijo, medio con admiración medio con desdén: «El viejo Stoner. Por Dios, ¿quién lo hubiera creído?». Y les vio menear la cabeza burlándose perplejos de la condición humana. Algunos conocidos de Katherine hicieron oblicuas referencias a Stoner y le hacían confidencias sobre sus propias vidas amorosas que ella no había solicitado.

Lo que les sorprendió a ambos fue que no parecía importar. Nadie dejó de hablarles, nadie les miraba mal, el mundo que ellos temían no les hizo sufrir. Empezaron a creer que podrían vivir en un lugar que habían considerado hostil para su amor, y vivir allí con algo de dignidad y sosiego.

Durante las vacaciones navideñas Edith decidió llevar a Grace a visitar a su madre en San Luis y, por una única vez durante su vida en común, William y Katherine tuvieron ocasión de estar juntos durante un largo periodo.

Por separado y de manera casual, ambos hicieron saber que se ausentarían de la universidad durante las vacaciones de Navidad, Katherine iría a visitar a sus familiares en el Este y William iba a trabajar en el centro bibliográfico y en un museo de Kansas City. A horas diferentes tomaron el autobús por separado y se encontraron en Lake Ozark, un destino turístico a los pies de las montañas de la gran cordillera de Ozark.

Eran los únicos huéspedes del único alojamiento del pueblo que continuaba abierto todo el año y disponían de diez días para estar juntos.

Había nevado con intensidad tres días antes de su llegada y durante su estancia nevó otra vez, por lo que los suaves cerros ondulados permanecieron blancos todo el tiempo que estuvieron allí.

Disponían de un apartamento con dormitorio, salón y una cocina pequeña. Estaba en cierto modo separado de los otros apartamentos y tenía vistas a un lago que se helaba durante los meses de invierno. Por las mañanas se levantaban y se encontraban abrazados, con sus cuerpos cálidos y lujuriosos bajo las pesadas mantas. Sacaban la cabeza de las mantas y observaban condensarse su aliento en grandes nubes en el aire frío. Se reían como niños, se volvían a tapar la cabeza y se abrazaban aún más fuerte. A veces hacían el amor y se quedaban en la cama toda la mañana y hablaban hasta que el sol aparecía por la ventana que daba a oriente. Otras veces Stoner se levantaba de la cama tan pronto como se despertaban y retiraba las mantas del cuerpo desnudo de Katherine y se burlaba de sus gritos mientras encendía fuego en la enorme chimenea. Luego se acurrucaban juntos ante la chimenea, solo cubiertos por una manta, y esperaban a calentarse con el fuego creciente y el calor natural de sus cuerpos.

A pesar del frío iban a pasear casi cada día al bosque. Los altos pinos, de un negro verdoso frente a la nieve, se elevaban masivamente hacia el despejado cielo azul pálido; el deslizamiento y caída ocasional de la nieve desde alguna rama intensificaba el silencio que les rodeaba, como el perdido canto de un pájaro acentuaba el aislamiento por el que caminaban. Una vez vieron un ciervo que había descendido de las montañas en busca de comida. Era un ejemplar de un deslumbrante amarillo tostado frente a la severidad de los oscuros pinos y la blanca nieve. Se lo encontraron a menos de cincuenta metros con una pata delantera delicadamente levantada sobre la nieve, con las pequeñas orejas apuntando hacia adelante, los ojos marrones perfectamente redondos e increíblemente suaves. Nadie se movió. El delicado rostro del ejemplar se inclinó, como si los inspeccionara cortésmente; después, sin prisas, se dio la vuelta y se alejó de ellos, alzando sus pezuñas de la nieve con suavidad y posándolas con precisión, efectuando pequeños crujidos.

Por las tardes acudían al salón principal de su hotel, que también servía de tienda del pueblo y de restaurante. Allí tomaban café y hablaban de lo que surgiera en la conversación y en ocasiones pedían algo para cenar que siempre se llevaban a su habitación.

De noche, algunas veces, encendían la lámpara de aceite y leían; pero a menudo se sentaban sobre mantas dobladas en frente de la chimenea y conversaban o se quedaban en silencio observando las llamas jugar intrincadamente sobre los troncos y los reflejos de la luz sobre el rostro del otro.

Una noche, casi hacia el final del tiempo que pasaron juntos, Katherine dijo con tranquilidad, casi distraída: «Bill, si nunca tuviéramos nada más, habremos tenido esta semana. ¿Suena como muy de chicas decir esto?».

«No importa cómo suene», dijo Stoner. Asintiendo. «Es cierto».

«Entonces lo diré», dijo Katherine. «Habremos tenido esta semana».

La última mañana, Katherine ordenó los muebles y limpió el sitio sin prisas. Se quitó la alianza que había llevado y la introdujo en una grieta entre la pared y la chimenea. Sonrió tímidamente. «Quería», dijo, «dejar algo nuestro aquí, algo que sepa que permanecerá aquí mientras este sitio exista. A lo mejor es una tontería».

Stoner no pudo responderle. La tomó del brazo, salieron del apartamento y renquearon por la nieve hasta la recepción del hotel, donde les recogería un autobús que les llevaría a Columbia.

Una tarde de últimos de febrero, unos días después de que el segundo semestre hubiera comenzado, Stoner recibió una llamada de la secretaria de Gordon Finch. Le dijo que al vicedecano le gustaría hablar con él y le preguntó si podía pasarse aquella tarde o a la mañana siguiente. Stoner le dijo que sí. Después de colgar se quedó sentado durante algunos minutos con una mano en el teléfono. Luego suspiró, asintió para sí mismo y bajó hasta el despacho de Finch.

Gordon Finch estaba en mangas de camisa, con la corbata desanudada y reclinado hacia atrás en su silla giratoria con las manos entrelazadas detrás de la cabeza. Cuando Stoner entró en el despacho le saludó jovialmente con la cabeza y señaló una silla tapizada en cuero que había en un rincón al lado de su mesa.

«Ponte cómodo. ¿Qué tal todo?»

Stoner asintió. «Todo bien».

«¿Ocupado con las clases?»

Stoner dijo secamente: «Razonablemente. Tengo el horario completo».

«Lo sé», dijo Finch y meneó la cabeza. «No puedo interferir en eso, ya sabes. Aunque es una maldita vergüenza».

«No pasa nada», dijo Stoner un poco impaciente.

«Bueno». Finch se estiró en la silla y juntó las manos sobre la mesa. «No hay nada oficial en esta reunión, Bill. Solo quería charlar contigo un rato».

Hubo un largo silencio. Stoner dijo amablemente: «¿De qué se trata, Gordon?».

Finch suspiró y luego dijo abruptamente: «Bien. Ahora mismo te hablo como amigo. Ha habido rumores. No es nada a lo que yo, como vicedecano, tenga que prestar atención todavía, pero...

bueno, en algún momento tendré que prestarle atención y pensé que debía hablar contigo... como amigo, digo... antes de que se convierta en algo serio».

Stoner asintió. «¿Qué tipo de charla?».

«Oh, demonios, Bill. Tú y la Driscoll. Ya sabes.»

«Sí», dijo Stoner. «Lo sé. Solo quería saber hasta dónde ha llegado».

«No muy lejos aún. Alusiones, comentarios, cosas así.»

«Ya veo», dijo Stoner. «No sé qué puedo hacer al respecto».

Finch dobló una hoja de papel cuidadosamente. «¿Es algo serio, Bill?».

Stoner respondió afirmativamente con la cabeza y miró por la ventana. «Es algo serio, me temo».

«¿Qué vas a hacer?»

«No lo sé.»

Con repentina violencia Finch arrugó el papel que tan cuidadosamente había doblado y lo arrojó a la papelera. Dijo: «En teoría, tu vida es cosa tuya. En teoría, tienes la posibilidad de cepillarte a quien quieras, hacer lo que quieras, y no debería importar mientras eso no interfiera con tus clases. Pero, maldición, tu vida *no es* tuya. Es... oh, demonios. Sabes lo que quiero decir».

Stoner sonrió. «Me temo que sí».

«Es un tema espinoso. ¿Qué pasa con Edith?»

«Aparentemente», dijo Stoner, «ella se toma todo el asunto bastante menos en serio que el resto. Y es curioso, Gordon, no creo que nunca nos hayamos llevado mejor que durante el último año».

Finch se rio brevemente. «Uno nunca sabe, ¿verdad? Pero lo que quería decir es, ¿habrá divorcio? ¿Algo similar?».

«No lo sé. Posiblemente. Pero Edith lo peleará. Será un lío.»

«¿Qué pasa con Grace?»

Un miedo repentino se agarró a la garganta de Stoner y este supo que su expresión le delataba. «Ese es... otro tema. No lo sé, Gordon».

Finch dijo impersonalmente, como si estuviera hablando con otro: «Puede que sobrevivas a un divorcio... si no se lía demasiado. Podría ser bronco, pero probablemente sobrevivirás. Y si esta... cosa con la Driscoll no fuera seria, si solo estuvieras echando una cana al aire, bueno, eso se podría controlar también. Pero te estás exponiendo, Bill. Te la estás buscando».

«Supongo que sí», dijo Stoner.

Hubo una pausa. «Menudo trabajo infernal tengo», dijo Finch con pesadez. «A veces creo que no soy para nada la persona adecuada».

Stoner sonrió: «Dave Masters dijo una vez que no eras lo bastante hijo de perra para tener verdadero éxito. No te preocupes por eso, Gordon. Entiendo tu posición. Y si pudiera ponértelo más fácil yo...». Hizo una pausa y movió la cabeza severamente. «Pero no puedo hacer nada ahora mismo. Tendrá que esperar de alguna manera...».

Finch asintió y no miró a Stoner; continuó mirando a su mesa como si una maldición se le aproximara lenta e inexorablemente. Stoner aguardó unos instantes y como Finch no dijo nada más, se levantó tranquilamente y salió del despacho.

A consecuencia de su conversación con Gordon Finch, Stoner llegó con retraso aquella tarde al apartamento de Katherine. Sin preocuparse de mirar a ambos lados de la calle, se acercó a la casa y entró. Katherine le estaba esperando, no se había cambiado de ropa y esperaba casi formalmente, sentada recta y alerta en el sofá.

«Llegas tarde», dijo rotunda.

«Lo siento», dijo. «Me entretuvieron».

Katherine encendió un cigarrillo, le temblaba la mano ligeramente. Se quedó contemplando la cerilla durante un instante y la apagó con una bocanada de humo. Dijo: «Un profesor compañero mío se tomó la molestia de contarme que el vicedecano Finch te había llamado esta tarde».

«Sí», dijo Stoner. «Eso fue lo que me entretuvo».

«¿Era algo sobre nosotros?»

Stoner asintió. «Ha oído algunas cosas».

«Ya me imaginaba que era eso», dijo Katherine. «Mi compañero parecía saber algo que no me quiso decir. Oh, Dios, Bill».

«Tampoco es eso», dijo Stoner. «Gordon es un viejo amigo. Lo cierto es que creo que quiere protegernos. Creo que lo hará si puede».

Katherine no habló durante un rato. Se quitó los zapatos y se tumbó en el sofá, mirando el techo. Dijo con calma: «Ya empezamos. Supongo que era demasiado esperar que nos dejaran en paz. Imagino que, en realidad, nunca pensamos en serio que lo harían».

«Si se pone muy feo», dijo Stoner, «podemos irnos. Podemos hacer algo».

«Oh, Bill», Katherine se rio un poco, con voz ronca y suave. Se sentó en el sofá. «Eres lo que más quiero, lo que más. Más de lo que nadie se pueda imaginar. Y no dejaré que nos molesten. ¡No!».

Y durante las siguientes semanas vivieron poco más o menos como lo habían venido haciendo. Siguiendo una estrategia que podrían haber concebido un año antes. Con una fuerza que no hubieran imaginado que tenían ponían en práctica evasiones y retiradas, desplegando sus poderes como habilidosos generales que debieran sobrevivir con recursos escasos. Se convirtieron en auténticos seres circunspectos y cautelosos, obteniendo un oscuro placer con sus tejemanejes. Stoner llegaba al apartamento solo después de oscurecer, cuando nadie podía verle entrar. Por el día, entre clases, Katherine se dejaba ver en cafeterías con compañeros más jóvenes, las horas que pasaban juntos ganaban intensidad debido a su determinación común. Se decían que nunca habían estado tan unidos y, para su sorpresa, se dieron cuenta de que era verdad, que las palabras que se decían para animarse eran más que consoladoras. Hicieron el acercamiento posible y el compromiso inevitable.

El mundo a media luz en el que vivían y al que traían la mejor parte de ellos mismos, hizo que, con el tiempo, el mundo exterior de gente que caminaba y hablaba y en el cual había cambio y movimiento continuo, les pareciese falso e irreal. Sus vidas se dividían bruscamente entre esos dos mundos y les parecía normal que tuvieran que vivir así, divididos.

Durante el final del invierno y el principio de la primavera hallaron juntos una paz que no habían tenido antes. Cuanto más se cerraba el mundo exterior ante ellos, menos cuenta se daban de su existencia, y su felicidad era tal que no necesitaban hablarse, o ni siquiera pensar en hacerlo. En el apartamento pequeño y oscuro de Katherine, escondido como una cueva bajo la enorme casa antigua, les parecía salirse del tiempo hacia un universo atemporal descubierto por ellos solos.

Entonces, un día de finales de abril, Gordon Finch volvió a convocar a Stoner en su despacho y Stoner bajó con un malestar provocado por lo que sabía y no quería admitir.

Lo que había pasado era muy sencillo, algo que Stoner debería haber previsto pero que no hizo.

«Es Lomax», dijo Finch. «De alguna manera el hijo de perra se ha enterado y no está dispuesto a dejarlo pasar».

Stoner asintió. «Debería haber pensado en ello. Debería habérmelo esperado. ¿Crees que servirá de algo si hablo con él?».

Finch negó con la cabeza, paseó por su despacho y se detuvo junto a la ventana. La luz de primera hora de la tarde le daba en la cara haciendo brillar su sudor. «No lo entiendes, Bill —dijo cansado—. Lomax no va por ahí. Tu nombre ni siquiera ha aparecido. Está pensando en la Driscoll».

«¿Que qué?», dijo Stoner desconcertado.

«Casi hay que admirarle», dijo Finch. «No sé cómo carajo se ha enterado de que yo lo sabía todo. Así que vino ayer, de improviso, ya sabes, y me dijo que iba a tener que despedir a la Driscoll y me advirtió de que traería cola».

«No», dijo Stoner. Le dolían las manos por donde se agarraban a los brazos de cuero de la silla.

Finch continuó: «Según Lomax ha habido quejas, de estudiantes en su mayoría, y de vecinos. Parece ser que han visto hombres entrando y saliendo de su apartamento a todas horas —flagrante mal comportamiento—, ese tipo de cosas. Oh, lo ha decorado, personalmente no tiene objeción —de hecho, admira mucho a la chica— pero tiene que pensar en la reputación del departamento y de la universidad. Lamentamos la necesidad de plegarnos a los dictados morales de la clase media, y estamos de acuerdo en que la comunidad universitaria debería ser un nido de rebelión contra la ética protestante y llegamos a la conclusión de que en la práctica estábamos indefensos. Dijo que esperaba poder dejarlo pasar hasta el final del semestre pero dudaba de que pudiera hacerlo. Y todo el rato el hijo de perra sabía que el entendimiento era perfecto».

Un nudo en la garganta impidió hablar a Stoner. Tragó saliva dos veces e intentó hablar; su voz sonó firme y neutra. «Lo que quiere está perfectamente claro, por supuesto».

«Me temo que sí», dijo Finch.

«Sabía que me odiaba», dijo Stoner distante. «Pero nunca me di cuenta, nunca imaginé que pudiera...».

«Ni yo», dijo Finch. Regresó a su mesa y se sentó apesadumbrado. «Y no puedo hacer nada, Bill. Estoy indefenso. Si Lomax quiere quejas, aparecerán; si quiere testigos, aparecerán. Tiene sus seguidores, ya lo sabes. Y si una palabra de esto llega al decano...», negó con la cabeza.

«¿Qué supones que pasará si renuncio a dimitir? ¿Si renunciamos a tener miedo?»

«Crucificará a la chica», dijo Finch con rotundidad. «Y, como por casualidad, tú te verás metido en ello. Está muy claro».

«Entonces», dijo Stoner, «parece que no se puede hacer nada».

«Bill», dijo Finch y luego guardó silencio. Apoyó la cabeza sobre sus puños cerrados. «Hay una posibilidad —añadió apagadamente—. Solo una. Creo que puedo quitártelo de encima... si solo la Driscoll...».

«No», dijo Stoner. «No creo que pueda hacerlo. Literalmente, no creo que pueda hacerlo».

«¡Maldita sea!», la voz de Finch sonó angustiada. «¡Él cuenta con ello! Piénsalo un momento. ¿Qué harías? Es abril, casi mayo; ¿qué tipo de trabajo podrías conseguir en esta época del año, si es que puedes conseguir alguno?».

«No lo sé», dijo Stoner. «Algo...».

«¿Y qué pasa con Edith? ¿Crees que va a dar su brazo a torcer, a concederte el divorcio sin presentar batalla? ¿Y Grace? ¿Qué será de ella, en esta ciudad, si dimites? ¿Y Katherine? ¿Qué tipo de vida llevaréis? ¿Qué será de vosotros?»

Stoner calló. Por dentro le estaba empezando a crecer un vacío; sentía una debilidad, un desmayo. Por fin dijo: «¿Me das una semana? Tengo que pensarlo. ¿Una semana?».

Finch asintió. «Puedo retenerle ese tiempo al menos. Pero no mucho más. Lo siento, Bill. Lo sabes».

«Sí», se levantó de la silla y se quedó de pie un rato, comprobando la estabilidad de sus piernas. «Ya te contaré. Ya te contaré cuando pueda».

Salió del despacho hacia la oscuridad del largo pasillo y caminó con dificultad hacia la luz, hacia el espacio abierto que era como una prisión a la que regresaba.

Años después, en ocasiones, repasaba los días siguientes a aquella conversación con Gordon Finch sin ser capaz de recordarlos con claridad. Era como si fuera un muerto animado nada más que por los hábitos obstinados de la voluntad. Aunque a veces estuvo al tanto de sí mismo y de los lugares, personas y acontecimientos que pasaron a su alrededor aquellos días, sabía que mostraba en público una apariencia que ocultaba su condición. Daba sus clases, saludaba a sus colegas, asistía a las reuniones a las que tenía que ir y ninguna de las personas que se encontraba en el día a día percibía que algo fuese mal.

Pero desde el momento en que salió del despacho de Gordon Finch notó, en algún punto de la confusión que crecía desde un pequeño núcleo de su ser, que una parte de su vida había terminado, que una parte de él estaba tan próxima a la muerte que podía verla venir casi con sosiego. Era vagamente consciente de que caminaba por el campus bajo el luminoso fulgor cálido de una tarde de principios de primavera; los cerezos que bordeaban los caminos y los jardines estaban completamente en flor y se agitaban como blandas nubes, traslúcidas y tenues ante su vista, el dulce aroma de las mortecinas flores de las lilas bañaba el aire.

Y cuando llegó al apartamento de Katherine portaba una alegría febril e insensible. Dejó de lado las preguntas sobre su última reunión con el vicedecano y la obligó a reírse, admitiendo con una tristeza inconmensurable sus últimos esfuerzos jubilosos, como una danza que la vida efectúa sobre el cadáver de los muertos.

Pero al final tuvieron que hablar, él lo sabía, aunque las palabras que se dijeron fueron como una representación de algo que hubieran ensayado una y otra vez en la privacidad de sus mentes. Revelaron su pensamiento mediante la expresión gramatical, progresaron desde el perfecto: «Hemos sido felices, ¿no?», al pasado: «*Fuimos* felices... más felices que nadie. Creo...» y al fin llegó la necesidad de hablar.

Unos días después de la conversación con Finch, en un momento de calma que interrumpía la alegría semihistérica que habían escogido como la convención más apropiada para vivir sus últimos días juntos, Katherine dijo: «No tenemos mucho tiempo, ¿verdad?».

«No», dijo Stoner tranquilo.

«¿Cuánto más?», preguntó Katherine.

«Pocos días, dos o tres.»

Katherine asintió. «Pensaba que no sería capaz de soportarlo. Pero estoy atontada. No siento nada».

«Lo sé», dijo Stoner. Se quedaron callados un momento. «Sabes que si hubiera algo... *lo que sea* que pudiera hacer, yo...».

«No», dijo ella. «Por supuesto que lo sé».

Él se reclinó en el sofá y miró el techo bajo y oscuro que había sido el cielo de sus vidas. Dijo con calma: «Si lanzara todo por la borda, si dimitiera, si simplemente me fuera... vendrías conmigo, ¿no?».

«Sí», dijo ella.

«Pero sabes que no lo haré, ¿verdad?»

«Sí, lo sé».

«Por eso entonces», se explicó Stoner a sí mismo, «nada de esto ha significado nada... nada de lo que hemos hecho, donde hemos estado. Casi con toda seguridad no podré dar clase y tú... tú cambiarás. Ambos cambiaremos, seremos diferentes de nosotros mismos. Seremos... nada».

«Nada», dijo ella.

«Y hemos salido de esto, al menos, siendo nosotros. Sabemos dónde estamos... lo que somos.»

«Sí», dijo Katherine.

«Porque a la larga», dijo Stoner, «no es ni Edith ni siquiera Grace, o la certeza de perder a Grace, lo que me mantiene aquí, no es ni el escándalo ni lo que me dueles, no son los obstáculos que tendríamos que superar, ni siquiera la pérdida del amor que tendríamos que afrontar. Es simplemente la destrucción de nosotros mismos, de lo que hacemos».

«Lo sé», dijo Katherine.

«De manera que pertenecemos al mundo a pesar de todo, deberíamos haberlo sabido. Lo sabíamos, creo, pero teníamos que retirarnos un poco, para poder así...»

«Lo sé», dijo Katherine. «Lo he sabido todo el tiempo, supongo. Incluso fingiendo, sabía que en algún momento, en algún momento, nosotros... Lo he sabido». Se detuvo y le miró fijamente. Sus ojos brillaron de repente con lágrimas. «¡Pero malditos todos, Bill, malditos todos!».

No dijo más. Se abrazaron para que ninguno viese la cara del otro e hicieron el amor para no tener que hablar. Se acoplaron con esa típica ternura sensual de conocerse bien y con la nueva pasión intensa de la pérdida. Después, en la oscura noche de su habitación, yacieron quietos sin hablarse, rozándose ligeramente. Al cabo de un rato, Katherine respiraba acompasadamente, como si durmiera. Stoner se levantó con calma, se vistió en la oscuridad y salió de la habitación sin despertarla. Caminó por las calles silenciosas y vacías de Columbia hasta que el primer rayo de luz gris apareció por el este, después se dirigió al campus de la universidad. Se sentó en los escalones de piedra frente al Jesse Hall y observó la luz de levante reptar por las grandes columnas del centro del patio. Pensó en el fuego que, antes de nacer él, había devorado y destruido el antiguo edificio y le entristeció vagamente la apariencia de lo que había quedado. Cuando amaneció entró en el recibidor y fue a su despacho, donde esperó hasta que comenzó su clase.

No volvió a ver a Katherine Driscoll. Después de que él la dejara, esa misma noche, se levantó, hizo las maletas, metió sus libros en cajas y dio al conserje de los apartamentos una dirección donde enviarlas. Escribió a la secretaría del departamento de inglés con las notas finales y con instrucciones para suspender la semana y media de clases que quedaba ese semestre, así como su dimisión. Y estaba en el tren, alejándose de Columbia, a las dos de aquella tarde.

Debió de haber preparado su marcha durante algún tiempo, pensó Stoner y agradecía no haberlo sabido y que ella no le hubiese dejado una nota final explicando lo que no se podía explicar.

14

Aquel verano no dio clases y tuvo la primera enfermedad de su vida. Fue una fiebre bastante intensa y de origen oscuro que le duró sólo una semana pero que le absorbió la energía, dejándole demacrado y sufriendo como secuela una pérdida parcial de audición. Durante todo el verano estuvo tan débil y apático que no podía caminar unos pocos pasos sin quedar exhausto, pasaba casi todo el tiempo en el pequeño porche cerrado de la parte posterior de la casa, tumbado en la cama o sentado en la vieja silla que había subido del sótano. Miraba por las ventanas o a los tablones del techo o se forzaba de vez en cuando a ir a la cocina a por un poco de comida.

Apenas tenía energía para hablar con Edith, ni siquiera con Grace, aunque a veces Edith entraba en la habitación, le hablaba distraída durante unos minutos, dejándole solo después tan abruptamente como se había entrometido.

Una vez, a mediados de verano, le habló de Katherine.

«Me acabo de enterar, hace un día más o menos», dijo ella. «De manera que tu estudiantita se ha ido, ¿cierto?».

Haciendo un esfuerzo desvió su atención de la ventana y se giró hacia Edith. «Sí», dijo mansamente.

«¿Cómo se llamaba?», preguntó Edith. «Nunca puedo recordar su nombre».

«Katherine», dijo. «Katherine Driscoll».

«Oh, sí», dijo Edith. «Katherine Driscoll. Bueno, ¿ves?, te lo dije, ¿verdad? Te dije que esas cosas no tenían importancia».

Asintió ausente. Fuera, sobre el viejo olmo que formaba parte de la verja del patio trasero, un gran pájaro blanquinegro —una urraca— había empezado a graznar. Escuchó el sonido de sus llamadas y observó remotamente fascinado su pico abierto como si entonara su lamento solitario.

Envejeció rápidamente aquel verano, por lo que cuando regresó a sus clases en otoño había pocos que no le reconocieran sin mostrar sorpresa. Su rostro, demacrado y huesudo, estaba marcado con arrugas, grandes mechones canosos le recorrían el cabello y andaba bastante encorvado, como si cargase un bulto invisible. Su voz se había vuelto más áspera y abrupta y tenía tendencia a mirar a la gente con la cabeza gacha, de manera que sus claros ojos grises se veían puntiagudos y quejumbrosos bajo sus enmarañadas cejas. Apenas hablaba con nadie aparte de sus alumnos y siempre respondía a las preguntas y los saludos con impaciencia y a veces con aspereza.

Realizaba su trabajo con una tenacidad y resolución que divertía a sus colegas más veteranos e irritaba a los profesores más jóvenes, quienes, como él mismo, daban clase solo a los de primero. Pasaba horas calificando y corrigiendo trabajos de primero, se reunía diariamente con alumnos y acudía sin falta a todas las reuniones de departamento. No hablaba mucho en dichas reuniones pero cuando lo hacía hablaba sin tacto ni diplomacia, por lo que entre sus colegas se ganó la reputación de cascarrabias y de tener mal genio. Sin embargo, con sus alumnos más jóvenes era amable y paciente, aunque les exigía más trabajo del que estaban dispuestos a dar, siendo tan firme y distante que para muchos era difícil de comprender.

Entre sus colegas era típico —especialmente entre los más jóvenes— creer que era un profesor «dedicado», un término que utilizaban entre la envidia y el desdén, y que su dedicación le cegaba para todo lo que pasaba fuera de las aulas o, como mucho, fuera de las dependencias de la universidad. Se hacían chistes fáciles. Después de una reunión de departamento en la que Stoner había hablado con contundencia acerca de algunos experimentos recientes sobre la enseñanza de la gramática, un profesor joven comentó que «para Stoner la cópula está restringida a los verbos», asombrándose de las atronadoras carcajadas y la expresividad de las miradas en los ojos de los más veteranos. Otro dijo en una ocasión: «El viejo Stoner cree que WPA significa Wrong Pronoun Antecedent»[1], quedando complacido al enterarse que su ocurrencia había hecho algo de gracia.

---

1. WPA (Works Progress Administration) Agencia estatal norteamericana creada durante la depresión de los años treinta y cuyo objetivo era financiar proyectos que dieran trabajo y otras ayudas a los desempleados. Wrong Pronoun Antedent quiere decir «error de concordancia entre pronombre y antecedente». (Nota del traductor)

Pero William Stoner conocía el mundo de una manera que pocos de sus colegas más jóvenes podrían comprender. Por dentro, bajo su memoria, yacía la experiencia de la dureza, el hambre, la resistencia y el dolor. Además del recuerdo fugaz de sus primeros años en la granja de Booneville, llevaba siempre cerca de su consciencia el conocimiento sanguíneo de su herencia, transmitida por ancestros cuyas vidas fueron oscuras, duras y estoicas y cuya ética común era la de mostrar a un mundo opresivo rostros inexpresivos, duros y fríos.

Y aunque entre ellos aparentaba ser impasible, era consciente de la época en la que vivía. Durante aquella década, cuando los rostros de muchos hombres se tornaron permanentemente duros y fríos, como si miraran hacia un abismo, William Stoner, para quien esa expresión era tan familiar como el aire que respiraba, advirtió los signos de la desesperanza generalizada que conocía desde niño. Vio hombres buenos caer en una lenta decadencia de desesperanza, destruidos al ver destruido su concepto de una vida decente, les veía caminar desanimados por las calles, con la mirada vacía como añicos de cristal roto; les veía encaminarse hacia las puertas de atrás, con el amargo orgullo de los hombres que avanzan hacia su propia ejecución, a mendigar el pan que les permitiera volver a mendigar, y vio hombres que una vez caminaron erguidos por efecto de su propia identidad mirarle con envidia y odio por la débil seguridad que él disfrutaba como empleado de una institución que, no se sabe por qué, no podía caer. No expresó esta consciencia pero conocer la miseria común le afectó y le cambió profundamente sin que nadie lo apreciara. La tristeza por los apuros ajenos le acompañó en todos los momentos de su vida.

También fue consciente de los movimientos en Europa como en una lejana pesadilla, y en julio de 1936, cuando Franco se rebeló contra el gobierno de España y Hitler alimentó dicha rebelión para convertirla en una guerra mayor, Stoner, como muchos otros, sintió asco al ver cómo la pesadilla invadía los sueños del mundo. Cuando aquel año comenzó el semestre de otoño, los profesores noveles no podían hablar de otra cosa, algunos proclamaban su intención de alistarse en una unidad de voluntarios y luchar con los republicanos o conducir ambulancias. Al final del semestre algunos habían dado ese paso, presentando dimisiones apresuradas. Stoner pensó en Dave

Masters y esa vieja pérdida regresó a él con intensidad renovada. Pensó también en Archer Sloane y recordó la angustia lenta que había ido creciendo en aquel rostro irónico y la desesperanza erosiva que había consumido a aquel duro ser. Creyó saber algo ahora sobre el sentimiento de pérdida que Sloane había experimentado. Barruntaba los años que tenía por delante y sabía que lo peor estaba por venir.

Como había hecho Archer Sloane, se dio cuenta de la futilidad y el sinsentido de comprometerse por completo con las oscuras fuerzas irracionales que empujaban al mundo hacia su final incierto. Al contrario que Archer Sloane, Stoner se refugió un poco en la piedad y el amor para no verse atrapado por la vorágine que observaba. Como en otros momentos de crisis y desesperación, revisó la fe cautelosa que la universidad encarnaba. Se dijo que no era mucho pero sabía que eso era todo lo que tenía.

En el verano de 1937 sintió renovada la vieja pasión por el estudio y el aprendizaje y, con el vigor curioso e incorpóreo del universitario cuya condición no es ni joven ni anciana, retornó a la única vida que no le había traicionado. Descubrió que ni siquiera durante su desilusión había estado alejado de ella.

Su horario ese otoño era especialmente malo. Sus cuatro clases de prácticas de primero estaban espaciadas varias horas a lo largo de la semana. Durante todos sus años como jefe de departamento, Lomax nunca había fallado en asignarle a Stoner horarios de clase que hasta el profesor más novato hubiese aceptado a regañadientes.

El primer día de aquel curso, a primera hora de la mañana, Stoner estaba sentado en su despacho mirando otra vez su horario pulcramente impreso. Se había acostado tarde la noche anterior leyendo un nuevo tratado sobre la búsqueda de la tradición latina en el Renacimiento y la emoción que había sentido le había durado hasta la mañana. Observó su horario y una ira sorda se le encendió dentro. Miró la pared de enfrente durante algún tiempo, revisando de nuevo su horario, asintiendo con la cabeza. Arrojó el horario y el programa de estudios adjunto a la papelera y se dirigió a su archivo de la esquina del despacho. Abrió el cajón superior, contempló ausente las carpetas marrones que había allí y sacó una. Ojeó los papeles de la carpeta, silbando suavemente mientras lo hacía. Luego cerró el cajón y, con la carpeta bajo el brazo, salió de su despacho y cruzó el campus hacia su primera clase.

El edificio era antiguo, de suelos de madera, y se utilizaba para dar clase solo en emergencias. El aula que le habían asignado era tan pequeña para el número de alumnos inscritos que algunos de los estudiantes tenían que sentarse en los quicios de las ventanas o quedarse de pie. Cuando Stoner entró le miraron incómodos y dubitativos, podría ser amigo o enemigo y no sabían qué sería peor.

Se disculpó ante sus alumnos por el aula, hizo una pequeña broma sobre la administración y aseguró a los que estaban de pie que habría sillas para ellos el próximo día. Después puso la carpeta en el atril abollado que reposaba inestable sobre la mesa y examinó los rostros que tenía ante él.

Dudó unos instantes. Luego dijo: «Aquéllos de ustedes que hayan comprado libros de texto para esta clase pueden devolverlos a la librería y recuperar el dinero. No utilizaremos el libro que aparece en el programa de estudios, el cual, asumo, recibieron todos cuando se apuntaron al curso. Tampoco seguiremos el plan de estudios. En este curso intentaré una aproximación diferente a la materia, una aproximación que requerirá que compren otros dos libros diferentes».

Dio la espalda a los alumnos y tomó un trozo de tiza de la repisa inferior de la pizarra arañada, sostuvo la tiza en equilibrio durante un momento y escuchó el rumor sordo y los crujidos que hacían los alumnos al acomodarse en sus mesas, soportando una rutina que de pronto se le hizo familiar.

«Nuestros libros serán», dijo Stoner pronunciando lentamente las palabras mientras las escribía, «*Prosa y verso en inglés medieval*, editado por Loomis y Willard; y *Crítica literaria inglesa: La época medieval*, de J. W. H. Atkins». Se giró hacia la clase. «Notarán que la librería aún no ha recibido estos libros, puede que pasen dos semanas hasta que los reciban. Mientras tanto les pondré en antecedentes y explicaré el propósito del curso y les encargaré algunos trabajos en la biblioteca para mantenerles ocupados».

Hizo una pausa. Muchos de los alumnos estaban inclinados sobre las mesas, tomando nota de todo lo que decía, algunos le miraban fijamente, con sonrisillas que querían aparentar inteligencia y entendimiento, y unos pocos le miraban totalmente perplejos.

«El tema principal de este curso», dijo Stoner, «lo encontraremos en la antología de Loomis y Willard; estudiaremos ejemplos de versificación y prosa medieval con tres propósitos... primero, como trabajos literarios significativos por sí mismos; segundo, como demostración de los principios de estilo literario y método en la tradición inglesa; y tercero, como soluciones retóricas y gramáticas a problemas discursivos que aún hoy pueden tener algún valor práctico y de uso».

Para entonces casi todos sus alumnos habían dejado de tomar notas y habían levantado la cabeza. Incluso las miradas inteligentes se habían convertido en muecas frívolas, algunas manos se agitaban en el aire. Stoner señaló a uno de los que habían mantenido constantemente la mano en alto y firme, un joven moreno con gafas.

«Señor, ¿estamos en Inglés General I, sección cuarta?»

Stoner le sonrió. «¿Cuál es su nombre por favor?».

El chico tragó saliva. «Jessup, señor. Frank Jessup».

Stoner asintió. «Señor Jessup. Sí, señor Jessup, esto es Inglés General I, sección cuarta y mi nombre es Stoner, hecho que, sin duda, debo de haber mencionado al principio de la clase. ¿Tiene más preguntas?».

El chico tragó de nuevo. «No, señor».

Stoner asintió y miró con benevolencia por el aula. «¿Alguien tiene alguna pregunta más?».

Los rostros le devolvían la mirada, no había sonrisas y algunas bocas estaban abiertas.

«Muy bien», dijo Stoner. «Proseguiré. Como decía al principio de la hora, uno de los propósitos de este curso es estudiar ciertos trabajos del periodo aproximado entre los siglos doce y quince. Se nos presentarán ciertos accidentes de la historia, habrá dificultades lingüísticas además de filosóficas, sociales además de religiosas, teóricas además de prácticas. De hecho, toda nuestra educación pasada nos obstaculizará en alguna medida, puesto que nuestros hábitos de pensar sobre la naturaleza de la experiencia han determinado nuestras propias expectativas tan radicalmente como los hábitos del hombre medieval determinaron las suyas. Como ejercicio preliminar, examinaremos esos hábitos mentales bajo los que el hombre medieval vivía, pensaba y escribía...».

En aquella primera clase no estuvo hablándoles a sus alumnos durante toda la hora. Tras menos de media clase concluyó el tema preliminar y les encargó un trabajo para el fin de semana.

«Me gustaría que cada uno de ustedes escribiese un breve ensayo, de no más de tres páginas, sobre la concepción aristotélica del *topoi,* o, en traducción cruda y directa, tema. Encontrarán una extensa disertación sobre el *tema* en el Libro Segundo de *La Retórica* de Aristóteles y en la edición de Lane Cooper hay un ensayo introductorio que hallarán de lo más útil. El plazo acaba el lunes. Y eso, creo, es todo por hoy».

Transcurrido un momento desde que diese la clase por terminada observó con algo de preocupación a los alumnos inmóviles. Tras una breve inclinación de cabeza salió de la clase, con la carpeta marrón debajo del brazo.

El lunes, menos de la mitad de los alumnos había acabado el trabajo; dejó marchar a los que lo habían entregado y pasó el resto de la hora con los que quedaban, revisando el tema que había encargado, volviendo a él una y otra vez, hasta que estuvo seguro de que lo habían entendido y de que podrían terminar el trabajo pendiente para el miércoles.

El martes observó en los pasillos del Jesse Hall, a un grupo de alumnos a la puerta de la oficina de Lomax. Los reconoció por ser alumnos de su primera clase. Mientras él pasaba por delante, los alumnos le evitaban mirando al suelo, al techo o a la puerta de Lomax. Él se sonrió y fue a su oficina a esperar la llamada de teléfono que sabía estaba al llegar.

Y llegó a las dos en punto de aquella tarde. Tomó el teléfono, respondió, y escuchó la voz de la secretaria de Lomax, fría y educada. «¿Profesor Stoner? El profesor Lomax desea que vea al profesor Ehrhardt esta tarde, tan pronto como pueda. El profesor Ehrhardt le estará esperando».

«¿Estará también Lomax?», preguntó Stoner.

Hubo una pausa sobresaltada. La voz vaciló: «Yo... creo que no... una cita previa. Pero el profesor Ehrhardt está capacitado para...».

«Dígale a Lomax que tiene que ir. Dígale que llegaré a la oficina de Ehrhardt en diez minutos».

Joel Ehrhardt era un joven calvo de treinta y pocos. Lomax le había contratado para el departamento hacía tres años y, cuando se supo que era un joven agradable y serio sin especial talento ni aptitud para dar clase, se le había puesto a cargo del programa de inglés de primero. Su despacho era un pequeño anexo al final de la sala común en la que veintitantos profesores noveles tenían sus mesas, por lo que Stoner tenía que recorrer toda la habitación para llegar allí. Mientras caminaba entre las mesas, algunos profesores le miraban, sonriendo abiertamente y observando su avance por la sala. Stoner abrió la puerta sin llamar y entró en el despacho, sentándose en la silla de frente a la mesa de Ehrhardt. Lomax no estaba.

«¿Quería verme?», preguntó Stoner.

Ehrhardt, que era de piel muy blanca, se sonrojó levemente. Fijó una sonrisa en su cara y dijo entusiasmado: «Qué bien que hayas venido, Bill», y jugueteó un momento con una cerilla tratando de encenderse la pipa. No prendía bien. «Esta maldita humedad», dijo malhumorado. «Deja el tabaco demasiado húmedo».

«Lomax no va a venir, supongo», dijo Stoner.

«No», dijo Ehrhardt, soltando la pipa en la mesa. «De todas formas lo cierto es que fue el profesor Lomax quien me pidió que hablara contigo, por lo que en cierto modo», rio nervioso, «soy una especie de chico de los recados».

«¿Qué recado le han pedido que me dé?», dijo Stoner cortante.

«Bien, según he entendido, ha habido algunas quejas. Alumnos... *tú* sabes». Meneó la cabeza compasivo: «Algunos parecen pensar... bien, no parecen entender del todo de qué trata tu clase de las ocho. El profesor Lomax creyó... bien, de hecho, supongo que cuestiona la idoneidad de los alumnos de primero para el... el estudio de...».

«Lengua y literatura medieval», dijo Stoner.

«Sí», dijo Ehrhardt. «De hecho, creo entender que estás intentando... sorprenderles un poco, estimularlos, intentar nuevos acercamientos, darles qué pensar. ¿Cierto?».

Stoner asintió con gravedad. «Hemos hablado bastante en nuestras reuniones de primero últimamente acerca de nuevos métodos, experimentos».

«Exacto», dijo Ehrhardt. «Nadie es más partidario que yo de la experimentación, en... pero quizás a veces, con nuestras mejores intenciones, vamos demasiado lejos». Rio y movió la cabeza. «Yo desde luego lo sé, soy el primero en confesarlo. Pero yo... o el profesor Lomax... bien, quizás con algún tipo de compromiso, un regreso parcial al programa, un uso de los libros de texto asignados, ya me entiendes».

Stoner apretó los labios y miró al techo, reposando los codos sobre los brazos de la silla, uniendo las yemas de los dedos y dejando la barbilla en los pulgares. Por fin, con determinación, dijo: «No, no creo que el experimento haya tenido su oportunidad. Dígale a Lomax que intentaré llevarlo a cabo hasta el fin del semestre. ¿Me hace el favor?».

La cara de Ehrhardt se puso roja. «Lo haré», dijo con voz tensa, «pero imagino... estoy seguro de que el profesor Lomax estará de lo más... decepcionado. Pero que muy decepcionado».

Stoner dijo: «Oh, al principio puede ser. Pero lo superará. Estoy seguro de que el profesor Lomax no querrá interferir en la manera en la que un profesor veterano imparte sus clases. Podrá estar en desacuerdo con el criterio de dicho profesor, pero sería muy poco ético por su parte intentar imponer el suyo... y, ya de paso, un poco peligroso. ¿No está de acuerdo?»

Ehrhardt tomó su pipa, agarrándola del cuenco fuertemente y la miró rabioso. «Yo... le comunicaré al profesor Lomax su decisión».

«Le agradecería que lo hiciera», dijo Stoner. Se levantó de la silla, caminó hasta la puerta, se detuvo como si hubiera recordado algo y se giró hacia Ehrhardt. Dijo con indiferencia: «Oh, otra cosa. He estado pensando un poco sobre el semestre que viene. Si mi experimento funciona el semestre que viene intentaré otra cosa. He estado considerando la posibilidad de abordar algunos de los problemas de composición examinando los trabajos de la tradición latina clásica y medieval en algunas de las obras de Shakespeare. Puede sonar algo especializado, pero creo que puedo adaptarlo a un nivel asumible. Si puede pase mi pequeña ocurrencia a Lomax... pídale que la considere. Puede que en unas semanas usted y yo podamos...».

Ehrhardt se desplomó en la silla. Dejó caer la pipa sobre la mesa y dijo fatigado: «Muy bien, se lo diré. Yo... gracias por venir».

Stoner asintió. Abrió la puerta, salió, la cerró con cuidado y cruzó la larga sala. Cuando uno de los profesores le miró interrogante, le hizo un guiño ostensible, asintió, y... al fin... dejó que una sonrisa le iluminara el rostro.

Fue a su despacho, se sentó a la mesa y esperó, mirando hacia la puerta abierta. Al cabo de un rato oyó un portazo abajo, escuchó el sonido impreciso de pasos y vio a Lomax pasar por delante de su despacho tan rápido como le permitía la cojera.

Stoner no bajó la guardia. A la media hora oyó el lento y pesado ascenso de Lomax por la escalera y le volvió a ver pasar por delante de su despacho. Esperó hasta oír que se cerraba la puerta de abajo, luego asintió, se levantó y se fue a casa.

Fue algunas semanas después cuando Stoner supo por el mismo Finch, lo que sucedió aquella tarde, cuando Lomax irrumpió en su despacho. Lomax se quejó amargamente del comportamiento de Stoner, describió cómo estaba dando a su grupo de primero lo que correspondía a su curso avanzado de inglés medieval, y exigió a Finch que tomara medidas disciplinarias. Hubo un momento de silencio. Finch empezó a decir algo y después estalló en una carcajada. Se rio durante algún tiempo, intentando decir algo que su risa le impedía articular. Por fin se calló. «Te ha pillado, Holly; ¿no lo ves? No va a dejarlo pasar y no hay ninguna maldita cosa que puedas hacer. ¿Quieres que *yo* haga el trabajo por ti? ¿Cómo crees que se verá... un vicedecano entremetiéndose en cómo un miembro veterano del departamento imparte sus clases, *y* entrometiéndose instigado por el propio jefe de departamento? No, señor. Ocúpate tú de tus asuntos lo mejor que puedas. Pero en realidad no tienes muchas opciones, ¿verdad?».

Dos semanas después de esta conversación Stoner recibió una comunicación de la oficina de Lomax informándole de que su horario para el siguiente semestre había cambiado, que volvería a impartir su antiguo seminario de tradición latina y literatura renacentista, un curso avanzado de lengua y literatura inglesa medieval y la investigación literaria de segundo, y una sección de composición de primero.

En cierto modo fue un triunfo, pero uno de esos que siempre se recordaría como una broma pesada, como una victoria alcanzada por hastío e indiferencia.

15

Y aquélla fue una de las leyendas que empezó a asociarse con su nombre, leyendas que crecieron en detalles y elaboración año tras año, progresando como un mito del hecho personal a la verdad ritual.

A sus cuarenta y tantos parecía mucho más viejo. Su cabello, denso y rebelde como lo había sido en su juventud, era casi uniformemente blanco. Tenía el rostro muy arrugado y los ojos hundidos en las cuencas, y la sordera que le había sobrevenido el verano que terminó su aventura con Katherine Driscoll había ido empeorando con el tiempo. La cabeza se le vencía hacia un lado y parecía que sus ojos contemplaran a lo lejos figuras enigmáticas que no pudieran identificar del todo.

La sordera era de naturaleza curiosa. Aunque a veces tenía dificultades para comprender a quien le hablara directamente, a menudo podía escuchar con perfecta claridad una conversación murmurada al otro lado de una habitación ruidosa. Gracias a este truco de su sordera averiguó que le consideraban, según la expresión que se utilizaba cuando era joven, un «personaje del campus».

De este modo escuchó, una y otra vez, la elaborada historia de cómo daba clase de inglés medieval a un grupo de alumnos de primero y la rendición de Hollis Lomax. «Y cuando el grupo de treinta y siete alumnos nuevos se examinaron de inglés, ¿sabéis qué grupo obtuvo la mayor nota?», preguntó un profesor novel reacio al inglés de primero. «Claro. La antigua clase del viejo Stoner. ¡Y seguimos utilizando esos ejercicios y cuadernillos!».

Stoner tuvo que admitir que se había convertido, a ojos de los profesores noveles y los alumnos veteranos —los cuales parecían ir y venir antes de que pudiera fijar sus nombres a sus rostros—, en una figura casi mítica, pese a las acepciones cambiantes y variadas de tal figura.

A veces era un villano: en una versión que intentaba explicar su larga enemistad con Lomax, él había seducido y luego abandonado a una joven estudiante por la que Lomax sentía una pasión pura y honorable. A veces era el tonto: en otra versión de la misma enemistad, rechazaba hablar con Lomax porque en una ocasión no había querido escribir una carta de recomendación para uno de los alumnos graduados de Stoner. Y a veces era el héroe: en una versión final y no siempre aceptada, Lomax le odiaba y le había congelado en su rango porque se le había descubierto dando a uno de sus alumnos favoritos una copia del examen final de una asignatura de Stoner.

De todas formas la leyenda se circunscribía a su comportamiento en clase. Con los años se había ido haciendo más y más ausente aunque era cada vez más intenso. Empezaba sus clases y explicaciones farfullando con torpeza, aunque rápidamente se sumergía tanto en el tema que parecía no percatarse de nada ni nadie a su alrededor. En cierta ocasión se celebró una reunión con varios miembros del consejo delegado y el decano de la universidad en el aula en la que Stoner impartía su seminario de tradición latina. Le habían informado de la reunión pero se le había olvidado, por lo que mantuvo el seminario a la misma hora y en el mismo lugar. A mitad de la clase sonó un tímido golpe en la puerta, Stoner, absorto en traducir improvisadamente un pasaje en latín, no se dio cuenta. Después de un rato se abrió la puerta y un hombrecillo gordote de mediana edad con gafas de pasta entró de puntillas y tocó ligeramente el hombro de Stoner. Sin mirarle, Stoner le dijo que se fuera con la mano. El hombre retrocedió, las voces del resto se oían fuera junto a la puerta abierta. Stoner continuó traduciendo. Entonces, cuatro hombres conducidos por el decano de la universidad, un hombre alto y grueso de grandes pechos y rostro enrojecido, entraron caminando a grandes zancadas deteniéndose como un pelotón junto a la mesa de Stoner. El decano frunció el ceño y carraspeó sonoramente. Sin parar ni detener su traducción improvisada, Stoner alzó la vista, dirigiendo mansamente el siguiente verso del poema hacia el decano y su comitiva: «¡Fuera, fuera, malditos galos bastardos!». Y sin hacer una pausa volvió con los ojos al libro y continuó hablando, mientras el grupo boquiabierto y perplejo, retrocedía y abandonaba el aula.

Alimentadas por hechos similares, sus leyendas fueron creciendo hasta el punto en que había anécdotas para aliñar casi todas las ocupaciones típicas de Stoner, y siguieron creciendo hasta alcanzar su vida fuera del campus. Incluso concernían a Edith, a quien se la veía tan poco con él en eventos universitarios que era considerada una figura misteriosa que revoloteaba por la imaginación colectiva como un fantasma: bebía en secreto, por alguna pena oscura y antigua; se estaba muriendo lentamente de una rara y siempre fatal enfermedad; era una artista de talento que había renunciado a su carrera para dedicarse a Stoner. En actos públicos su sonrisa aparecía en su estrecho rostro de manera tan rápida y nerviosa, sus ojos relucían con tanto brillo y hablaba inocencias con un tono tan agudo que todo el mundo estaba convencido de que su apariencia enmascaraba la realidad, que detrás de aquella fachada se escondía una personalidad increíble.

Después de su enfermedad y con esa indiferencia que se convirtió en una forma de vida, William Stoner empezó a pasar más tiempo en la casa que Edith y él habían comprado hacía años. Al principio Edith estaba tan desconcertada con su presencia que se quedaba callada, como confusa por algo. Después, cuando se convenció de que su presencia, tarde tras tarde, noche tras noche, fin de semana tras fin de semana, iba a ser permanente acometió la vieja batalla con renovada intensidad. A la más trivial provocación lloraba desconsolada y deambulaba por las habitaciones. Stoner la miraba impasible y murmuraba algunas palabras de consuelo. Ella se encerraba en la habitación y no se dejaba ver durante horas; Stoner preparaba las comidas que hubiera cocinado ella y parecía no reparar en su ausencia cuando, finalmente, ella emergía de su habitación, pálida, con los ojos y las mejillas hundidas. Ella le ridiculizaba a la menor ocasión y él parecía no escucharla; le gritaba improperios y él escuchaba atenta y educadamente. Si se sumergía en un libro ella elegía ese momento para entrar en la sala y aporrear con frenesí el piano que en otras circunstancias rara vez tocaba; y cuando él hablaba tranquilamente con su hija, Edith solía enfurecerse con alguno de ellos o con ambos. Y Stoner lo veía todo —la ira, la pena, los gritos y los silencios de odio— como si les estuviera sucediendo a otras dos personas a quienes, mediante un esfuerzo de la voluntad, conseguía prestar solo el interés más elemental.

Hasta que por fin —cansada, casi agradecida— Edith aceptó su derrota. El enfado disminuyó de intensidad hasta convertirse en algo tan superficial como el interés de Stoner en ello. Los largos silencios se convirtieron en una privación que Stoner ya no se cuestionaba salvo como una indiferencia ofensiva.

En su año cuadragésimo, Edith Stoner estaba tan delgada como lo había estado de niña, pero con una dureza, una fragilidad, que provenía de su actitud inflexible y que hacía que cada uno de sus movimientos pareciese desdeñoso y resentido. Las facciones de su rostro eran afiladas, y la piel fina y pálida se estiraba sobre ellas como sobre un armazón, por lo que las arrugas de su cara eran tensas e incisivas. Estaba muy pálida y usaba grandes cantidades de polvos y maquillaje de manera que parecía que cada día dibujase sus propios rasgos sobre una máscara blanca. Tras la piel dura y seca, sus manos parecían de hueso, y las movía incesantemente, retorciéndolas, arqueando los dedos y cerrando los puños hasta en los momentos de más calma.

Introvertida siempre, pasó esos años adultos cada vez más lejana y ausente. Tras el breve periodo de su último ataque contra Stoner, que ardió con una intensidad final desesperada, deambulaba como un fantasma por su propia privacidad, un lugar del que nunca emergía del todo. Empezó a hablar sola, con el tono suave y razonable que se utiliza con los niños. Lo hacía abiertamente y sin ser consciente de ello, como si fuese la cosa más natural del mundo. De todos los empeños artísticos dispersos a los que se había dedicado intermitentemente desde su matrimonio, finalmente se decidió por la escultura por ser la más *satisfactoria*. Sobre todo moldeaba arcilla, aunque en ocasiones trabajaba con piedras blandas. Bustos, figuras y composiciones de todo tipo se esparcían por la casa. Era muy moderna: los bustos que modelaba eran esferas mínimamente caracterizadas, las figuras eran bultos de arcilla con apéndices alargados y las composiciones eran agrupaciones geométricas aleatorias de cubos, esferas y varillas. A veces, al pasar por su estudio —la habitación que había sido su propio estudio— Stoner se detenía y la escuchaba trabajar. Ella se daba a sí misma indicaciones como si fuera una niña: «Ahora, pon esto aquí, no tanto, aquí, justo al lado de la muesca. Oh, mira, se está cayendo. No estaba lo bastante húmedo, ¿a que no? Bueno, podemos arreglarlo, ¿verdad? Solo un poquito más de agua, y... ya está. ¿Lo ves?».

Tomó por costumbre hablar a su marido y a su hija en tercera persona, como si hablase con otros. Decía a Stoner: «Mejor que Willy se tome el café; son casi las nueve y no querrá llegar tarde a clase». O le decía a su hija: «Grace no toca el piano lo suficiente. Una hora al día como mínimo; deberían ser dos. ¿Qué pasará con su talento? Una pena, una pena».

Stoner ignoraba lo que este retiro significaba para Grace porque, a su manera, se había vuelto tan distante y ausente como su madre. Se había acostumbrado al silencio y, aunque guardaba una sonrisa tímida y gentil para su padre, no le hablaba. Durante el verano de su enfermedad, cuando podía y a escondidas, se colaba en su habitación, se sentaba a su lado a mirar con él por la ventana, aparentemente contenta solo de estar con él pero, incluso entonces, permanecía callada y se inquietaba cuando él intentaba sacarla de sí misma.

Aquel verano de su enfermedad ella tenía doce años y era una chica alta, delgada, de rostro delicado y de cabellos más rubios que rojizos. En otoño, durante el último asalto violento de Edith sobre su marido, sobre su matrimonio, sobre ella misma y sobre en lo que ella creía haberse convertido, Grace se había quedado casi inmóvil, como si pensara que cualquier acción podría arrojarla a un abismo que no sería capaz de escalar. Como secuela de aquella violencia Edith pensó, con ese tipo de creciente imprudencia suya, que Grace callaba porque era infeliz y que era infeliz porque no era popular entre sus compañeros de clase. Transfirió los restos de su virulento asalto a Stoner hacia lo que ella denominó la *vida social* de Grace. De nuevo *se interesó* por algo. Vistió a su hija con colores vivos y a la moda, con ropa cuyos diseños acentuaban su delgadez; celebraba fiestas y tocaba el piano e insistía con vehemencia en que todo el mundo bailase, regañaba a Grace para que sonriera a todos, para que hablara, que contara chistes, para que riera.

Este asalto duró menos de un mes, después Edith abandonó su campaña y empezó el largo y lento viaje a dondequiera que oscuramente se dirigía. Pero los efectos en Grace fueron demoledores.

Tras la invasión de su madre Grace pasaba casi todo su tiempo libre sola en su habitación, escuchando la pequeña radio que su padre le había regalado por su decimosegundo cumpleaños. Yacía inerte sobre su cama deshecha, o se sentaba inmóvil en su escritorio y escuchaba la débil estridencia que resonaba desde la repisa de volutas, feo adorno junto a su mesa, como si las voces, la música y las risas que escuchaba fueran todo lo que quedara de su identidad y como si incluso aquello se desvaneciera distante en el silencio, irrevocablemente.

Y engordó. Entre aquel invierno y su decimotercer cumpleaños ganó más de veinte kilos, se le hinchó y se le secó el rostro como por efecto de una levadura, y sus miembros se hicieron suaves, lentos y torpes. No comía mucho más de lo que solía comer, aunque se aficionó a los dulces y escondía siempre una caja de caramelos en su habitación. Era como si algo dentro de ella se hubiera vuelto distendido, suave y desesperado, como si al fin algo informe en su interior hubiera luchado y reventado y ahora instara a sus carnes a definir aquella existencia oscura y secreta.

Stoner observaba la transformación con una tristeza que ocultaba bajo el rostro indiferente que presentaba al mundo. No se permitía el lujo sencillo de la culpa. Dada su propia naturaleza y las circunstancias de su vida con Edith, no había nada que pudiera haber hecho. Y aquel conocimiento intensificaba su pena más que ninguna culpa y hacía el amor por su hija más penetrante y profundo.

Ella era, él lo sabía —y lo había sabido muy pronto, suponía— una de aquellas personas extrañas y siempre encantadoras cuya naturaleza moral era tan delicada que debía alimentarse y cuidarse para que pudiera ser completa. Ajena al mundo, tenía que vivir en casa; ávida de ternura y paz, tenía que alimentarse de indiferencia, insensibilidad y ruido. Era una naturaleza que, incluso en escenarios extraños y hostiles donde tuviera que vivir, no tenía la fiereza para repeler las fuerzas brutales que se le oponían y solo podía retirarse a una quietud en la que sentirse desolada y pequeña y estar apaciblemente tranquila.

Cuando cumplió diecisiete años, durante la primera parte de su primer curso de bachillerato, le sobrevino otra transformación. Era como si su naturaleza hubiese encontrado su guarida y ella fuese al fin capaz de presentar una apariencia ante el mundo. Tan rápido como lo había aumentado, perdió el peso que había ganado tres años atrás y, para aquéllos que la habían conocido, su transformación parecía arte de magia, como si hubiese salido de una crisálida al viento para el cual había sido creada. Era casi hermosa, su cuerpo, que había sido muy delgado y de repente muy obeso, adquirió miembros proporcionados y esbeltos, y caminaba con un destello de gracia. La suya era una belleza pasiva, casi plácida, su rostro era elegantemente inexpresivo, como una máscara; sus ojos de color azul claro te miraban directamente, sin curiosidad y sin la aprensión que se percibía tras ellos, su voz era muy dulce, algo átona, aunque raramente hablaba.

Repentinamente se convirtió —según palabras de Edith—, en *popular*. El teléfono sonaba preguntando a menudo por ella, y Grace se sentaba en el salón, asintiendo con la cabeza de vez en cuando, respondiendo suave y brevemente. Llegaban coches en atardeceres oscuros que se la llevaban, anónimos, tras los gritos y las risas. A veces Stoner se quedaba frente a la ventana y miraba los automóviles alejarse derrapando tras nubes de polvo, y se sentía un poco preocupado y asustado. Nunca había tenido coche y nunca había aprendido a conducir.

Y Edith estaba encantada. «¿Lo ves?», decía con tono de triunfo ausente, como si no hubieran pasado más de tres años desde su ataque frenético sobre el problema de la *popularidad* de Grace. «¿Lo ves? Tenía razón. Todo cuanto necesitaba era un pequeño empujón. Y Willy no lo aprobaba. Oh, cómo lo sabía. Willy no lo aprueba nunca».

Durante muchos años Stoner había apartado cada mes algunos dólares para que Grace pudiera, llegado el momento, irse de Columbia a estudiar en la universidad, una en el Este quizás, algo alejada. Edith conocía estos planes y parecía aprobarlos pero cuando llegó la hora no quiso saber nada.

«¡Oh, no!», decía. «¡No podré soportarlo! ¡Mi niña! Y le *ha ido* tan bien aquí este último año. Tan popular, y tan feliz. Tendrá que adaptarse, y... niña, pequeña Grace, niña», se giraba hacia su hija, «la pequeña Grace *en verdad* no quiere alejarse de su mamá. ¿A que no? ¿Dejarla sola?».

Grace miró a su madre en silencio un instante. Se giró brevemente hacia su padre y meneó la cabeza. Dijo a su madre: «Si quieres que me quede, por supuesto que lo haré».

«Grace», dijo Stoner. «Escúchame. Si quieres ir... por favor, si de verdad quieres ir...».

No volvió a mirarle. «No importa», dijo.

Antes de que Stoner pudiera decir nada más, Edith empezó a hablar de cómo podrían gastar el dinero que su padre había ahorrado en un armario nuevo, uno bonito de verdad o, tal vez, en un pequeño utilitario para que ella y sus amigos pudieran... Y Grace sonreía con su pequeña y torpe sonrisa y asentía, diciendo de vez en cuando alguna palabra, como si se esperara eso de ella.

Quedó resuelto, y Stoner nunca supo lo que Grace sentía, si se quedaba porque quería o porque su madre quería, o motivada por una vasta indiferencia hacia su propio destino. Iría a la universidad de Misuri como alumna de primero aquel otoño, estaría allí al menos dos años, después de los cuales, si quería, podría salir fuera, a otro estado, a terminar sus estudios universitarios. Stoner se dijo que era mejor así, que para Grace sería mejor soportar la prisión en la que apenas era consciente de que estaba durante dos años más, que quedar desgarrada por las torturas de la arbitraria voluntad de Edith.

Así que nada cambió. Grace tuvo su armario, rechazó la oferta de su madre del pequeño utilitario y entró en la universidad de Misuri como alumna de primero. El teléfono continuó sonando, las mismas caras —o muy parecidas— continuaron apareciendo con risas y gritos en la puerta principal, y los mismos automóviles se alejaban rugiendo entre el polvo. Grace estaba fuera de casa incluso más a menudo de lo que lo había estado durante la secundaria y Edith se mostraba encantada por lo que creía que era una popularidad creciente de su hija. «Es como su madre», decía. «Antes de casarse era *muy* popular. Todos los chicos... Papá solía enloquecer por su culpa, pero estaba secretamente muy orgulloso, estoy segura».

«Sí, Edith», decía Stoner amablemente y sentía que se le encogía el corazón.

Fue un semestre duro para Stoner. Había llegado su turno para coordinar los exámenes de inglés de todo el nivel inicial universitario y al mismo tiempo estaba ocupado en la dirección de dos tesis doctorales particularmente complejas que requerían mucha lectura adicional por su parte. Así que estaba lejos de casa con mayor frecuencia de lo que fuera habitual durante los últimos años.

Una tarde, hacia finales de noviembre, llegó más tarde de lo normal. Las luces estaban apagadas en el salón y la casa se encontraba en silencio; supuso que Grace y Edith estaban acostadas. Llevó varios papeles que había traído con él a su pequeña habitación trasera con intención de leer algunos de ellos en la cama. Fue a la cocina a por un emparedado y un vaso de leche; había cortado el pan y abierto el refrigerador cuando repentinamente escuchó, agudo y limpio como un cuchillo, un grito prolongado proveniente de algún lugar en el piso de abajo. Corrió hacia el salón; el grito se repitió, ahora corto y en parte enojado a pesar de su intensidad, desde el estudio de Edith. Rápidamente cruzó la estancia y abrió la puerta.

Edith se hallaba despatarrada sobre el suelo, como si se hubiera caído allí, con los ojos desorbitados y la boca abierta, a punto de lanzar otro grito. Grace estaba sentada al extremo de la habitación en una silla, con las piernas cruzadas y mirando casi con indiferencia a su madre. Una única lámpara, la de la mesa de trabajo de Edith, estaba encendida, por lo que la habitación parecía inundada de un brillo áspero y sombras profundas.

«¿Qué sucede?», preguntó Stoner. «¿Qué ha pasado?».

Edith giró la cabeza para encararle como si tuviera un eje suelto; sus ojos estaban vacíos. Dijo con sorprendente petulancia: «Oh, Willy. Oh, Willy». Continuaba mirándole, agitando débilmente la cabeza.

Se volvió hacia Grace, cuya mirada tranquila seguía inmutable.

Dijo llanamente: «Estoy embarazada, padre».

Y el grito se repitió, punzante e inexplicablemente colérico. Ambos se giraron hacia Edith, que miraba de acá para allá, del uno a la otra, con los ojos ausentes y fríos sobre la boca chillona. Stoner cruzó la habitación, se detuvo ante ella y la levantó, le colgaban los brazos y tenía que sujetarla.

«¡Edith!», dijo cortante. «Cállate».

Ella se estiró y se alejó de él. Con las piernas temblando renqueó por la habitación y se quedó al lado de Grace, que no se había movido.

«¡Tú!», bufó. «Oh, Dios mío. Oh, pequeña Grace. ¿Cómo pudiste? Oh, Dios mío. Como tu padre. Sangre de tu padre. Oh, sí. Inmunda. Inmunda...».

«¡Edith!», dijo Stoner más cortante abalanzándose sobre ella. Le puso las manos con firmeza sobre la parte superior de los brazos y la separó de Grace. «Ve al cuarto de baño y lávate la cara con agua fría. Luego ve a tu habitación y túmbate».

«Oh, Willy», dijo Edith suplicante. «Mi propia niñita. La mía. ¿Cómo ha podido pasar? ¿Cómo ella...?».

«Vamos», dijo Stoner. «Te llamaré dentro de un rato».

Ella se marchó tambaleándose. Stoner la observó irse hasta que oyó el grifo del agua en el cuarto de baño. Entonces se giró hacia Grace, que permanecía mirándole desde la silla. Le sonrió un poco, anduvo hacia la mesa de trabajo de Edith, tomó una silla, se le acercó y se sentó frente a ella, de manera que pudiera hablarle sin tener que mirar hacia abajo, a su cabeza vuelta.

«Venga», dijo, «¿por qué no me lo habías contado?».

Ella le dedicó su pequeña y débil sonrisa. «No hay mucho que contar», dijo. «Estoy embarazada».

«¿Estás segura?»

Asintió. «He ido a un médico. Acabo de recibir los resultados esta tarde».

«Bueno», dijo y le tomó la mano torpemente. «No tienes que preocuparte. Todo saldrá bien».

«Sí», dijo.

Preguntó amablemente: «¿Quieres decirme quién es el padre?».

«Un alumno», dijo. «De la universidad».

«¿Prefieres no decírmelo?»

«Oh, no», dijo. «No tiene importancia. Se apellida Frye. Ed Frye. Es de segundo. Creo que iba a tu clase de composición de primero el año pasado».

«No le recuerdo», dijo Stoner. «No le recuerdo en absoluto».

«Lo siento, padre», dijo Grace. «Fue una estupidez. Estaba un poco bebido y no tomamos... precauciones».

Stoner desvió la vista de ella, hacia el suelo.

«Lo siento, padre. ¿Te he dejado de piedra, verdad?»

«No», dijo Stoner. «Sorprendido, quizás. No hemos hablado mucho durante estos últimos años, ¿verdad?».

Ella desvió la vista y dijo incómoda: «Bueno... supongo que no».

«¿Tú... quieres a ese chico, Grace?»

«Oh, no», dijo. «En realidad no le conozco muy bien».

Él asintió. «¿Qué quieres hacer?».

«No lo sé», dijo. «En realidad no importa. No quiero ser una carga».

Se quedaron sentados sin hablar durante largo rato. Finalmente Stoner dijo: «Bueno, no hay que preocuparse. Todo estará bien. Lo que decidas... lo que quieras hacer, estará bien».

«Sí», dijo Grace. Se levantó de la silla. Luego miró hacia abajo, a su padre, y dijo: «Tú y yo ya podemos hablar».

«Sí», dijo Stoner, «podemos hablar».

Ella salió del estudio y Stoner esperó hasta que oyó cerrarse arriba la puerta de su habitación. A continuación, antes de entrar en su propia habitación, subió despacio y abrió la puerta del dormitorio de Edith. Edith estaba profundamente dormida, tendida a lo largo de la cama, con la luz de la mesilla brillando sobre su rostro. Stoner apagó la luz y se fue para abajo.

A la mañana siguiente en el desayuno, Edith estaba casi jovial, sin rastro de la histeria de la noche anterior y hablaba como si el futuro fuese un problema hipotético que solucionar. «¿Piensas que tendríamos que ponernos en contacto con los padres o deberíamos hablar con el chico primero? Veamos... estamos en la primera semana de noviembre. Digamos en dos semanas. Podemos prepararlo todo para entonces, puede que incluso en una modesta iglesia para bodas. Pequeña Grace, tu amigo, ¿cómo se llama?».

«Edith», dijo Stoner. «Espera. Estás dando muchas cosas por sentadas. Quizás Grace y ese muchacho no quieran casarse. Tenemos que hablarlo con Grace».

«¿De qué hay que hablar? Por supuesto que quieren casarse. Después de todo ellos... ellos... pequeña Grace, *díselo* a tu padre. Explícaselo».

Grace le dijo: «No importa, padre. No importa en absoluto».

Y no importó, se percató Stoner. Los ojos de Grace miraban fijamente más allá de él, a una distancia que ella no podía ver y que contemplaba sin curiosidad. Él permanecía callado, dejando que su mujer y su hija hicieran sus planes.

Se decidió que el «muchacho» de Grace, como Edith le llamaba, como si su nombre fuera en parte prohibido, sería invitado a casa para que él y Edith pudieran *hablar*. Preparó la velada como si fuese la escena de un drama, con salidas y entradas e incluso con una línea o dos de guión. Stoner debía ausentarse, Grace tenía que quedarse un rato y luego salir, dejando a Edith y al muchacho solos para poder hablar. A la media hora Stoner debía regresar, luego volvería Grace, momento en el cual todos los arreglos quedarían completados.

Y todo funcionó exactamente como Edith había planeado. Más tarde Stoner se preguntaría, perplejo, en lo que el joven Edward Frye pensaba cuando llamó a la puerta y le hicieron pasar a una habitación que parecía llena de enemigos mortales. Era alto, bastante grueso, de rasgos borrosos y algo adustos; preso de una turbación que le mantenía aturdido y por el miedo, no miraba a nadie. Cuando Stoner abandonó la habitación vio al muchacho desplomado en una silla, con los antebrazos sobre las rodillas, mirando al suelo. Cuando, a la media hora, regresó a la habitación, el muchacho estaba en la misma postura, como si no se hubiera movido ante la andanada de jubilosos gorjeos de Edith.

Pero todo quedó arreglado. En voz alta, artificial, pero genuinamente jovial Edith le anunció que *el muchacho de Grace* provenía de una buena familia de San Luis, que su padre era cambista, que los *muchachos* habían decidido casarse *tan pronto como fuera posible, algo bastante informal*, que ambos iban a abandonar los estudios al menos durante uno o dos años, que se iban a vivir a San Luis, *un cambio de aires, un nuevo comienzo*, que aunque no podrían terminar el semestre irían a clase hasta las vacaciones y luego se casarían la tarde de aquel día, que era viernes. Y no todo era felicidad, en realidad... no importaba.

La boda tuvo lugar en un alborotado juzgado de paz. Solo William y Edith acudieron a la ceremonia; la mujer del juez, una gris mujer arrugada de gesto ceñudo, trabajaba en la cocina mientras se celebraba la boda, saliendo cuando había terminado, solo para firmar los papeles como testigo. Fue una tarde fría y sombría; la fecha era 12 de diciembre de 1941.

Cinco días antes de celebrarse la boda los japoneses habían bombardeado Pearl Harbour; William Stoner contempló la ceremonia con una mezcla de sentimientos que no había tenido antes. Como otros muchos que vivieron aquella época, estaba absorto por lo que solo podía concebir como pasmo, aunque sabía que se trataba de un sentimiento compuesto de emociones tan profundas e intensas que no podían reconocerse porque no podían compartirse. Era la fuerza de una tragedia colectiva lo que sentía, un horror y una aflicción tan penetrante que las tragedias privadas y los infortunios personales eran expulsados hacia otro estado del ser, aunque se intensificaban por la inmensidad de lo que estaba teniendo lugar, como el efecto conmovedor de una tumba solitaria se intensifica por el gran desierto que la rodea. Con una pena que era casi impersonal observó el triste ritual del matrimonio y se conmovió extrañamente ante la belleza pasiva e indiferente del semblante de su hija y la indolente desesperación del rostro del muchacho.

Después de la ceremonia los dos jóvenes se subieron lúgubres al coche de Frye y se fueron a San Luis, donde aún tendrían que enfrentarse con otro grupo de parientes y con el lugar en el que tendrían que vivir. Stoner los vio alejarse del edificio y solo pudo pensar en su hija como en una niña pequeña que una vez estuvo sentada a su lado en una habitación lejana y que le miraba con deleite solemne, como en una dulce niña que había muerto hacía tiempo.

Dos meses después de la boda, Edward Frye se alistó en el ejército, Grace decidió quedarse en San Luis hasta que naciera el bebé. A los seis meses Frye había muerto en la playa de una pequeña isla del pacífico, uno de tantos nuevos reclutas enviados en un esfuerzo desesperado por detener el avance japonés. En junio de 1942 nació el bebé de Grace, un chico, que fue llamado como su padre al que nunca vería y al que nunca amaría.

Aunque Edith, cuando fue a San Luis aquel junio para *ayudar*, intentó persuadir a su hija de que regresara a Columbia, Grace no lo hizo. Tenía un pequeño apartamento, unos pequeños ingresos del seguro de Frye y a sus recientes suegros, y parecía feliz.

«Ha cambiado algo», dijo Edith distraídamente a Stoner. «No es nuestra pequeña Grace para nada. Ha pasado por mucho, supongo que no quiere recordar... Te manda un beso».

16

Los años de la guerra se sucedieron confusos y Stoner pasó por ellos como lo hubiese hecho conduciendo a través de una tormenta casi insoportable, con la cabeza gacha, la mandíbula encajada y la mente fija en el siguiente paso y en el siguiente y en el siguiente. Pero, pese a su resistencia estoica y a su devenir estólido por días y semanas, era un hombre fuertemente dividido. Una parte de él se espantaba a causa de un miedo instintivo a la desolación diaria, al desbordamiento de destrucción y muerte que inexorablemente asaltaba mente y corazón. De nuevo volvió a ver la universidad diezmada y las clases vacías de jóvenes; vio las miradas perturbadoras en aquéllos que se habían quedado y vio en esas miradas la muerte lenta del corazón, el amargo desgaste del sentimiento y el cariño.

Pero otra parte de él le sumía intensamente en aquel mismo holocausto del que se espantaba. Halló dentro de sí una capacidad para la violencia que no sabía que tuviera; anhelaba involucrarse, deseaba probar el sabor de la muerte, el amargo placer de la destrucción, notar la sangre. Sentía tanto vergüenza como orgullo y, por encima de todo, una decepción amarga, por él y por la época y circunstancias que la hicieron posible.

Semana tras semana, mes tras mes, los nombres de los muertos desfilaban ante él. A veces eran solo nombres que recordaba como si pertenecieran a un pasado distante; otras veces podía evocar un rostro que relacionar con el nombre; otras, podía recordar una voz, un habla.

A pesar de todo continuó enseñando y estudiando, pese a que a veces sentía que encorvaba la espalda inútilmente frente a la impetuosa tormenta y que ahuecaba las manos en vano alrededor de la llama mortecina de su lastimosa última cerilla.

De vez en cuando Grace venía a Columbia para visitar a sus padres. La primera vez trajo a su hijo, de apenas un año, pero su presencia parecía molestar remotamente a Edith, por lo que desde entonces lo dejaba en San Luis con sus abuelos paternos cuando venía de visita. A Stoner le hubiera gustado ver más a su nieto, pero no mencionaba este deseo. Se había dado cuenta de que la marcha de Grace de Columbia —quizás incluso su embarazo— era en realidad la huida de una prisión a la que ahora regresaba por su bondad indeleble y su generosa buena voluntad.

Aunque Edith no lo sospechara o no quisiera admitirlo, Stoner supo que Grace había empezado a beber con una callada gravedad. La primera vez que se dio cuenta fue durante el verano del año posterior al fin de la guerra. Grace había venido de visita unos días y parecía especialmente cansada, tenía ojeras y su rostro era tenso y pálido. Una noche, después de cenar, Edith se fue pronto a la cama y Grace y Stoner se quedaron juntos, sentados en la cocina, bebiendo café. Stoner intentó hablarle, pero ella estaba inquieta y alterada. Se quedaron en silencio mucho tiempo, al fin Grace le miró fijamente, se encogió de hombros y suspiró abruptamente.

«Oye», dijo, «¿tienes algo de alcohol en casa?».

«No», respondió, «me temo que no. Tal vez haya una botella de jerez en la alacena, pero...».

«Necesito desesperadamente beber algo. ¿Te importa si llamo a la tienda y les pido que manden una botella?»

«Por supuesto que no», dijo Stoner. «Es solo que tu madre y yo no solemos...».

Pero ella ya se había levantado y se había ido al salón. Hojeó las páginas de la guía telefónica y marcó fieramente. Cuando regresó a la cocina pasó la mesa de largo, fue a la alacena y extrajo una botella medio llena de jerez. Tomó un vaso del escurridero y lo llenó casi hasta el borde con el vino marrón claro. Aún de pie, vació el vaso y se lamió los labios temblando un poco. «Se ha avinagrado», dijo. «Y odio el jerez».

Dejó la botella y el vaso sobre la mesa y los situó justo enfrente de ella. Llenó el vaso a medias y miró a su padre con una extraña media sonrisa.

«Bebo un poco más de lo que debería», dijo. «Pobre padre. No lo sabías, ¿no?».

«No», dijo.

«Cada semana me digo, la semana que viene no beberé tanto pero siempre acabo bebiendo más. No sé por qué.»

«¿No eres feliz?», preguntó Stoner.

«No», dijo. «Creo que soy feliz. O en todo caso casi feliz. No es eso. Es...». No concluyó.

Para cuando se había bebido lo que quedaba de jerez el repartidor de la tienda había venido con whisky. Trajo la botella a la cocina, la abrió con un movimiento experto y volcó una buena cantidad en el vaso de jerez.

Se quedaron hasta tarde, hasta que el primer rastro gris penetró por las ventanas. Grace bebiendo sin parar, a tragos cortos, mientras la noche avanzaba las arrugas de su cara disminuían, se volvía más sosegada y joven y hablaron como no lo habían podido hacer en años.

«Supongo», dijo ella, «supongo que me quedé embarazada a propósito, aunque no lo sabía entonces, supongo que ni siquiera sabía cuánto quería, cuánto *necesitaba* marcharme de aquí. Sabía lo bastante como para no quedarme embarazada a no ser que quisiera, por Dios. Todos aquellos chicos del instituto, y...», sonrió borracha a su padre, «tú y mamá, no lo sabíais, ¿verdad?».

«Supongo que no», dijo.

«Mamá quería que fuese popular, y... bueno, fui popular. No significaba nada, nada de nada».

«Sabía que eras infeliz», dijo Stoner con dificultad. «Pero nunca me di cuenta... nunca supe...».

«Supongo que yo tampoco», dijo ella. «Podría... Pobre Ed. A él fue al que le tocó la china. Le utilicé, ya sabes, él fue el padre, de acuerdo... pero le utilicé. Era un buen chico y siempre tan avergonzado... no pudo soportarlo. Se alistó seis meses antes de que tuviera que irse, para escapar de ello. Le maté, supongo, era un chico tan majo y ni siquiera nos gustábamos mucho».

Hablaron hasta altas horas de la noche, como viejos amigos. Y Stoner pudo darse cuenta de que era, como ella misma había dicho, casi feliz con su pena, viviría su vida tranquilamente, bebiendo un poco más cada año, aturdiéndose frente a la nada en la que se había convertido su vida. Estaba contenta de tener aquello, al menos, agradecida de poder beber.

Los años inmediatamente posteriores al final de la Segunda Guerra Mundial fueron sus mejores años de docencia y, en cierto modo, fueron los más felices de su vida. Veteranos de esa guerra llegaron al campus y lo transformaron, trayendo una calidad de vida que no había existido antes y una intensidad y una turbulencia que equivalían a una transformación. Trabajaba más duro que nunca, los alumnos, extraños por su madurez, eran profundamente serios y ajenos a trivialidades. Ignorantes de modas o costumbres, afrontaban sus estudios como Stoner había soñado que un alumno tendría que afrontarlos, como si tales estudios fueran la vida misma y no un medio específico para un fin concreto. Sabía que nunca, tras esos pocos años, volvería a ser lo mismo dar clase, y se sumergió en un feliz estado de agotamiento que esperaba que no se acabara nunca. Pensaba poco en el pasado o en el futuro, tampoco en las decepciones ni en las alegrías, concentraba todas las energías que poseía en su trabajo inmediato y esperaba que finalmente se le considerase por lo que hacía.

Rara vez durante esos años se alejó de su dedicación a los detalles de su trabajo. A veces, cuando su hija regresaba a Columbia de visita, era como si deambulara sin rumbo de una habitación a otra, con un sentimiento de pérdida que apenas podía soportar. A los veinticinco parecía diez años mayor, bebía al tímido ritmo de quien no tiene ninguna esperanza y se hizo evidente que poco a poco iba cediendo el control de su hijo a los abuelos de San Luis.

Solo en una ocasión recibió noticias de Katherine Driscoll. A comienzos de primavera en 1949 le llegó una circular de prensa de una gran universidad del Este, anunciando la publicación del libro de Katherine y recogiendo algunas palabras sobre la autora. Daba clase en una buena facultad de humanidades en Massachusetts, no estaba casada. Consiguió una copia del libro tan pronto como pudo. Cuando lo tuvo entre las manos pareció que sus dedos cobraban vida, temblaban tanto que apenas podía abrirlo. Pasó las primeras páginas y vio la dedicatoria: «Para W. S.».

Se le nublaron los ojos y durante largo rato se quedó sentado inmóvil. Después movió la cabeza, regresó al libro y no lo dejó hasta haberlo leído entero.

Era tan bueno como había pensado que sería. La prosa era ágil y su pasión estaba enmascarada por la serenidad y la claridad de su inteligencia. Era ella misma lo que se traslucía en lo que leía, se percató, y se maravillaba de la certeza con la que podía contemplarla incluso ahora. De repente fue como si ella estuviese en la habitación de al lado y la acabase de ver hacía solo un instante. Sentía un hormigueo en las manos como si la hubiera tocado. Y el sentimiento de haberla perdido, que llevaba tanto tiempo guardado dentro, afluyó, le absorbió y se dejó llevar por la corriente, más allá del control de su voluntad, no queriendo salvarse. Luego sonrió con ternura, como recordando algo, le vino a la mente que tenía casi sesenta años y que debía estar por encima de la fuerza de aquella pasión, de aquel amor.

Pero no lo había superado, lo sabía, y nunca podría hacerlo. Bajo la confusión, la indiferencia, el olvido, ahí estaba. El amor, intenso y fijo, siempre había estado ahí. En su juventud lo había dado sin pensar, lo había dado al conocimiento que le había revelado —¿hacía cuántos años?— Archer Sloane; se lo había dado a Edith, en aquellos primeros días tontos y ciegos de cortejo y matrimonio, y se lo había dado a Katherine, como si nunca antes lo hubiera hecho. Lo había ido dando, de manera extraña, en cada momento de su vida y quizás lo había dado más cuando no era consciente de estar dándolo. No se trataba de una pasión ni de la mente ni de la carne; era más bien una fuerza que comprendía a ambas, como si fuese, más que un asunto de amor, su sustancia específica. A una mujer o a un poema, simplemente decía: ¡Mira! Estoy vivo.

No se consideraba viejo. A veces, cuando se afeitaba por la mañana, miraba su imagen en el espejo y no se sentía identificado con el rostro que se reflejaba asombrado con los ojos claros de una máscara grotesca; era como si llevara, por una razón oscura, un disfraz atroz, como si pudiese, si así lo deseara, despojarse de las cejas canosas, las greñas blancas, la carne que colgaba sobre sus nítidos huesos, las arrugas que aparentaban vejez.

Pero la edad, sabía, no era excusa. Conoció la enfermedad del mundo y de su propio país durante los años posteriores a la Gran Guerra; vio el odio y la sospecha convertirse en un tipo de locura que barrió la tierra como una plaga veloz, vio a los jóvenes ir otra vez a la guerra, marchando orgullosos hacia una condena sin sentido, como en el eco de una pesadilla. Y la pena y la tristeza que sentía eran tan viejas debido en gran parte a la edad que tenía, y le hacían tener un concepto casi intacto de sí mismo.

Los años pasaban rápidos y apenas se daba cuenta de que pasaban. En la primavera de 1954 tenía sesenta y tres años y, de repente, se percató de que tenía como mucho cuatro años más de dar clase por delante. Intentaba ver más allá de ese periodo; no veía nada, y no quería hacerlo.

Aquel otoño recibió una nota de la secretaria de Gordon Finch, pidiéndole que se pasara para ver al vicedecano cuando tuviera tiempo. Estaba ocupado y tuvieron que discurrir algunos días antes de hallar una tarde libre.

Cada vez que veía a Gordon Finch, Stoner se llevaba una pequeña sorpresa al observar lo poco que había envejecido. Un año más joven que Stoner, no aparentaba más de cincuenta. Estaba completamente calvo, su rostro era recio y sin arrugas, y relucía con una salud casi querúbica. De paso firme, en estos últimos años había empezado a relajar su forma de vestir; llevaba camisas de colores y chaquetas extravagantes.

Parecía cohibido la tarde que Stoner fue a verle. Charlaron un rato, Finch le preguntó por la salud de Edith y mencionó que su propia mujer, Caroline, había estado diciendo días antes que tenían que volver a verse todos. Luego comentó: «El tiempo, Dios mío, ¡vuela!».

Stoner asintió.

Finch suspiró abruptamente. «Bien», dijo, «imagino que tenemos que abordarlo. Cumplirás... sesenta y cinco el año que viene. Supongo que tenemos cosas que planificar».

Stoner negó con la cabeza. «No ahora. Mi intención es aprovechar la opción de los dos años, por supuesto».

«Me lo imaginaba», dijo Finch y se reclinó en la silla. «Yo no. Me quedan tres años y me retiro. A veces pienso en lo que me he perdido, los lugares en los que no he estado, y... demonios, Bill, la vida es muy corta. ¿Por qué no te jubilas tú también? Piensa en todo el tiempo...».

«No sabría qué hacer con él», dijo Stoner. «Nunca he aprendido».

«Bien, demonios», dijo Finch. «A esa edad, a los sesenta y cinco, se es joven. Hay tiempo para aprender cosas que...».

«Es por Lomax, ¿no? Te está presionando».

Finch sonrió. «Claro. ¿Qué esperabas?».

Stoner se quedó callado un rato. Luego dijo: «Dile a Lomax que me he negado a hablar contigo de esto. Dile que me he vuelto tan cascarrabias e intratable con la vejez que no puedes hacer nada. Que va a tener que hacerlo él mismo».

Finch se rio y negó con la cabeza. «Por Dios, lo haré. Después de todos estos años puede que dos viejos cabrones como vosotros os acabéis llevando medio bien».

Pero la confrontación no tuvo lugar inmediatamente, y cuando fue —a mitad del segundo semestre, en marzo— no sucedió como Stoner esperaba. De nuevo fue requerido a la oficina del vicedecano, a cierta hora, insinuando urgencia.

Stoner llegó unos minutos tarde. Lomax ya estaba allí, rígidamente sentado frente a la mesa de Finch; había una silla vacía junto a él. Stoner cruzó despacio el despacho y se sentó. Giró la cabeza y miró a Lomax; Lomax miraba imperturbable al frente, alzando una ceja en señal de desdén.

Finch los miró a ambos durante un rato, con una pequeña sonrisa de diversión en su cara.

«Bien», dijo, «todos sabemos el asunto a tratar. La jubilación del profesor Stoner». Resumió la normativa —la jubilación voluntaria es posible a los sesenta y cinco; bajo esta premisa Stoner podía, si lo deseaba, jubilarse tanto al final del curso actual como al final de cualquier semestre del curso siguiente. O podía, si así se acordaba entre el jefe del departamento, el vicedecano de la facultad y el profesor interesado, retrasar su jubilación hasta los sesenta y siete, edad a la que la jubilación era forzosa. A menos, por supuesto, que la persona afectada recibiera una distinción honorífica y una cátedra, en cuyo caso...

«Una opción muy remota, creo que estaremos de acuerdo», dijo Lomax cortante.

Stoner asintió a Finch. «Remotísima».

«Sinceramente creo», dijo Lomax a Finch, «que sería de gran interés para el departamento y la facultad que el profesor Stoner aprovechara su oportunidad para jubilarse. Hay ciertos cambios curriculares y de personal que tengo pensados desde hace tiempo y que esta jubilación haría posibles».

Stoner dijo a Finch: «No tengo intención de jubilarme antes de lo que deba solo por satisfacer un capricho del profesor Lomax».

Finch miró a Lomax. «Estoy seguro», dijo Lomax, «de que existen muchos factores que el profesor Stoner no ha considerado. Tendría tiempo para dedicarse a escribir lo que su...», hizo una pausa delicada, «su dedicación a la enseñanza le ha impedido escribir. Seguramente la comunidad académica se beneficiaría si el fruto de su larga experiencia fuera...».

Stoner le interrumpió: «No tengo ningún deseo de empezar una carrera literaria a estas alturas de mi vida».

Lomax, sin moverse de la silla, pareció inclinarse hacia Finch. «Estoy seguro de que nuestro colega es demasiado modesto. En dos años yo mismo me veré forzado por ley a dejar la jefatura del departamento. Ciertamente mi intención es aprovechar el declinar de mi vida, de hecho estoy deseando disponer del tiempo libre de la jubilación».

Stoner dijo: «Espero seguir siendo miembro del departamento, al menos hasta ese afortunado momento».

Lomax se quedó callado un rato. A continuación dijo especulativo a Finch: «Muchas veces he pensado durante estos últimos años que los esfuerzos del profesor Stoner por la universidad tal vez no habían sido totalmente reconocidos. Había pensado que un ascenso a catedrático podría ser la guinda perfecta en su año de jubilación. Y una cena homenajeando la ocasión, una ceremonia adecuada... Sería muy gratificante. Aunque el curso está muy avanzado y la mayoría de los ascensos ya han sido comunicados, estoy seguro de que, si yo insistiera, podríamos arreglar uno para el año que viene, conmemorando una jubilación afortunada».

De repente el juego al que había estado jugando con Lomax —y, curiosamente, disfrutando— le pareció trivial y ruin. Se cansó. Miró directamente a Lomax y dijo con desgana: «Holly, después de todos estos años creí que me conocías mejor. Siempre me ha importado un bledo lo que tú pensaras que podías *darme* o lo que pensaras que podías *hacer* por mí, o lo que sea». Hizo una pausa, estaba, de hecho, más cansado de lo que creía. Continuó haciendo un esfuerzo: «Ese no es el caso; nunca lo ha sido. Eres una buena persona, supongo, seguro que eres un buen profesor. Pero en ciertos aspectos eres un ignorante hijo de puta». Hizo otra pausa. «No sé qué esperabas. Pero no me jubilaré, no a final de este curso ni del que viene». Se levantó despacio y se quedó de pie un momento, reuniendo fuerzas. «Si me perdonan caballeros, estoy un poco cansado. Les dejaré hablando de lo que tengan que hablar».

Sabía que la cosa no acabaría así, pero no le importaba. Cuando, en la última reunión general de la facultad, Lomax, en su informe de departamento anunció la jubilación a finales del próximo curso del profesor William Stoner, Stoner se puso de pie e informó a la facultad de que el profesor Lomax estaba en un error, que la jubilación no sería efectiva hasta dos años más tarde de la fecha que Lomax había anunciado. A principios del semestre de otoño el nuevo decano de la universidad invitó a Stoner a su casa una tarde para tomar el té y hablar largo y tendido de sus años de servicio, del bien merecido descanso y, de la gratitud que todos sentían; Stoner adoptó su porte más excéntrico, llamando al decano *muchacho* y fingiéndose sordo, por lo que al final el muchacho acabó voceando en el tono más conciliador que pudo hallar.

Pero sus esfuerzos, escasos como eran, le cansaban más de lo esperado, por lo que para las vacaciones navideñas se sentía exhausto. Se dijo que estaba, de hecho, haciéndose viejo, y que prácticamente tendría que tomárselo con calma si quería hacer un buen trabajo durante el resto del año. Durante los días de las vacaciones navideñas descansó, como si tuviera que acumular energía y, cuando volvió, en las últimas semanas del semestre trabajó con un vigor y una energía que le asombraron. El tema de su jubilación parecía resuelto y no se preocupó de pensar más en ello.

Más tarde, en febrero, el cansancio le embargó de nuevo y no parecía ser capaz de sacudírselo. Pasaba mucho tiempo en casa y se dedicaba a sus papeles tendido en la cama de su pequeño cuarto trasero. En marzo se le hizo patente un difuso dolor general en piernas y brazos; se dijo a sí mismo que estaba cansado, que mejoraría cuando llegaran los cálidos días de primavera, que necesitaba un descanso. Para abril el dolor se había situado en la parte inferior de su cuerpo. De vez en cuando perdía una clase y se encontró con que le resultaba agotador el mero hecho de ir de una clase a otra. A principios de mayo el dolor se intensificó y ya no pudo continuar tomándoselo como una molestia menor. Pidió cita con un doctor de la enfermería de la universidad.

Le hicieron pruebas, exámenes y preguntas cuya importancia Stoner solo entendía vagamente. Le dieron una dieta especial, píldoras contra el dolor y le dijeron que volviera a la consulta a principios de la siguiente semana, cuando los resultados de las pruebas estuviesen listos y organizados. Se sentía mejor, aunque el cansancio permanecía.

Su médico era un joven llamado Jamison, el cual explicó a Stoner que trabajaría para la universidad unos años antes de marcharse a la sanidad privada. Tenía un rostro sonrosado y redondo, llevaba gafas sin montura y en su actitud había el tipo de desgarbo nervioso en el que Stoner confiaba.

Stoner llegó con unos minutos de antelación a su cita, pero la recepcionista le dijo que entrase directamente. Bajó por el recibidor grande y estrecho de la enfermería hasta el pequeño cubículo donde Jamison tenía su consulta.

Jamison le estaba esperando y a Stoner le pareció evidente que había estado esperando un rato. Había carpetas, rayos X y notas pulcramente ordenadas en la mesa. Jamison se levantó, sonrió abrupta y nerviosamente y señaló con la mano una silla situada ante su mesa.

«Profesor Stoner», dijo. «Siéntese, siéntese».

Stoner se sentó.

Jamison arrugó la frente mirando el despliegue que tenía sobre la mesa, alisó una hoja de papel y se dejó caer en la silla. «Bien», dijo, «hay algún tipo de obstrucción en la zona intestinal baja, eso está claro, los rayos X no muestran mucho, pero eso no es inusual. Una pequeña mancha, pero no significa necesariamente algo». Giró la silla, colocó una radiografía en un marco, encendió una luz y señaló sin precisión. Stoner miraba, pero no veía nada. Jamison apagó la luz y regresó a la mesa. Se puso muy técnico. «Su recuento sanguíneo es bastante bajo, pero no parece que haya infección. La sedimentación está por debajo de lo normal y tiene la presión baja. Hay algo de inflamación interna que no tiene buena pinta, ha perdido bastante peso, y... bien, por los síntomas que muestra y lo que puedo deducir de esto...», movió la mano sobre la mesa, «diría que solo hay una cosa que hacer». Sonrío fijamente y dijo con jocosidad forzada. «Tenemos que entrar ahí y ver qué encontramos».

Stoner asintió: «Es un cáncer entonces».

«Bien», dijo Jamison, «eso son palabras mayores. Pueden ser muchas cosas. Estoy bastante convencido de que ahí hay un tumor, pero... bien, no podemos estar completamente seguros de nada hasta que entremos y echemos un vistazo».

«¿Desde cuándo lo tengo?»

«No hay manera de saberlo. Pero parece que... bien, es muy grande. Lleva algún tiempo ahí.»

Stoner se quedó callado un momento. Seguidamente dijo: «¿Cuánto tiempo estima que me queda?».

Jamison dijo distraídamente: «Oh, bueno, mire, señor Stoner». Intentó reír. «No debemos precipitarnos con nuestras conclusiones. Porque, siempre hay una posibilidad... hay una posibilidad de que sea tan solo un tumor, benigno, usted sabe. O... o podrían ser otras muchas cosas. No lo sabremos seguro hasta que...».

«Sí», dijo Stoner. «¿Cuándo quiere operar?».

«Tan pronto como sea posible», dijo Jamison aliviado. «En los próximos dos o tres días».

«Eso es pronto», dijo Stoner casi ausente. Después miró fijamente a Jamison. «Déjeme preguntarle algo, doctor. Debo decirle que quiero que me responda sinceramente».

Jamison asintió.

«Si solo es un tumor, benigno, como dice, ¿daría igual retrasarlo un par de semanas?»

«Bien», dijo Jamison con renuencia, «está el dolor, y... sí, daría igual, supongo».

«Vale», dijo Stoner. «Y si es tan malo como piensa... ¿daría igual retrasarlo *en ese caso* un par de semanas?».

Después de un rato largo Jamison dijo, casi con amargura: «Sí, supongo que sí».

«Entonces», dijo Stoner razonablemente, «esperaré un par de semanas. Hay algunas cosas que tengo que organizar, trabajo que tengo que hacer».

«No se lo aconsejo, entiéndame», dijo Jamison. «No se lo aconsejo en absoluto».

«Por supuesto», dijo Stoner. «Y, doctor... no mencionará esto a nadie, ¿verdad?».

«No», dijo Jamison y añadió con calidez, «por supuesto que no». Sugirió algunos cambios en la dieta que le había dado anteriormente, le recetó más pastillas y fijó la fecha de su ingreso en el hospital.

Stoner no sentía nada, era como si lo que le había dicho el médico fuera una molestia menor, un obstáculo que tendría que esquivar de alguna forma para hacer lo que tenía que hacer. Pensó que el curso estaba bastante avanzado para que sucediera ahora esto. Lomax podría tener dificultades para buscar un sustituto.

La pastilla que se tomó en la consulta del médico le aligeró un poco la cabeza y encontró la sensación extrañamente placentera. Se alteró su sentido del tiempo, se vio a sí mismo de pie en el largo pasillo de parquet de la primera planta del Jesse Hall. Un zumbido sordo, como el batir distante de alas de pájaros, sonaba en sus oídos, en el pasillo en penumbra una luz sin origen parecía resplandecer y apagarse, palpitando como el latido de su corazón. Sus carnes, íntimamente atentas a los movimientos que hacía, se estremecían con cada paso que daba con esfuerzo hacia adelante en la mezcla de luz y oscuridad.

Se quedó en las escaleras que conducían a la segunda planta, los peldaños eran de mármol y justo en el medio tenían ligeras hondonadas suavizadas por décadas de pisadas subiendo y bajando. Eran casi nuevos cuando —¿hace cuántos años?—, los había pisado por primera vez y los había mirado, como los miraba ahora, y se preguntaba hacia dónde le conducirían. Pensó en el tiempo y en su suave discurrir. Plantó un pie con cuidado en la primera hondonada y se alzó.

Algo después estaba en la oficina externa de Gordon Finch. La chica le dijo: «El vicedecano Finch está a punto de irse...». Él asintió ausente, le sonrió y entró en la oficina de Finch.

«Gordon», dijo cordial, con la sonrisa aún en la cara. «No te entretendré».

Finch le devolvió la sonrisa reflexivamente, sus ojos estaban cansados. «Claro, Bill, siéntate».

«No te entretendré», dijo otra vez, sintiendo que un extraño poder salía de su voz. «El hecho es que, he cambiado de idea... sobre jubilarme, quiero decir. Sé que es raro, perdona que te lo diga tan tarde, pero... bien, creo que es lo mejor para todos. Me retiro cuando acabe el semestre».

El rostro de Finch flotaba ante él, redondo de sorpresa. «Qué demonios», dijo. «¿Alguien te ha estado apretando las tuercas?».

«Nada de eso», dijo Stoner. «Es decisión mía. Es solo que he descubierto que *hay* cosas que me gustaría hacer. Y necesito un poco de descanso», añadió con sensatez.

Finch estaba molesto y Stoner sabía que tenía motivos para estarlo. Le pareció escucharse murmurar otra disculpa. Sentía que la sonrisa permanecía tontamente en su cara.

«Bien», dijo Finch, «supongo que no es demasiado tarde. Puedo empezar a gestionarlo mañana. Supongo que sabes todo lo que hay que saber sobre pensiones, seguros y cosas así».

«Oh, sí», dijo Stoner. «He pensado en todo eso. Está bien».

Finch miró su reloj. «Voy con retraso, Bill. Pásate mañana o así para que podamos arreglar los detalles. Mientras tanto... bien, supongo que Lomax tendrá que enterarse. Le llamaré esta noche». Sonrió. «Me temo que has logrado complacerle».

«Sí», dijo Stoner. «Me temo que sí».

Había mucho que hacer en las dos semanas que quedaban antes de que ingresara en el hospital, pero decidió que sería capaz. Canceló las clases de los dos días siguientes y convocó a aquellos alumnos a quienes estaba dirigiendo investigaciones independientes, tesis y disertaciones. Dejó por escrito instrucciones detalladas para guiarlos en la elaboración de los trabajos que habían comenzado y dejó copias de dichas instrucciones en el casillero de Lomax. Tranquilizó a aquéllos que cayeron presa del pánico porque consideraban que les estaba abandonando y a quienes tenían miedo de comprometerse con un nuevo tutor. Vio que las píldoras que tomaba a la vez que aliviaban el dolor reducían la claridad de su inteligencia, por lo que solo las tomaba cuando el dolor era tan intenso que desviaba su atención: durante el día, cuando hablaba con sus alumnos; y por las noches, cuando leía el torrente de trabajos a medio hacer, tesis y disertaciones.

Dos días después de su petición de jubilación, en mitad de una tarde atareada, recibió una llamada de teléfono de Gordon Finch.

«¿Bill? Soy Gordon. Mira... hay un pequeño problema del que creo que tengo que hablar contigo».

«¿Sí?», dijo impaciente.

«Es Lomax. No le cabe en la cabeza que esto no lo haces por él.»

«No importa», dijo Stoner. «Que piense lo que quiera».

«Espera... eso no es todo. Está haciendo planes para organizar una cena y todo eso. Dice que dio su palabra.»

«Mira, Gordon, ahora mismo estoy muy ocupado. ¿Puedes detener la cosa de alguna forma?»

«Lo intenté, pero lo está organizando a través del departamento. Si quieres que le llame lo haré; pero tendrás que estar aquí también. Cuando se comporta así no hay quien le hable.»

«Muy bien. ¿Cuándo se supone que tendrá lugar esa majadería?»

Hubo una pausa. «El viernes de la semana que viene. El último día de clase, justo antes de la semana de exámenes».

«Muy bien», dijo Stoner cansado. «Tendré todo resuelto para entonces y será más fácil que discutirlo ahora. Deja que siga».

«Tienes que saber esto también, quiere que anuncie tu retiro como profesor emérito, aunque no puede ser oficial de verdad hasta el año que viene».

Stoner sintió que una carcajada le subía por la garganta. «Qué demonios», dijo. «Eso también está muy bien».

Toda esa semana trabajó sin ser consciente del tiempo. Trabajó el viernes desde las ocho de la mañana hasta las diez de la noche. Leyó la última página, tomó la última nota y se reclinó en la silla, la luz de su escritorio le dio en los ojos y por un instante no supo dónde estaba. Miró a su alrededor y vio que se encontraba en su despacho. Las estanterías se combaban con libros colocados al azar, había pilas de papeles por las esquinas y los archivadores estaban abiertos y desbarajustados. Tengo que hacer limpieza —pensó— tengo que ordenar mis cosas.

«La semana que viene», se dijo. «La semana que viene».

Se preguntó si podría llegar a casa. Parecía un esfuerzo agotador. Se concentró, forzando a brazos y piernas a obedecerle. Se puso de pie, sin dejar de balancearse. Apagó la luz del escritorio y se quedó hasta que sus ojos vieron la luz de la Luna que entraba por la ventana. Luego puso un pie tras otro y caminó por los oscuros pasillos hacia las puertas de salida y por las calles silenciosas hasta su casa.

Las luces estaban encendidas, Edith aún estaba despierta. Reunió sus últimas fuerzas y subió las escaleras de la entrada y se adentró en el salón. Entonces supo que no podía ir más allá; llegó a alcanzar el sofá y sentarse. Después de un rato logró reunir fuerzas para subir la mano hasta el bolsillo de la camisa y coger su tubo de pastillas. Se puso una en la boca y la tragó sin agua, después tomó otra. Eran amargas, pero la amargura casi parecía placentera.

Se había percatado de que Edith estaba por la habitación, yendo de un lugar a otro, esperaba que no le diese conversación. A medida que el dolor se fue mitigando y recuperó algo de fuerza, se dio cuenta de que no lo había hecho: tenía el gesto torcido, las narices y los ojos contraídos y caminaba erguida, enfadada. Empezó a hablarle pero decidió que no podría fiarse de su voz. Se limitó a elucubrar por qué estaría enfadada, no lo había estado desde hacía mucho tiempo.

Finalmente ella dejó de dar vueltas y le encaró, apretaba los puños que le colgaban a los costados. «¿Y bien? ¿No vas a decir nada?».

Él se aclaró la garganta y enfocó la vista. «Lo siento, Edith». Notaba su voz calmada pero firme. «Estoy un poco cansado, supongo».

«No me ibas a decir nada de nada, ¿a que no? Desconsiderado. ¿No creías que tenía derecho a saberlo?»

Durante un instante se quedó pasmado. Luego asintió. Si tuviera más fuerzas se habría enfadado. «¿Cómo te enteraste?».

«Qué importa eso. Supongo que todos lo saben menos yo. Oh, Willy, francamente.»

«Lo siento, Edith, de verdad que lo siento. No quería preocuparte. Te lo iba a contar la semana que viene, justo antes de ingresar. No es nada, no tienes que inquietarte.»

«¡Nada!». Se rio con amargura. «Dicen que podría ser cáncer. ¿No sabes lo que eso significa?».

Se sintió flotar de repente, como si tuviera que forzarse para no agarrar algo. «Edith», dijo con voz distante, «hablemos de ello mañana. Por favor. Ahora estoy cansado».

Ella le miró un instante. «¿Quieres que te ayude en tu cuarto?», dijo airadamente. «No parece que puedas solo».

«Estoy bien», dijo.

Pero antes de llegar a su cuarto deseó haberse dejado ayudar y no solo porque se encontró más débil de lo que había supuesto.

Descansó el sábado y el domingo, el lunes pudo dar sus clases. Regresó a casa temprano y estaba tumbado en el sofá del salón mirando con interés al techo cuando sonó el timbre. Se incorporó y empezó a levantarse, pero la puerta se abrió. Era Gordon Finch. Tenía la cara pálida y le temblaban las manos.

«Pasa, Gordon», dijo Stoner.

«Dios mío, Bill», dijo Finch. «¿Por qué no me lo dijiste?».

Stoner se rio brevemente. «También podría haberlo anunciado en la prensa», dijo. «Pensé que podría hacerlo discretamente, sin molestar a nadie».

«Lo sé, pero... Dios, si lo hubiera sabido.»

«No hay nada por lo que sentirse mal. No es nada definitivo, solo es una operación. Exploratoria, creo que la llaman. ¿Cómo te has enterado, de todas formas?»

«Jamison», dijo Finch. «También es mi médico. Me dijo que sabía que no era ético, pero que tenía que saberlo. Tenía razón, Bill».

«Lo sé», dijo Stoner. «No importa. ¿Se ha corrido la voz?».

Finch negó con la cabeza. «Aún no».

«Entonces mantén la boca cerrada al respecto. Por favor.»

«Claro, Bill», dijo Finch. «Entonces, sobre la cena de gala del viernes... no tienes por qué pasar por ello, ya lo sabes».

«Pero lo haré», dijo Stoner. Sonrió. «Supongo que algo le debo a Lomax».

El espectro de una sonrisa asomó al rostro de Finch. «Te *has* convertido en un hijo de puta cascarrabias, ¿verdad?».

«Supongo que sí», dijo Stoner.

La cena tuvo lugar en un pequeño comedor de la asociación estudiantil. A última hora Edith decidió que no sería capaz de acudir, por lo que fue él solo. Salió pronto y caminó despacio por el campus, como de paseo en una tarde primaveral. Como había anticipado, no había nadie en la sala, pidió a un camarero que retirara la tarjeta con el nombre de su esposa y reorganizara la mesa principal para que no hubiese un sitio vacío. A continuación se sentó y esperó a que llegaran los invitados.

Se sentó entre Gordon Finch y el decano de la universidad. Lomax, que actuaría como maestro de ceremonias, se sentaba tres sillas más allá. Lomax sonreía y charlaba con los que se sentaban a su alrededor; sin mirar a Stoner.

La sala se llenó con rapidez. Miembros del departamento que en realidad no le habían hablado en años le saludaban con la mano, Stoner asentía. Finch dijo poco, aunque miraba a Stoner con detenimiento; el nuevo joven decano, cuyo nombre Stoner nunca recordaba, le hablaba complaciente y con deferencia.

Sirvieron la cena jóvenes alumnos vestidos de blanco; Stoner reconoció a algunos, les saludó y departió con ellos. Los invitados miraron con tristeza el plato y empezaron a comer. El murmullo relajado de la conversación, roto por el alegre sonido de los cubiertos de plata y de la porcelana, vibraba por la sala; Stoner sabía que su propia presencia era prácticamente ignorada, por lo que pudo picotear del plato, comer unos bocados por compromiso y mirar a su alrededor. Si entrecerraba los ojos no veía rostros; veía colores y formas difusas que se movían en torno a él, como enmarcadas, construyendo por momentos nuevas formas de flujo envasado. Era una visión placentera y si fijaba su atención sobre ella, en cierta manera, no era consciente del dolor.

De repente se hizo el silencio, meneó la cabeza, como saliendo de un sueño. Casi al final de la estrecha mesa Lomax estaba en pie, golpeando un vaso de agua con un cuchillo. Un bello rostro, pensó Stoner ausente, todavía hermoso. Los años habían vuelto aún más fino el rostro largo y delgado, y las arrugas parecían marcas de una sensibilidad engrandecida más que signos de la edad. La sonrisa aún era íntimamente sardónica y la voz tan resonante y firme como siempre.

Hablaba, las palabras llegaban a Stoner fragmentadas, como si la voz que las producía retumbara en el silencio y luego retrocedieran hacia su origen «... los largos años de dedicado servicio... provechoso y merecido descanso de las presiones... estimado por sus colegas...». Percibía la ironía y sabía que, a su manera, después de tantos años, Lomax le estaba hablando. Un corto y resuelto estallido de aplausos sobresaltó su ensueño. Junto a él, Gordon Finch estaba levantado, hablando. Aunque mirara hacia arriba y forzara los oídos no oía lo que Finch decía, los labios de Gordon se movían, él miraba fijo hacia el frente, el decano se puso en pie y habló en un tono entre la lisonja y la amenaza. Fluctuaba del humor a la tristeza, de la pesadumbre a la alegría. Dijo que esperaba que la jubilación de Stoner fuera un principio y no un final, sabía que la universidad sería la más perjudicada por su ausencia; estaba la importancia de la tradición, la necesidad de cambio y la gratitud, en años venideros, en el corazón de todos sus alumnos. Stoner no encontraba sentido a lo que decía, pero cuando el decano terminó, la sala estalló en un sonoro aplauso y los rostros sonrieron. Cuando el aplauso amainó alguien entre los asistentes gritó con voz aguda: «¡Unas palabras!». Alguien más secundó la petición y el mensaje se transmitió en murmullos aquí y allá.

Finch le susurró al oído: «¿Quieres que te saque de esta?».

«No», dijo Stoner. «Está bien».

Se puso en pie, dándose cuenta de que no tenía nada que decir. Permaneció callado largo rato mientras los miraba uno a uno. Escuchó su propia voz pronunciando en tono neutro. «He dado clase...», dijo. Empezó de nuevo. «He dado clase en esta universidad durante casi cuarenta años. No sé qué hubiese hecho de no haber sido profesor. Si no hubiera dado clase, hubiese sido...», hizo una pausa, como distraído. Luego dijo, en tono concluyente: «Quiero darles las gracias a todos por permitirme ser profesor».

Se sentó. Hubo aplausos, risas cordiales. La sala se levantó y la gente hizo grupitos. Stoner sentía que le estrechaban la mano, sabía que sonreía y que asentía a lo que quisiera que le estuvieran diciendo. El decano le apretó la mano, le sonrío con entusiasmo, le dijo que debía dejarse ver, cualquier tarde, miró su reloj de pulsera y se marchó apresuradamente. La sala empezó a vaciarse y Stoner se quedó solo en el lugar en el que se había puesto en pie, reuniendo fuerzas para cruzar la sala. Esperó hasta que sintió endurecerse algo dentro y luego rodeó la mesa y salió afuera, atravesando grupitos de gente que le miraba con curiosidad, como si ya fuese un extraño. Lomax estaba en uno de los grupos, pero no se giró cuando Stoner pasó a su lado; y Stoner descubrió que se sentía agradecido por no haber tenido que hablar con él, después de tanto tiempo.

Al día siguiente ingresó en el hospital y descansó hasta el lunes por la mañana, cuando tendría lugar la operación. Durmió la mayor parte del tiempo y no tenía ningún interés en lo que le iban a hacer. El lunes por la mañana alguien le clavó una jeringuilla en el brazo, solo fue medio consciente de ser arrastrado por los pasillos hacia una habitación extraña que parecía ser toda de techo y luz. Vio que algo descendía hacia su rostro y cerró los ojos.

Se despertó con nauseas, le dolía la cabeza, sentía un nuevo dolor agudo, que no era desagradable, en la parte baja de su cuerpo. Dio unas arcadas y se sintió mejor. Dejó que su mano paseara por los densos vendajes que cubrían la parte central de su cuerpo. Durmió, se despertó durante la noche, se tomó un vaso de agua y durmió de nuevo hasta la mañana.

Cuando despertó, Jamison estaba de pie junto a la cama, con los dedos sobre su muñeca izquierda.

«Bien», dijo Jamison, «¿cómo estamos esta mañana?».

«Muy bien, creo». Tenía la garganta seca. Se incorporó y Jamison le acercó el vaso de agua. Bebió y miró a Jamison, esperando.

«Bien», dijo Jamison por fin, incómodo, «tenemos el tumor. En un día o dos se sentirá mucho mejor».

«¿Podré irme de aquí?», preguntó Stoner.

«Estará como una rosa en dos o tres días», dijo Jamison. «De todos modos lo más conveniente sería que se quedara algún tiempo. No hemos podido extraer... todo. Tendremos que utilizar el tratamiento de rayos X, cosas así. Por supuesto podría ir y venir, pero...».

«No», dijo Stoner y dejó la cabeza caer sobre la almohada. Estaba cansado otra vez. «Tan pronto como sea posible», dijo, «creo que quiero irme a casa».

17

«Oh, Willy», dijo. «Estás todo invadido por dentro».

Él estaba tumbado sobre el camastro del cuartito trasero, mirando por la ventana abierta: era la última hora de la tarde y el sol, ocultándose por el horizonte, emitía un resplandor rojo por debajo de una nube ondulada que flotaba hacia poniente sobre las copas de los árboles y las casas. Una mosca zumbaba contra el cristal de la ventana y el agrio hedor a basura quemada de los patios vecinos vagaba por el aire en calma.

«¿Qué?», dijo Stoner ausente, girándose hacia su mujer.

«Por dentro», dijo Edith. «El médico dice que se ha extendido por todos los lados. Oh, Willy, pobre Willy».

«Sí», dijo Stoner. No podía obligarse a que le interesara mucho. «Bien, no tienes que preocuparte. Lo mejor es no pensar en ello».

Ella no respondió y él se giró de nuevo hacia la ventana abierta, a mirar el cielo oscurecerse hasta que solo quedó un débil rayo púrpura sobre la nube en la distancia.

Había estado en casa poco más de una semana y justo aquella tarde había vuelto de una visita al hospital en la que se había sometido a lo que Jamison, con su sonrisa forzada, llamaba *tratamiento*. Jamison se había quedado maravillado por lo rápido que había cicatrizado su incisión, dijo algo sobre que tenía la constitución de un hombre de cuarenta y luego se había callado abruptamente. Stoner se había dejado hurgar y pinchar, les había dejado atarle a una cama y se había estado quieto mientras una enorme máquina rondaba silenciosa a su alrededor. Era absurdo, lo sabía, pero no protestó, hubiese sido descortés hacerlo. No era mucho a lo que someterse si eso les distraía de saber lo inevitable.

Gradualmente, supo que este pequeño cuarto en el que ahora yacía mirando por la ventana se convertiría en su mundo, ya podía sentir los primeros dolores imprecisos que retornaban como la llamada lejana de un viejo amigo. Dudaba que le pidieran volver por el hospital, había habido algo irrevocable en la voz de Jamison aquella tarde y le había dado algunas pastillas que tomar en caso de que se sintiera *incómodo*.

«Podrías escribir a Grace», se oyó decir a Edith. «Hace mucho que no nos visita».

Y se volvió para ver a Edith asentir ausente, sus ojos volvían, como los suyos, de mirar apaciblemente hacia la creciente oscuridad al otro lado de la ventana.

Durante las siguientes dos semanas se sintió débil, gradualmente primero y rápidamente después. El dolor regresó, con una intensidad que no esperaba. Se tomaba las pastillas y sentía el dolor alejarse en la oscuridad, como un animal cauteloso.

Vino Grace y se percató de que, después de todo, tenía poco que decirle. Había estado fuera de San Luis y había vuelto el día anterior encontrando la carta de Edith. Estaba cansada y tensa y tenía ojeras oscuras bajo los ojos. Él deseaba poder hacer algo para aliviar su dolor aunque sabía que no podía.

«Se te ve muy bien, papaíto», dijo. «Muy bien. Te vas a recuperar».

«Por supuesto», dijo y le sonrió. «¿Cómo está el pequeño Ed? ¿Y cómo te va?».

Dijo que le iba bien y que el pequeño Ed estaba bien, que empezaría el colegio el próximo otoño. La miró algo perplejo. «¿Colegio?», preguntó. Luego se dio cuenta de que debía de ser verdad. «Por supuesto», dijo. «Olvidé lo grande que debe de ser ya».

«Pasa con sus... con el señor y la señora Frye mucho tiempo», dijo. «Es lo mejor para él». Dijo algo más pero su atención se desvió. Con mayor frecuencia hallaba dificultad en concentrar la mente en algo fijo, vagaba por temas que no podía prever y a veces se sorprendía diciendo cosas cuyo origen no comprendía.

«Pobre papá», oyó decir a Grace, y él devolvió su atención hacia donde ella estaba. «Pobre papá, las cosas no han sido fáciles para ti, ¿verdad?».

Él reflexionó un instante y dijo: «No, pero supongo que yo no quise que lo fueran».

«Mamá y yo, ambas te hemos decepcionado, ¿no es cierto?»

Alzó la mano como para tocarla. «Oh, no», dijo con una apagada pasión. «No debéis...». Quiso decir más, explicarse, pero no pudo continuar. Cerró los ojos y sintió que se le aflojaba la mente. Se le acumulaban las imágenes y cambiaban como en una pantalla. Vio a Edith como era aquella primera tarde en la que se habían conocido en casa de Claremont —el vestido azul, los dedos delgados y el rostro bello y delicado que sonreía gentilmente, los ojos pálidos que miraban ávidos a cada instante como si fueran dulces sorpresas—. «Tu madre...», dijo. «No siempre fue...». No siempre fue como siempre; y creyó entonces que podía vislumbrar más allá de la mujer en la que se había convertido, a la chica que había sido. Pensó que siempre la había vislumbrado.

«Tú fuiste una niña preciosa», se oyó decir, y por un momento no supo a quién hablaba. La luz flotaba ante sus ojos, formando figuras que se convertían en el rostro de su hija, arrugado, sombrío y delicadamente cuarteado. Cerró sus ojos otra vez. «En el estudio. ¿Recuerdas? Solías sentarte a mi lado cuando trabajaba. Estabas tan quieta y la luz... la luz..». La luz de la lámpara del escritorio —podía verla ahora— era absorbida por su carita concentrada, inclinada sobre un libro o un dibujo haciendo que su tierna carne resplandeciera entre las sombras del cuarto. Escuchó una sonrisilla lejana en el eco. «Por supuesto», dijo, y miró el rostro actual de aquella niña. «Por supuesto», repitió, «estuviste siempre ahí».

«Calla», le dijo ella suavemente, «debes descansar».

Y esa fue su despedida. Al día siguiente bajó a verle para decirle que tenía que regresar a San Luis durante unos días y dijo algo más que él no escuchó en tono neutro y controlado. Tenía el semblante desdibujado y los ojos rojos y húmedos. Entrechocaron sus miradas; ella lo contempló durante un largo rato, casi incrédula, después se dio media vuelta. Él supo que no la volvería a ver.

No deseaba morir, pero había momentos, como cuando Grace se marchó, en que lo ansiaba impaciente, como uno espera el momento de un viaje que no tiene especial deseo de emprender. Y como cualquier viajero, sentía que había muchas cosas que tenía que hacer antes de irse, si bien no recordaba cuáles.

Estaba tan débil que no podía andar, pasaba día y noche en el cuartito de atrás. Edith le traía libros que él pedía y los colocaba en una mesa junto a su cama estrecha, para no tener que esforzarse en alcanzarlos.

Pero leía poco, aunque la presencia de sus libros le reconfortaba. Hacía que Edith abriera las cortinas de todas las ventanas y no dejaba que las cerrara, incluso cuando el sol de la tarde, intensamente caliente, penetraba en el cuarto.

A veces Edith venía al cuarto, se sentaba en la cama junto a él y charlaban. Hablaban de cosas triviales, de gente que conocían, del nuevo edificio que se estaba construyendo en el campus, del antiguo que había sido derribado, pero lo que decían no parecía importar. Había entre ellos una nueva calma. Se habían perdonado por el daño que se habían hecho y se evadían pensando en lo que su vida en común podría haber sido.

Stoner la miraba ahora casi sin arrepentimiento; bajo la suave luz de última hora de la tarde su rostro parecía joven y sin arrugas. Si hubiese sido más fuerte, pensó, si hubiera sabido más, si hubiese podido comprender. Y al final, sin clemencia, pensó: si la hubiese querido más. Como si tuvieran que recorrer una larga distancia sus manos recorrieron la sábana que le cubría y tocó la de Edith. Ella no se movió y, después de un rato, se sumergió en una especie de sueño.

A pesar de los sedantes que tomaba, le parecía que su mente permanecía clara y estaba agradecido por ello. Pero era como si una voluntad ajena a la suya hubiese tomado posesión de esa mente, moviéndola en direcciones que no podía entender, el tiempo pasaba y no sentía su paso.

Gordon Finch le visitaba casi cada día, pero no podía fijar claramente la secuencia de sus visitas en su memoria. A veces hablaba con Gordon cuando no estaba allí y se sorprendía de su voz en la habitación vacía, a veces en medio de una conversación con él se callaba y parpadeaba, como si de repente se percatara de la presencia de Gordon. Una vez, cuando Gordon entraba de puntillas en el cuarto, se giró hacia él con cierta sorpresa y preguntó: «¿Dónde está Dave?», y cuando vio la mueca de espanto en el rostro de Gordon, movió débilmente la cabeza y dijo: «Lo siento, Gordon. Estaba casi dormido, he estado pensando en Dave Masters y, a veces digo lo que estoy pensando sin saber. Es debido a esas pastillas que tengo que tomar».

Gordon sonrió asintiendo e hizo una broma, pero Stoner sabía que en aquel instante Gordon Finch se había alejado irremediable de él. Sentía cierto arrepentimiento por haber dicho lo de Dave Masters, el muchacho provocador que ambos habían amado, cuyo fantasma sostuvo, todos estos años, una amistad de cuya profundidad nunca fueron conscientes.

Gordon le trasladó los saludos que le enviaban sus colegas y charló sobre cosas inconexas relativas a asuntos de la universidad que podían interesarle, pero sus ojos estaban inquietos y una sonrisa nerviosa le temblaba en la cara.

Edith entró en el cuarto y Gordon Finch se puso en pie trabajosamente, efusivo, cordial y aliviado de ser interrumpido.

«Edith», dijo, «siéntate tú aquí».

Edith negó con la cabeza y guiñó un ojo a Stoner.

«El viejo Bill se siente mejor», dijo Finch. «Por Dios, creo que se le ve mucho mejor que la semana pasada».

Edith se giró hacia él prestándole atención por primera vez.

«Oh, Gordon», dijo. «Está fatal. Pobre Willy. No estará con nosotros mucho más».

Gordon palideció y dio un paso hacia atrás, como si le hubiesen golpeado. «¡Dios mío, Edith!».

«No mucho más», dijo Edith de nuevo, mirando melancólica a su marido, que sonreía levemente. «¿Qué voy a hacer, Gordon? ¿Qué haré sin él?».

Él cerró los ojos y ambos desaparecieron. Oyó a Gordon susurrar algo y escuchó sus pasos alejándose de él.

Lo formidable era que todo era muy sencillo. Habría querido decirle a Gordon lo sencillo que era, decirle que no temiese hablar de ello o pensar en ello, pero había sido incapaz. Ahora no parecía importar mucho. Escuchaba sus voces en la cocina, la de Gordon baja y acuciante, la de Edith resentida y cortante. ¿De qué hablaban?

El dolor le sobrevino con una premura y urgencia que le pilló desprevenido, poniéndolo al borde del llanto. Dejó descansar las manos sobre las sábanas, queriendo moverlas en dirección a la mesilla de noche. Tomó algunas pastillas, se las metió en la boca y tragó algo de agua. Un sudor frío le caía por la frente y se quedó muy quieto hasta que cedió el dolor.

Volvió a oír las voces, no abrió los ojos. ¿Era Gordon? Su sentido del oído pareció abandonar su cuerpo y flotar como una nube sobre él, transmitiéndole cada detalle de sonido. Pero su mente no podía distinguir con precisión las palabras.

La voz —¿era de Gordon?—, decía algo sobre su vida. Y aunque no podía precisar las palabras, ni estar seguro de lo que se decía, su propia mente, con la ferocidad de un animal herido, se abalanzó sobre el tema. Sin piedad vio su existencia como debía de parecerles a los otros.

Desapasionada y objetivamente, examinó el fracaso que, aparentemente, había sido su vida. Había buscado amistad, la amistad más cercana que pudiera acercarle a la raza humana. Había tenido dos amigos, uno de los cuales había muerto sin sentido antes de conocerle; el otro se había alejado ahora tanto por avatares de la vida que... Había buscado la singularidad y la tranquila pasión conjunta del matrimonio. Había tenido eso también, no supo qué hacer con ello y murió. Había buscado amor y había tenido amor, y había renunciado a él, lo había dejado marchar en el caos de la potencialidad. Katherine, pensó. «Katherine».

Y había querido ser profesor, y lo fue, aunque sabía, siempre lo supo, que durante la mayor parte de su vida había sido uno cualquiera. Había soñado con un tipo de integridad, un tipo de pureza cabal, había hallado compromiso y la desviación violenta de la trivialidad. Se le había concedido la sabiduría y al cabo de largos años había encontrado ignorancia. ¿Y qué más?, pensó. ¿Qué más?

¿Qué esperabas?, se preguntó.

Abrió los ojos. Estaba oscuro. Entonces vio el cielo afuera, la profunda negrura azulada del espacio y el débil brillo de la Luna a través de una nube. Debía de ser muy tarde, pensó. Parecía que sólo había pasado un momento desde que Gordon y Edith estuvieron con él, en la tarde luminosa. ¿O había sido hacía mucho? No sabía.

Comprendía que su mente debería debilitarse a medida que su cuerpo se consumiera, pero no estaba preparado para tanta rapidez. La carne es fuerte, pensó, más fuerte de lo que imaginamos. Siempre quiere continuar.

Oyó voces, vio luces y sintió el dolor ir y venir. El rostro de Edith flotaba sobre él, lo veía sonreír. A veces oía su propia voz hablando, y pensaba que hablaba racionalmente, aunque no estaba seguro. Sentía las manos de Edith sobre él, moviéndole, bañándole. De nuevo tenía un bebé, pensó, al fin tenía un niño del que poder cuidar. Deseaba poder hablar con ella, sentía que tenía algo que decir.

¿Qué esperabas?, pensó.

Algo pesado le presionaba los párpados. Los sintió temblar y luego consiguió abrirlos. Era luz lo que veía, el brillo del sol de la tarde. Parpadeó y contempló impasible el cielo azul y el brillo del trozo de sol que podía ver a través de la ventana. Decidió que era real. Movió una mano y al moverla sintió una curiosa fuerza fluyéndole por dentro, como del aire. Respiró profundamente, no había dolor.

Con cada bocanada que tomaba le parecía que su fuerza se incrementaba, su cuerpo se estremecía y podía sentir el delicado peso de la luz y la sombra sobre su cara. Se incorporó en la cama hasta quedar medio sentado, apoyando la espalda en la pared contra la que estaba la cama. Ahora podía ver el exterior.

Sentía que había despertado de un largo sueño y estaba espabilado. Era finales de primavera o principios de verano —más bien principios de verano por cómo se veía todo—. Había opulencia y lustre en las hojas del gran olmo del patio trasero y la sombra que proyectaba tenía una frescura profunda que ya conocía. Una densidad flotaba en el aire, una pesadez que reunía los dulces olores de la hierba, los pétalos y las flores, mezclándolos y manteniéndolos suspendidos. Dio otra bocanada, profunda, escuchó la aspereza de su respiración y sintió la dulzura del verano acumularse en sus pulmones.

Notó también, con la bocanada que tomó, un cambio en algún lugar de su interior, un cambio que detenía algo y se fijaba en su cabeza para no moverse. Después se le pasó y pensó: así que así es.

Se le ocurrió que debía llamar a Edith y luego supo que no la llamaría. Los moribundos son egoístas, pensó, se guardan sus momentos para sí, como los niños.

Respiraba de nuevo, pero dentro de él había algo diferente que no pudo identificar. Sentía que esperaba algo, algún conocimiento, pero le parecía que tenía todo el tiempo del mundo.

Oyó el sonido lejano de una risa y orientó su cabeza hacia aquel punto. Un grupo de estudiantes pasaba por delante de su patio trasero, se apresuraban hacia algún lugar. Los vio claramente, eran tres parejas. Las chicas tenían extremidades alargadas y gráciles y llevaban ligeros vestidos de verano. Los chicos las miraban maravillados con alegría y fascinación. Caminaban ligeros sobre la hierba, casi sin tocarla, sin dejar rastro de su paso. Los observó pasar hasta perderlos de vista, hasta donde él no podía ya seguirlos y, durante un largo rato, después de que se hubiesen desvanecido le llegó el sonido de su risa, lejana y desconocida en la quietud de la tarde veraniega.

¿Qué esperabas?, pensó otra vez.

Le sobrevino cierta alegría, como traída por la brisa del verano. Recordó vagamente que había estado pensando en el fracaso... como si importara. Ahora le parecía que tales pensamientos eran negativos, indignos de lo que había sido su vida. Nebulosas presencias se agolparon en los márgenes de su conciencia; no podía verlas, pero sabía que estaban ahí, reuniendo fuerzas para convertirse en una clase de evidencia que no podía ver ni oír. Se aproximaba a ellas, lo sabía, pero no había ninguna prisa. Podía ignorarlas si quería, tenía todo el tiempo que quedara.

Había suavidad a su alrededor y lasitud creciente en sus extremidades. El sentido de su propia identidad le llegó con fuerza repentina y sintió su poder. Era él mismo y sabía lo que había sido.

Giró la cabeza. Su mesilla estaba atestada de pilas de libros que no había tocado en mucho tiempo. Dejó que su mano jugara con ellos un rato, maravillándose de la delgadez de sus dedos y de la intrincada articulación de las falanges cuando los flexionaba. Sentía la fuerza dentro de ellos y los dejó coger un libro del montón que había en la mesa. Era su propio libro el que buscaba y cuando lo tuvo sonrió ante la familiar cubierta roja que llevaba tanto tiempo descolorida y arañada.

Poco le importaba que el libro fuese olvidado y que no tuviera utilidad, y la cuestión de su valor en cualquier época parecía casi trivial. No tenía la ilusión de encontrarse a sí mismo allí, en las letras desvaídas, aunque, lo sabía, una pequeña parte de él que no podía negar *estaba* allí, y estaría allí.

Abrió el libro y, cuando lo hizo, se volvió algo ajeno. Dejó que sus dedos hojearan las páginas y sintió un hormigueo, como si estuviesen vivas. El hormigueo recorrió sus dedos y recorrió su carne y sus huesos. Fue perfectamente consciente y aguardó hasta que le poseyó, hasta que la vieja excitación parecida al terror se le fijó donde estaba. La luz del sol, entrando por la ventana, resplandecía sobre la página y no podía ver lo que allí había escrito.

Los dedos perdieron fuerza y el libro que sostenían se deslizó despacio y luego bruscamente sobre su cuerpo inmóvil, cayendo en el silencio de la habitación.

Impreso en papel 100% procedente de bosques gestionados de acuerdo con criterios de sostenibilidad.

Este libro ha sido editado con la colaboración de Inma Luna y Eva Gómez.

Título original: Stoner © John Williams (1965)

Primera edición: Diciembre 2010
Segunda edición: Septiembre 2011
Tercera edición: Diciembre 2011
Tercera edición, 1ª Reimpresión: Febrero 2012
Tercera edición, 2ª Reimpresión: Junio 2012
Cuarta edición: Diciembre 2012
Cuarta edición, 1ª Reimpresión: Julio 2013
Cuarta edición, 2ª Reimpresión: Diciembre 2013
Cuarta edición, 3ª Reimpresión: Marzo 2014
Cuarta edición, 4ª Reimpresión: Septiembre 2014
Cuarta edición, 5ª Reimpresión: Febrero 2015
Quinta edición: Noviembre 2015
Quinta edición, 1ª Reimpresión: Noviembre 2016
Quinta edición, 2ª Reimpresión: Octubre 2017
Quinta edición, 3ª Reimpresión: Enero 2019
Quinta edición, 4ª Reimpresión: Enero 2021
Quinta edición, 5ª Reimpresión: Mayo 2022

Impreso por Reprográficas MALPE, S.A.

D.L.: TF 892-2015
I.S.B.N: 978-84-16320-99-8

Ediciones de Baile del Sol, 2022